U0036190

Gaea

GAEA

術数師

愛因斯坦被摑了一巴掌

天航 KIM 著

術数師

◇愛因斯坦被摑了一巴掌

目錄

一九九三年

「愛因斯坦小時笨頭笨腦，被老師摑了一巴掌，之後成了偉大的科學家。爲甚麼？」

「他不甘心被人看不起，從此發憤讀書。」

「錯了！其實，那一巴掌開啓了他腦部的潛能！」

當我憶起自己的童年，就會想起我的師父，句句教誨，言猶在耳。

而當我的人生到了某個階段，我才領悟到原來師父的話暗藏非一般的玄機。

師父是誰？

先由我念小學的時候説起吧……

那時候，正值香港的九〇年代，一個風起雲湧的大時代……

1

小五課室內，後排的座位。

一顆又一顆的鼻屎被整齊地排列在木桌上。

尙一帆在班上的地位不凡，而且手工一流，用橡皮擦和漿糊等文具，就可造出仿眞度媲美電影道具的「假鼻屎」。

尙一帆蓄勢待發，嘴角揚起一笑，然後彈指運勁，爲桌上的「鼻屎」編上號碼，連珠炮般激射出去。

前面的位子，有位不幸的男同學遭殃，本來是好端端的一件白襯衫，一眨眼間竟失去了潔白之身，衣背黏上了一點點綠色的穢物。

後排的男同學見了，紛紛低頭忍笑，但有幾下笑聲終究是噴了出來。

尙一帆臉上露出得意之色，不枉自己在換堂之前趕工製作了那麼多「鼻屎」出來，同學們的注目和笑聲對他來說就是最大的讚美了。

笑聲突如其來，前排的同學懵然不知、奇怪後面的人在笑甚麼。

趴在案頭小睡的樊系數醒過來，隨著其他人轉了半身，第一眼映入自己眼裡的，就是後座那尙一帆的臉，一張笑不露齒的嘴臉。

這時，前排的人終於看清楚樊系數背上的綠點。

——充滿黏性、搖搖欲墜的小綠點。

課室處處都是幸災樂禍的笑聲。

班導師曹主任剛跨入門檻，看到這般目無法紀的場面，立刻沉著臉，厲聲道：「有甚麼好笑的？」

整個課室靜了下來。

在這個劍拔弩張的時刻，只有一個人為全班同學挺身而出。

尙一帆舉手，站起來，忍住笑道：「報告，樊系數他……他背上黏滿了一些不明物體！」

樊系數渾然不知何事，伸手往自己的衣背摸了摸，果然抓下一些綠色的附著物。

曹主任呆了一會兒，瞪著樊系數問：「你背上為甚麼會有那麼多鼻涕？」

樊系數搖搖頭，困惑至極。

尙一帆拍拍樊系數的肩膀，假惺惺道：「樊系數，我早勸過你……這種大熱天玩鼻涕，是個會嚇壞其他同學，而且容易傳播細菌的不良嗜好……」尙一帆在班裡坐穩龍頭大哥的位子，一句話也有相當的分量。

小五學生做出這種低俗的惡作劇，可以說是智障，也可以說是童眞。而有些無知的女同學可能認為，有地位的尙一帆玩「鼻屎」的動作很酷、有性格。

但身為一個老師，絕不可以縱容學生玩「鼻屎」。

曹主任二話不說就問：「樊系數，『鼻屎』很好玩嗎？」不待對方答辯又說：「樊系數，你怎麼老是搗亂班上的秩序！出去罰站！」

一臉無辜的樊系數百口莫辯。

在場之中不乏目睹眞相的同學，但他們站在尙一帆那一邊，又見慣樊系數被欺負的樣子，所以無人爲他仗義執言。

而且，他們都知道曹主任很討厭樊系數。

半年前，新學期開始，曹主任擔任這一班的導師。曹主任想考一考學生的實力，便在黑板上寫下一道應用題，內容關於年利率與利息的結算。曹主任翻開點名冊，看到樊系數名字裡的「數」字，心中覺得有趣，便叫了這個名字。

「樊系數。」

接著，有個孩子站了起來，一聲不響地走到黑板前。

待曹主任看清楚樊系數的面貌，不禁打了個冷顫。這學生才不過小學五年級，臉上已有兩條大傷疤，左一條右一條，令人心裡一寒。

曹主任道：「你怎會有這樣的疤痕？」

不論是哪個老師，第一次見面總會向他提出這樣的疑問。

樊系數答道：「給人砍的。」

不論是哪個老師，聽到這樣的回答都會臉色一沉。

曹主任追問下去，樊系數卻一言不發地瞪著他，眼球像撐破了眼眶，隨時要發射出來似的。而樊系數倔強得很，倔強得木訥，即使曹主任再嚴詞逼問，他甚麼都不肯說。

半堂課過去了，曹主任敗給樊系數，心中給他打了個極低的印象分數。

目光回到黑板前的數學題。

樊系數手上的粉筆懸在半空。

又浪費了老半天的時間，樊系數才露出無助的表情：「我不會作。」

曹主任暗暗生氣，心裡啐了一聲：「**眞笨的學生！**」又別過了臉，向全班同學問道：「有沒有同學知道答案？」

尙一帆起立，自信滿滿地走近黑板，以輕蔑的眼神看了樊系數一眼。

嚓嚓嚓，粉筆幾下揮舞，黑板上便出現了正確答案。

自此，曹主任對樊系數的印象很差，對尙一帆的印象很好。

老師也是人，人有七情六慾，也就會有偏愛。

尙一帆的成績特別好，曹主任對他的態度也特別好。

感情如一面鏡子，有愛徒，也就會有眼中釘。

半年匆匆過去，樊系數一直是拖累整班學習進度的問題學生，常常令曹主任頭痛不已。新春前期末總結，曹主任在他的成績單上寫下評語：

「**資質平庸，勤能補拙。**」

其實曹主任這樣寫已經很客氣了，以小學五年級的標準來說，笨頭笨腦的樊系數絕對屬於無藥可救的一群。就拿上學期的兩次考試來說，樊系數的名次排在全班的末席，無論從哪個角度看都不是讀書的材料。

「再這樣下去，你就要留級了。」

小五留級，肯定會成爲人生的污點。

曹主任是學校的老臣子，有二十年教學經驗，對待學生絕不手軟。曾頂撞過他的樊系數，要求情也是於事無補，除非下學期有奇蹟出現，否則這次是死定了。

所有孩子都是天使賜予父母的禮物。

但有些孩子天資魯鈍，得不到上天的眷顧。

顯而易見，樊系數就是這種可憐的孩子。

2

「資質平庸，勤能補拙。」

對一個學武之人來說，第一大忌就是聽到師父對自己說：「徒兒，你資質平庸，不是學武的好材料。」

那就是對你暗示，你太魯鈍，學不到師父的生平絕學。

縱有小成，也只能練出三腳貓的招式，與三流的草莽大漢對敵。

師父更不會將小師妹許配給你。

樊系數的成績單上，正是寫著這樣的評語。

曹主任翻開學生通訊錄，手執聽筒，撥出樊系數家裡的號碼。二十年教職，苦悶如種瓜，甚麼教學熱忱早已變成死掉的種子，要不是校方規定要跟成績倒數五名的學生家長通電話，他才懶得關心這群低智商學生的死活。

電話通了，一個女聲，應該是樊系數的媽媽。

「喂？是不是樊太太？我是樊系數的班導師，曹主任。」

「啊！曹主任，晚安。」

幾句問候話過後，切入正題。

曹主任一副喪禮主持人的語氣：

「樊系數的成績不太理想，下學期至少要求他全部科目合格，否則他要升班的機會將會很渺茫……簡單來說，有可能要留級了。」

「留級？聽起來麻煩得很。」

「確實是有一點麻煩。」

「曹主任，拜託你幫個忙。可不可以不要讓樊系數留級……」

曹主任不容對方求情，立即打斷道：「樊太太，我知道妳關心孩子的成績，但留級並不一定是壞事。以樊系數的學習表現，要升班真的很勉強，倒不如讓他留級一年，打好基礎再上……」家長的反應早在他的意料之內，而應答的台詞也早已背得滾瓜爛熟。

沒料到，樊太太竟然這麼說：

「不，曹主任，你會錯意了。」

「會錯意？」

「我不是想求你讓他升小六，我只是想問你可不可以將他趕出學校。反正他這種笨蛋也不會有出息，對你們學校來說，這個作法不是更加乾淨俐落嗎？」

曹主任真的怔住了。

儘管他有的是二十年教學經驗，但他從來未遇過這般荒唐的父母，竟然求校方開除自己的兒子！

曹主任定了定神，接下去道：「樊太太……香港施行九年義務性教育政策，不可以因爲學生成績不好，就不給他繼續念書的權利……」

待曹主任解釋了一會兒，樊太太始知退學的手續比留級更爲繁複，不由得廢然道：「那你還是將樊系數留級吧。再見。」

曹主任按捺不住，搶在對方掛線之前說：「樊太太，自己孩子的前途，妳眞的一點也不在乎嗎？」語帶關切，一半是出自好奇心，一半是眞的同情樊系數。

樊太太卻理直氣壯地說：「世上哪有不在乎孩子前途的父母？自己孩子的前途，我當然在乎啊！」

這人態度反覆無常，搞得曹主任不知如何是好。

曹主任不禁躊躇道：「但……我剛剛聽妳的語氣，好像對樊系數的學業毫不在乎……」

樊太太直言道：「因爲，我不是樊系數的媽媽。」

曹主任又怔住了。

「妳不是說妳是樊太太嗎？」

「我姓樊，我嫁了別人就是太太，湊合湊合就是『樊太太』嘛！而且這個稱呼是你先叫的，我還一直以爲你也是這麼想呢！」

「那……樊系數的父母呢？」

「死了。」

兩個字，既冷漠又鋒利。

「樊太太」的語氣簡直令人不寒而慄。曹主任碰了釘子，隨口交代幾句，便匆匆結束了電訪，也沒有弄清楚對方的話是認眞的，抑或是胡亂開玩笑。

根據學生通訊錄上的資料，這位原來姓樊的太太是樊系數的監護人，也就是說，樊系數正寄養在他的親戚家。

曹主任在心裡嘀咕：「問題學生，果然出自問題家庭。」

處理完問題學生之後，接下來就是令人愉快的差事了。

中、英及數向來都是重點學科，曹主任正是數學科的主任。他的學生尙一帆成績卓越，獲選爲校方代表，參與全港數學奧林匹克競賽。曹主任對尙一帆寄予厚望，一旦摘冠，便是往自己的臉上貼金。

曹主任打去尙一帆的家裡，對著聽筒道：「喂？是尙太太嗎……」

話音未落，對方已搶著道：「咦，曹主任，怎麼又是你？」

奇怪。竟是樊太太的聲音。

曹主任以爲自己錯撥號碼，匆匆道歉：「對不起，我打錯了……」往那本通訊錄瞄了一眼，發現樊系數和尙一帆的電話號碼竟是一模一樣。曹主任惘然不解：「我要找的是一位叫尙一帆的學生。但看來教務處搞錯了，將尙一帆一家的號碼寫成你們家的……」

對方卻說：「這個號碼沒錯，我就是尙一帆的媽媽。」

世事之巧，無奇不有，原來「樊太太」同時也是尙太太。

曹主任驚魂未定，脫口而出：

「那……樊系數是妳的……」

「樊系數的爸爸是我的哥哥，所以我姓樊，但我丈夫姓尙，所以你叫我尙太太好了。」

眞相大白！尙太太居然就是樊系數的姑姑。

「尙太太，妳可以跟我說說妳哥哥一家的事嗎？」

「這是我們的家事，我眞的不想說出來。我只可以告訴你一句話：我們一家被樊系數的爸爸害得很慘！」

聽筒裡彷彿吹出令人僵硬的冷空氣。

曹主任呆了半晌，尙太太這時卻緊張兮兮地問：

「勞煩曹先生你打電話來，一帆他在學校是不是出了甚麼事？」

「其實是這樣……首先要恭喜妳，尙一帆他今年全級第一，學校決定派他參加下個月的數學奧林匹克競賽……」

話題對象一轉，尙太太的態度也來了個一百八十度的轉變。

「曹先生，謝謝你的喜訊。有你悉心栽培，我這個孩子眞是有福。對了，一帆他平時上課用不用心？我看他在家裡懶散得很，但他的成績又從來不會令我操心。曹先生，倘若你再發現他有甚麼潛質，一定要跟我說一聲，無論花多少錢我都願意……」

大人談論成績好的孩子時，聲音總是充滿了愉快的音調。

全班最聰明的學生、全班最愚笨的學生，這兩人竟然住在同一個屋簷下。

他們到底是怎麼相處的？曹主任不由得暗暗納悶。

3

尚家大廳。

尚太太正在房門外等待。

門縫慢慢擴大，一個斯文的青年由裡面出來，手裡提著名牌黑皮包。

尚太太向他遞上一個信封，笑不攏嘴：「阿俊，一帆這學期全級第一，全都歸功於你。這是這個月的家教費，你看看數目對不對……」

那個叫阿俊的家教謙恭道：「哪裡的話！是一帆聰明，我才會教得特別好。」

信封裡是沉甸甸的一疊鈔票，一絲笑意在阿俊的臉上出現。

他會熱心替人補習，當然純粹是爲了錢。

尚太太的目光穿過房門，只見兒子尚一帆靠著椅子伸懶腰，顯然是上了用功耗神的一課。尚一帆見母親望著自己，乘機抱怨：「媽，明晚還要補習嗎？我眞的受不了啦！」

尚太太不惜破費，請來兩位各精英、數的高材生，就是要讓兒子凌駕同儕，爲他鋪出一條通往著名大學的康莊大道。

阿俊到了玄關，只見鞋櫃前一個孩子正在擦鞋子。阿俊背對著尚太太，讚嘆道：「眞乖！這年頭，會做家務的小孩眞是難得。」

尙太太沒有回答，阿俊也不再多言。

每當阿俊在晚上來訪的時候，總是看到這小孩擦地板、包垃圾、刷洗馬桶……忙個沒完沒了。這小孩臉上帶疤，看起來一副可憐相。阿俊只覺尙太太偏寵，甚至有種虐兒傾向，殊不知這小孩並非她的親兒。

待阿俊一走，尙太太走入廚房，盛了一碗熱湯。

她向鞋櫃前的孩子吩咐道：「飯頭，這碗湯拿給一帆吧！」

「飯頭」就是家裡人對樊系數的稱呼。

樊系數端好湯碗，慢慢走到房門前，叫了一聲：「一帆，開門。」

等了一會兒，尙一帆才幫他開門。樊系數進到房裡，將湯碗四平八穩放在書桌上，這才敢鬆開雙手。縱有隔熱布，樊系數的手也熱得發燙。

同樣的孩子，同一個家庭，身分卻有天壤之別。

尙一帆嗅了一嗅，知道又是藥材湯。他關上了門，瞧了樊系數一眼，指著桌上的湯碗，樊系數隨即露出大難臨頭的表情。

尙一帆老讓樊系數吃虧，有時還逼這個表哥幫他代寫功課。以前每當遇上沉悶的抄寫作業，都會將練習簿塞到樊系數手中。可是樊系數的字東歪西倒，不但常常寫錯字，而且錯得離譜，氣得尙一帆不停用橡皮圈射他。

樊系數寄人籬下，一直不會反抗。

他忍著苦味，喝下一口湯。

尚一帆看著樊系數喝湯，挖苦道：「飯頭，眞羨慕你，將來註定做低下人的工作，不怎麼會用到大腦。哪像我常常被逼補習，天天活在壓力之中！」

樊系數毫無反應。

尚一帆有感而發，又道：「飯頭，你喜歡讀書嗎？」

一提到讀書，樊系數就會想到在學校受到的挫折，於是不住搖頭，說出眞心話：「我討厭讀書，更討厭上學……」

尚一帆感嘆道：「我也討厭讀書。不過，我這種人註定是大人物，別人對我的期望又高，壓力眞是大得不尋常呢！唉，我這種聰明人的煩惱，跟你說了也是白說。」

樊系數由他自說自話，再將一口湯灌入喉嚨。

另一頭，門鈴響起。

尚太太又盛了一碗湯。

一家之主尚先生回來了。

尚先生在貿易公司上班，早出晚歸，疲於奔命。一回到家裡，尚先生寬衣解帶，只剩白背心和西裝褲，其他衣物統統拋到沙發上，由尚太太來收拾。

尚先生端起湯碗，眼睛盯著電視螢幕，卻是心不在焉。

正當尚太太在他旁邊坐下，他忽然握緊了拳頭，語出突然：「老婆，不如再買一間新房子吧！

我有個做房地產的朋友說，房價仍會漲個沒完沒了。」

尚太太聽了，竟是萬般雀躍，附和道：「除了買房子，還要買股票啊！那個賣菜的林大嬸，字也不識半個，卻靠兒子的內線消息大撈一筆！」

只要是和錢有關的事情，這對夫婦就會感興趣。

——錢，就是幸福的指標。

茶几上放著兩份成績單。

「飯頭和一帆這學期的成績單出來了，由你來簽名吧！」

看到尚先生打開尚一帆的成績單，尚太太開懷笑道：「請了這兩個家教老師，一個學期就有成果出來了，一帆還被提拔參加數學奧林匹克比賽呢！這下你不會怪我亂花你的錢吧？」

尚先生果然露出滿意的神色。

接著，他翻了翻樊系數的成績單，便聽見尚太太嘆息道：「唉，當初收留他，還寄望他會有甚麼前途，將來報答我這個做姑姑的。沒想到他笨到這個地步，連寫幾個中文字也萬般吃力的樣子，看來眞的沒指望了。」

尚太太驀然想起樊系數的父親，一個受盡唾棄的男人——她的哥哥誤入歧途，被老父逐出家門，後來更欠下一屁股債，連累到親人白白受罪。尚家收留樊系數之後，也因爲有人上門追債，被嚇得提心吊膽，更因此搬過幾次家。

兩個孩子，尚一帆與樊系數，恰似一副對聯。

尙先生看著前者，會唸出：「虎父無犬子」；看著後者，唸的話就是：「臭坑出臭草」。

尙太太嘆道：「他說到底是大哥的孩子，我媽媽瞞著阿爹，暗地爲這孩子支付生活費。要不是看在這筆錢的份上，我才不會惹上這種麻煩。」而事實上，尙太太不但獨吞這筆錢，而且經常把樊系數當傭人般使喚，當眞是一石二鳥之計。

話說到這裡，尙一帆寢室的門被拉開了。

樊系數由裡面走出來，手裡捧著一個空湯碗，向著兩位大人傻笑了一下。不等尙太太吩咐，樊系數已自動自發走入廚房，開始做洗碗的家務。

尙先生盯了一眼，在尙太太耳邊說：

「怎麼說也是侄兒，妳對他也過分刻薄了。」

「哼，不是我們收留他的話，他根本無家可歸。誰教他這麼笨，連反抗也不會反抗，笨的人就會被欺負，這就是我們社會的法則！」

「妳要怎麼對他都好，就千萬別留下任何傷疤……要知道，學校和社會機構對這種事很敏感的。」

「這個當然，我又不是蠢人。」

尙先生不再說話，只是在鼻子裡笑。

世上最可怕的並不是蠢人。

最可怕的，永遠是聰明人。

4

一九八二年。

任天堂紅白機誕生。

樊系數也在這一年來到世上。

出身小富之家，玩具塞滿三個大箱，坐在爹爹的跑車裡兜風，身邊還有人稱呼他爲「少爺」……這些都是樊系數對孩提時代的回憶。

還有一個特別深刻的回憶——

某日放學。

櫥窗外，他與紅白機相遇了。

爹爹寵他，再貴的東西也會買給他。不久，他拆開生日禮物的包裹，就看到那台朝思暮想的紅白機了。

有人說爹爹是壞人。

小小的樊系數只知道爹爹是世上最疼自己的人。就像那一次，家裡發生了事，爹爹整整半個月愁眉不展，還擔心他這孩子會悶壞，說要帶一家人到離島旅行。

他看著爹爹買木炭，便問：「今晚是不是吃燒烤？」

爹爹含笑點頭。

他看著媽媽在度假屋裡鋪床單，又問：「今晚媽媽跟我睡？」

媽媽莫名其妙地哭了。

睡覺之前，媽媽哄他吃了一些像藥的糖果，還在他耳邊唱著童謠。

他便沉沉地睡著了。

醒來的時候，樊系數已在醫院裡。

這宗燒炭自殺事故成爲報紙新聞，一對欠下巨債的夫婦身亡，演了一齣社會慘劇。

猶如神蹟，只有他們的兒子獲救。

樊系數，孤兒。

在婆婆央求之下，只有尙家肯收留他。

樊系數原來的家早被洗劫一空，就算是不值錢的東西也被砸個稀爛。來到尙家的時候，他唯一帶著的東西就是一台紅白機。

爸爸最後買給他的禮物，就是一台紅白機。

這台紅白機正是爸爸的遺物。

「放學之後，來我家打電玩好嗎？」

曾幾何時，一班小孩圍攏著電視機，爭先恐後搶奪遊戲機的遙控桿。單打闖關、雙打合作，滿室都是笑聲，紅白機爲他帶來很多的朋友。

爸爸唯一給樊系數留下來的驕傲，就是這一台紅白機了。

可是，隨著科技的日新月異，超級任天堂在一九九〇年誕生了，也意味著原祖紅白機被淘汰的日子要來臨了。

轉到新學校，樊系數以同樣的方式交朋友：

「放學之後，我帶遊戲機去你家玩好嗎？」

跟以前不同，那些新同學都會取笑他：

「遊戲機？你那台紅白機嗎？太爛了吧！」

找一些舊朋友，他們就只會抱怨：

「我媽媽逼我讀書，不准我打電玩啦。」

因爲不准用家裡的電視機，樊系數不到別人的家裡作客的話，就玩不到紅白機了。

誰的家裡有超級任天堂，他的家就會變成受歡迎的活動場所。尚一帆就有一台，而且買的時候比誰都要早。一大群同學在家裡玩超級任天堂，樊系數被排斥在外，只得在後面站著呆看，每次都是看得酸溜溜的。

偏偏尚一帆愛折磨他，讓熱鬧的笑聲飛揚到他孤獨的世界裡。

新的東西總是特別耀眼。

舊的東西就會慢慢被人遺忘。

樊系數也想要一台新的超級任天堂。

可是，樊系數的零用錢不多，每天只有兩元。要存夠錢買超級任天堂，動輒也要兩至三年的時間，遠水難救近火，這個方法根本行不通。

小孩子總有小孩子的辦法。

樊系數下定決心，要賣掉自己的紅白機和遊戲卡帶。

反正，紅白機已不再是爹爹給他的驕傲了。

就這樣，樊系數抱著自己的紅白機，來到附近商場的電玩店。

電玩店裡有位胖大哥，由於他長得很像「大力水手」裡的布魯托，其他人總是「布魯托」、「布魯托」般地叫他。

樊系數在櫃台前仰著頭，放上自己的紅白機，向布魯托問：

「這是我的遊戲機。如果我賣給你，可以賣多少錢？」

「紅白機啊……差不多被淘汰了，現在就只有窮小子會玩。」

「它值多少錢？」

「勉爲其難，我用五十元跟你買吧。」

這個布魯托分明是個奸商。

樊系數顯然失望，打開布袋，掏出自己的遊戲卡帶，再問：「我把這些卡帶賣給你，又可以賣多少錢？」

布魯托懶得多說，伸手搶走樊系數的布袋，將卡帶逐一擺放在桌上。他一隻手挖著鼻孔，一隻手翻弄著那些卡帶，連聲道：「魂斗羅、雙截龍、忍者龜、泡泡龍、瑪俐歐二代、熱血進行曲……」

每當聽到卡帶的名稱被叫了出來，樊系數身上都會有種極不舒服的感覺，就像有蛔蟲在他的腸子裡咬了一口似的。

因爲，這些都是陪伴自己成長的遊戲。

布魯托宣判似的語氣道：「這些遊戲太舊了，值不了甚麼錢。這裡的卡帶，我用每盒二十元的價格跟你買吧！」

就只值這麼一點小錢!?

小孩子的期待落空，就像洩了氣的氣球一樣。

樊系數看了那些遊戲卡帶一眼，毅然作出一個決定。

「我還是決定不賣了。」

樊系數掏起那些遊戲卡帶，一一放回布袋內。

布魯托盯著這小孩走出店門的背影，擺出拉大便般的黑臉，低頭說：「這小鬼搞什麼呀，浪費老子的時間！」

價值，對小孩子來說，是個很模糊的概念。

樊系數只知道，他寧可身無分文，也不想自己的寶貝落在不愛惜它的人手上。

在他心裡，那些遊戲再落伍，也不只值那個價錢。

就這樣，樊系數抱著紅白機，找不到任何朋友，在街上漫無目的地遊蕩。

時間是一九九三年的春天，樊系數還有半個月將滿十一歲。

你相信命運嗎？

命運是很奇妙的，發生的可能只是小事一樁，卻將一個人的一生翻天覆地似地改變了。

因爲手上的紅白機，樊系數的人生就在這一天改變了。

5

紅與白的結合。

小巧的、惹人憐愛的機身。

曾經是劃時代的設計。

這就是世上第一台卡帶式遊戲機——任天堂紅白機。

樊系數的賣機計畫告吹，沒精打采地走著走著，穿過幾條陋巷，不覺已來到老街區，放眼所及都是外牆剝落像患上皮膚癌的舊屋。

一剎那間，樊系數的目光停在馬路一側的欄柵上。

以鐵線懸吊著的木牌上寫著一行油漆字：

高價上門收爛電視冰箱錄影機

樊系數正在煩惱如何處置自己的紅白機，看到這個招牌之後，忽然觸電似地瞪大了眼，循著箭頭所指的方向走。

才不過半條街，已找到那家收破爛的店鋪。

綠布篷下，槁木招牌，一家小店。

店裡的舊電器像疊羅漢一樣堆集，又灰又黑，隨時會倒塌似的。在這個破銅爛鐵築起的城堡裡，夾道之間空出一片地，正擱著一張小孩用的折疊木台。木台旁邊有兩張小塑膠凳，其中一張小塑膠凳上，坐著一個紮馬尾的小女孩。

木台上擱著一疊課本，那小女孩正在寫作業。

樊系數見她與自己同是小孩，便上前幾步，壯著膽子問：

「這家店的主人在不在？」

那小女孩緩緩抬起頭，一對骨碌碌的眼珠轉了轉。

「主人？你的意思是說『老闆』吧！」

「哦，是的。」

「在呀。」

樊系數探頭往店裡望了幾眼，卻發現這裡除了小女孩外，便不見其他人。店裡空間狹隘，沒有大人可以躲在裡面。

樊系數不忿氣，向著那小女孩道：

「妳騙我。老闆不在這裡呀。」

「我沒有騙你呀。」

「這裡除了妳，根本就沒有其他人！」

那小女孩笑了笑，機靈調皮道：

「我就是這裡的老闆娘嘛！」

樊系數傻眼看著她，與其說是「有眼不識泰山」，倒不如說是感到難以置信。

正當樊系數不知所措之際，他頭上的陽光陡然間被一個大身影擋住。

回頭一看，店外正站著一個鬍子拉碴的男人。這男人衣裝樸素，有雙清澈明亮的大眼睛，看來已有一把年紀。不過，說這個人老，他赭黃的臉上卻不見皺紋；說這個人不老，他的頭髮又有小半花白。

一聲「爹」由小女孩的口裡溜了出來。

那人滿身風塵，聲音卻出奇的溫文儒雅：

「小蕎，有朋友來找妳呀？」

那個叫小蕎的女孩搖了搖頭，以大人般的口吻道：

「不，他是來光顧的客人。」

那人作恍然狀，看著樊系數，逗趣笑道：

「小朋友，我叫余老爹，因為我是撿破爛的，這一區的街坊都叫我電器老爹。小朋友，你有甚麼事情？」

樊系數垂著頭，呆望著布袋裡的紅白機出神。

然後他一臉誠懇，將布袋扣到余老爹的指頭上，決然道：「這台遊戲機我不要了，我把它送給你，你幫我把它送給中國農村的貧苦兒童吧！」

余老爹接過布袋，看著袋裡的紅白機，又看著樊系數。這小孩的行徑令人費解，余老爹一直留

意他的表情，知他難捨難卻，心裡覺得奇怪，便問：

「這是一台很好的遊戲機啊！除非壞掉了，不然你怎麼不要它？」

樊系數聽到這話，心裡一陣激盪。自新的遊戲機平台問世，大家紛紛說超級任天堂有多好多棒，對舊的紅白機自是不屑一顧、不值一提，如今他也是這兩年首次聽到有人稱讚他的紅白機。

想到此處，樊系數含著一把淚，沒來由就說：

「我的遊戲機太舊了，我的朋友都不肯跟我玩啦。就算我覺得它可以玩，人人都說它落伍，都說它一文不值，我也不得不放棄它……」

余老爹聽了，蹲了下來，跟他面對著面，溫言道：

「它帶給你的歡樂，你有沒有忘記過？」

樊系數想了一想，搖搖頭。

余老爹按著樊系數瘦小的肩膀，瞇眼笑道：「傻孩子，有些東西無論怎麼被人遺忘，它們的價值仍是永恆不變的。」

樊系數似懂非懂地看著余老爹。

這兩人的對話，小蕎一一聽在耳內。小蕎有了一個主意，悄悄捧起了紅白機，擺在一部貼滿膠帶的電視機前，並將連接線一一接好。

一切就緒，啓動。

彩色螢光幕一閃，用粒點砌成的電玩人物出現。

喇叭裡奏出沙啞的遊戲配樂。

小薔握著遙控桿，對著樊系數大聲道：

「你不會沒有朋友的。我跟你一起玩吧！」

樊系數的目光裡蕩漾著異樣的漣漪。

是激動？

還是感動？

余老爹在他背後輕輕推了一推，他的腳步便不由自主地往前走，來到發光的螢幕前，與笑靨動人的小薔打個照面。

那張小塑膠凳，彷彿是特地爲他而設的貴賓席。

魂斗羅、雙截龍、忍者龜、泡泡龍、瑪俐歐二代、熱血進行曲……

一盒又一盒的卡帶，換來又換去。

破銅爛鐵裡的小女孩。

捧著紅白機的小男孩。

在畫面不時有橫紋浮起的電視螢幕前，樂此不疲地玩著兩人喜歡的遊戲。

童年，本就應該快快樂樂，何必爲那些大人和朋友的目光而苦惱？

6

破銅爛鐵小窩。

自從發現了這個好地方，樊系數幾乎天天樂而忘返，一放學就會往余老爹的破爛窩跑。放學後這段時間，他要去甚麼地方，也沒有人會管他。

余老爹不時外出，只留小蕎獨自看店，現在多了個男孩作伴，自是少了幾分掛心。再者，兩個孩子相處融洽，余老爹也樂得店裡多些人氣。

所幸這兩孩子聽話易教，愛玩遊戲機之餘，也會乖乖地圍著小折台作功課。

余老爹每每看了，都覺好笑。

小蕎坐在樊系數的對面，笑他功課作得慢。她比他先作完功課，無聊地玩了一會兒橡皮圈，便翻看樊系數書包裡的東西，所作所爲明目張膽，連受害者也不敢吭聲。

小蕎搜出一盒牛奶糖，微嗔道：「你這個人眞自私！有好東西也不請我吃！」這盒牛奶糖屬上等貨色，在便利店賣二十多元一盒。小蕎二話不說，就將一顆牛奶糖放入口，哪知嚼了幾口，就覺得有異味，立刻將口裡的糖吐出來。

樊系數慢了十二個拍子，這時才說：「這盒牛奶糖是過期的。」

小薔大力捏了他一下，喊道：「你想害死我嗎？怎麼不早點說？」

樊系數一臉無辜，道：「我平時都是照樣吃的，就是不知其他人吃了會不會有事。」

小薔直氣得沒話說，看看包裝，更發覺已過期了整整一年。

小薔又問：「你家人沒教你不要吃過期食品嗎？」

樊系數答道：「就是我家人叫我吃的。」原來尚家平日待他極差，唯一例外是每當冰箱有過期食品，就會大方慷慨地給他，因此訓練出他一身「百吃不瀉」的好體質。

小薔聽了，有點同情他，惻然道：「你家人對你眞不好。」

樊系數只是笑了笑，倒沒有將這件事記掛在心。秉性天成，他爲人度量寬大，對任何人也不會有恨。

接下來，小薔在他的書包找到皺巴巴的成績單，唸到「**資質平庸，勤能補拙**」這句評語。小薔不理他的感受就說：「飯頭，你果然是個笨蛋呢！成績這麼差，是因爲你不夠努力嗎？」

樊系數委屈道：「我已經很用功了。但成績出來就是不好。」

小薔笑道：「我來培訓你吧！」

從這日開始，樊系數來到破爛窩，就要在小薔的督促之下作功課。原來小薔任性，逼他拜她爲師，由她來指導學習。做數學練習時，樊系數有時看不懂題目，便由小薔向他解說。小薔縱是小孩，頭腦卻異常清晰，句句話皆是有板有眼。

小薔發現了一些很奇怪的事。

原來樊系數不是不會算數，只是不會做「應用題」。每當遇到應用題，他的動作猶如碰上連續十個頓號般遲緩下來，用了頗長的時間，還是不能理解題目。但只要小蕎用說話的方式慢慢解釋，他不消一會兒就寫出正確的算式。

小蕎看著樊系數寫字，又會說：「飯頭，你寫的字眞奇怪。」

樊系數慣用左手寫字。

通常一個人字寫得醜，也會有基本的筆順及結構。但樊系數寫的字，時而左右不分，時而上下顚倒，譬如說，那個「陳」字的左耳朵，在他的筆下就會變成右耳朵。小蕎見他糾正的方法就是先把字寫出來，然後在旁寫出正字，再用橡皮擦將錯字擦去，不過有時也是錯漏百出。

在她眼中，這個步驟無疑是多此一舉，卻不知他要寫一個字有多麼困難。

習題欄最後一題總是特別難。小蕎有好幾次做不出，都是由樊系數反過來教她，大前提是要她透過口述將題目解釋一番。翻到尾頁偷看答案，幾經核對之後，她發覺他的計算不但直截了當，而且快而無誤。

「想不到你看來笨笨的，竟能解得開這些難題。」

小蕎萬般詫異地瞪著樊系數。

她這才發現樊系數看似愚笨，思路卻是敏捷非常。

「你知道自己爲甚麼會這麼奇怪嗎？」

「我也想知道。」

樊系數總是百般無奈地回答。

在小蕎觀察之下，他的身上還有不少古怪的地方。

樊系數臉上的兩條疤痕像貓鬚一樣，格外惹人注目。

而每當小蕎問及傷疤的由來，他就哭喪著臉不發一言。

這日，她又問起這件事，樊系數不勝其煩，便大聲喝道：

「別多管閒事！」

「哼，我是關心你才問的。」

小蕎女兒家脾性，就此惱怒了半天，不肯和他說話。樊系數幾次欲言又止，還是沒有藉機會冰釋前嫌。

隔了一天，樊系數揹著書包，垂著頭站在店門前，就是怕裡面有猛獸一般不敢進去。

小蕎盯了他一眼，仍舊不瞅不睬。

余老爹當時在場，知道兩個孩子在鬥氣，便放下手頭上的工作，好言勸道：「小蕎，皈頭不跟妳說疤痕的事，並不是不夠朋友，而是不想提起一些慘痛的經歷。他的童年很苦，家裡曾發生巨變，我看他的父母可能已經遭遇不測。」

小蕎充滿驚奇，問道：「是他告訴你的嗎？」

余老爹道：「不是，我是自己看出來的。」

小蕎張大了眼睛，打破砂鍋問到底：「你是怎麼看出來的？」

余老爹撒謊道：「這是大人才會有的特殊能力，等妳長大了就會明白。」

這個爸爸彷彿有甚麼魔力似的，令小蕎對他的話深信不疑。小蕎心想，自己確有強人所難之處，便放下面子向樊系數道歉。

小蕎扯了樊系數的衣袖一下，示意跟他一起到外面玩，才走了幾步，回頭看了一眼。

樊系數低著頭，留在原地。

「你怎麼還不過來？」

「謝謝妳一直教我作功課。」

一朵粉紅色的塑膠花，映在小蕎美麗的瞳孔上。

樊系數向前伸出雙手，臉上泛起蕃茄般的紅色。他之前一直悶聲不響，原來就是由於一種向女孩子送花的尷尬。

這份禮物令人意外，小蕎接過塑膠花之際，喜不自勝地笑了出來。

「這朵花好漂亮，你在哪裡買的？」

「不是買的，是『摘』回來的。」

聽了這句話，小蕎又對花兒凝視一會兒，疑惑又深了一層——塑膠花怎麼看也是塑膠花，試問世上奇花異卉眾多，但哪裡會有長出塑膠花的怪花圃？

樊系數卻沒有立刻說出答案，只是故弄玄虛道：「我帶妳去一個好玩的地方……這個地方只有我知道，我把祕密告訴妳之後，妳千萬不可跟其他人說啊！」他之前不肯說出兩條刀疤的由來，自覺對不起小薔，便打算以另一個祕密來補償。

小薔向余老爹說了一聲，便踏著樊系數的影子同行。

不要逼朋友說出祕密，只要是朋友，他總有一天會將他的祕密告訴你。

樊系數願意和小薔分享他的祕密。

也就是說，他已把她當成最好的朋友。

7

在余老爹的眼中，樊系數和小蕎的關係一天比一天要好。

正常來說，這年紀的孩童會有男女之嫌，男的女的互作一群，甚少會玩在一起。但這小倆口朝夕相對、如膠似漆，感情簡直比結髮夫妻還要好。

樊系數帶走了小蕎之後，店裡只剩下余老爹一人。

余老爹正在用螺絲起子修理錄影機，邊做邊想：

「青梅竹馬，本來就是一種難能可貴的緣分。單看樊系數的長相，和小蕎倒有幾分夫妻相。不過孩子尚小，不可對他們透露太多……」

縱使余老爹只是個身分低微的修破爛技工，但他的眼裡卻時常閃出世外高人獨有的光芒。

大俠凜然，令人對他肅然起敬的光芒。

思緒飛馳之間，余老爹忽然停住了手上的工作。

小木台上，擱著樊系數和小蕎的書包。

余老爹的瞳孔上映出兩個書包的影像，但他的腦際間卻出現少年時的風景——

在故鄉，斜陽下，當他乘自行車經過湖畔，總是看到那一對青梅竹馬的戀人，然後他就會過去和他倆調侃幾句。

從一片曛黃的稻田裡吹出來的風，揚起了少女的柔髮，也擦亮了少男的笑容。

余老爹想起舊事，忽而憶起故人，自言自語：「浮沉半生，仍然了無音信……九歌，我找你很久了，你到底去了甚麼地方？」

回憶掀到下一頁，色調忽地變得深沉。

古園裡，四座墓碑，野鳥紛飛。

夕陽將荒野的蒼顏染成艷紅。

一個長跪的少年。

血染的大地、哭泣的天空、淒厲如野鬼哀號的聲音。

——人類最終的下場就是自取滅亡。

——由我來使他們全部滅亡。

當日看到的情景，當日聽到的話語，已成銘記一生的記憶。

余老爹至今仍在尋找那少年。

「爹爹！」

正當余老爹陷入沉思之中，卻忽然被一個童稚的聲音驚醒。不遠處，小蕎正朝著店門奔跑過來，樊系數尾隨其後，在夕陽的餘暉下拖出兩條長長的影子。

原來，這兩個孩子到了附近的工廠大廈撿破爛。

九〇年代初，大量工廠陸續往內地遷移，偶爾會有玩具廠清倉，將一些半製成品或舊貨扔掉。對沒有太多零用錢的孩子來說，舊工廠是個尋寶的好地方，逐層逐層摸索拾荒，不時可以在垃圾堆中找到好東西。

要是碰上文具製造廠倒閉，就非常幸運了。

當小蕎知道收到的塑膠花出自垃圾堆，眞的是哭笑不得。樊系數的零用錢少得可憐，就想到這個法子來尋求物質上的歡樂。

兩人去時布袋空空，現在滿載而歸，看來拾獲不少好東西。樊系數急著回家，揹上書包，便向余兩父女告別。

待樊系數走後，小蕎扯著余老爹的衣袖，神情古怪地問：「爹爹，做人是不是一定要言而有信？」

余老爹輕撫小蕎的頭髮，柔聲道：「當然喲！妳是否向人家許諾，又擔心自己做不到呢？」

小蕎的目光閃爍了一會兒，然後語出驚人：「我今天答應了飯頭，我長大了就要嫁他。」

身爲人父，這樣的話最是嚇破膽。

余老爹還以爲自己聽錯，大吃一驚，慌張問道：「妳要嫁給飯頭？他今日向妳求婚了？」

小蕎又搖頭、又嘆氣道：「才不是呢！是我今天跟飯頭打賭，我輸掉了。」

余老爹知道自己這個女兒貪玩得很，但她居然將婚姻大事用來打賭，實在兒戲得豈有此理。

余老爹驚魂稍定，便叫她好好坐下，問清楚事情的來龍去脈。

「妳跟他打賭甚麼？」

「我賭他做不到一件事，但他卻做到了。」

「那是甚麼事？」

小蕎從布袋裡取出一件色彩鮮艷的玩具。

三階乘三階的立方體，六面各有六種不同顏色。

余老爹一看之下，認得是個魔術方塊，說道：「這不是個魔術方塊嗎？對現在的孩子來說，已是過時的玩具了。妳跟飯頭打賭的事和這東西有關係嗎？」

小蕎把整件事的經過娓娓道來。

原來她和樊系數在撿破爛期間，在一個籮筐中找到這東西。樊系數如獲至寶，卻不知是甚麼玩具，便向小蕎問起。小蕎以前見父親玩過這東西，便跟他說：「這東西我見過！我跟爸爸借來玩，完全不會玩，超級難。」

樊系數見她將魔術方塊扭來扭去，覺得有趣，便嚷著要挑戰。小蕎深信樊系數不會成功，便開出荒謬的條件來跟他打賭。

結果……

這時候，余老爹端視著手上的魔術方塊。

魔術方塊已還原，六面俱是一致的顏色。

「妳是說阿樊他用了十分鐘，就把魔術方塊回復原狀？」

「嗯！」

余老爹愣愣地望著手上的魔術方塊。

實在是令人難以置信。

玩過魔術方塊的人，就會知道要將魔術方塊還原，對初學者而言，是件多麼困難的事。魔術方塊有六面，每轉一面，同軸的四邊圖案亦會有所改變，正是「牽一髮而動全身」。這玩具曾經流行一時，令無數智者大傷腦筋，想要在短時間內重組魔術方塊，先決條件是過人的空間概念和邏輯思維能力。

一個小學生又怎可能有這樣的智力？

這也許是碰巧的。

如果不是碰巧的話，那……

8

又是一個尋常的下午。

樊系數來到破爛窩，看到余兩父女並肩而坐，神情專注地望著桌上的事物，竟對他的到來渾不知覺。

樊系數湊近去看，原以爲余老爹在教小蕎讀書，卻想不到兩人正在玩一個很奇怪的棋盤。

正常來說，若是棋盤，會有兩人對奕。

但照眼前狀況來看，似乎只有小蕎一人在玩，余老爹則繞起雙手旁觀。

一矩形盤內，共有十塊方片，大小有異有同，上面刻有一些人名：馬超、張飛、黃忠……這些人名樊系數全都認得，就是三國時代蜀軍的五虎將。樊系數暗暗好奇：「這是甚麼遊戲？」於是默不作聲，繞到一側細看究竟。

只見小蕎一邊苦苦思索，一邊撥弄木盤內的方片。

方盤內的方片緊密縫接，不論她如何滑動方片，只有兩格空隙，方片嵌入之後，空隙又會移位。

樊系數靜觀一會兒，大概瞭解玩法，看來就是要按次序挪移空位，爲那片寫著「曹操」的大圖塊開路，使其順利移到底部出口。

又過了一會兒，小蕎屢試不爽，便撒手放棄，嘆氣道：「太難了！真的有可能做到嗎？」

余老爹笑道：「爹爹會騙妳嗎？我說有可能，就有可能！」

樊系數盯著桌上的小木盤，忍不住問：「余伯伯，這是甚麼東西？」

余老爹笑了一聲，將木片抓入掌心，徐徐地道：「在很久很久以前，我們的祖先還沒有遊戲機，就會玩這種用木塊拼成的益智玩具來解悶。這玩意叫作『華容道』，道即是路……這條路本來無人認識，自從兩個人走過以後，便揚名天下……」

「華容道」是《三國演義》中相當著名的情節，常被改編成電玩遊戲中的著名場面。只不過一般人皆是好殺成性，在遊戲中作抉擇時，都會摘下曹操血淋淋的人頭，任意篡改歷史。余老爹向充滿好奇的樊系數，將關雲長義釋曹操的故事簡略地說了一遍。

余老爹將方片放入盤中，又開出新的一局。

「這是最典型的開局方式，叫作『橫刀立馬』。你看方塊的位置，曹操在上，關羽橫放在他的下面，像不像舉著橫刀攔路？」

樊系數不住點頭，雙手已按在小木盤上。

余老爹眨了眨眼，續道：「這是聰明人才懂玩的玩具。你想試試看嗎？」

不等余老爹說完，樊系數已開始移棋，全副心神走入「華容道」。原以為將「曹操」移到出口不是難事，沒想到花了大半個小時，還是無法破關。

余老爹道：「看著，我現在教你一個解法。」當下在孩子前露了一手，闖關步法精妙絕倫，只用了八十一步棋，看得樊系數嘖嘖稱奇。

余老爹繼「橫刀立馬」之後，又拼出不同的布局，依次爲「插翅難飛」、「兵臨城下」、「五虎攔路」……花樣層出不窮，其樂也無窮。

樊系數出奇地好勝，自投降過一次之後，便不許余老爹再插手，要靠自己的力量尋找破關之道。

才不過三天時間，連闖二十八關，「華容道」再也難不倒他。

之後，余老爹又從櫃頂拿出一個小紙箱。那小小的紙箱可不得了，裡面滿是一堆解難玩具，繼中國古人所創的「貴妃秤」、「魯班鎖」，又有西方著名的「河內之塔」、「畢氏定理方塊」。總之，林林總總、應有盡有，只把樊系數看得目眩神迷。

那些玩具看似平平無奇，卻是博大精深的智慧結晶。就說那「魯班鎖」，由六根小木棍砌成，其榫卯結構巧奪天工，一拆一拼使人費盡心機。

接連數日，樊系數深深著迷，對余老爹給他的小玩意愛不釋手。

原來這些玩意的出現早有預謀，余老爹全是一番善心，主要目的就是要幫樊系數重拾求學的興趣。

樊系數的學業成績遠遜他人，究其原因，主要是他患的怪病。

據小薔敘述，樊系數辨字有困難，書寫又怪模怪樣……余老爹博學多聞，憑著這幾點癥狀，便懷疑樊系數患的是「讀寫障礙症」。有這種怪病者，思維模式別具一格，以致常被誤診爲蠢材，殊不知無數人類歷史上的天才在兒時皆是患者。

他同情樊系數的遭遇，於是決心助他走上正軌。

余老爹在旁笑觀其變，沒有說出自己的用心，只待樊系數自行摸索。一理通，百理明，往往只要教懂他初步的竅門，這孩子就可以自行摸索，將那些玩具上的難題一一破解。

余老爹明言讚賞，對樊系數的天資已是深信不疑。所謂「資質平庸」云云，只是其他長輩妄下的斷言，未能察覺樊系數異於常人的天賦。

如此過了一個星期，這日樊系數又玩得意猶未盡。

小蕎來到他身邊，再三叮囑道：

「飯頭，我有預感明天會有功課，你明天要來教我。」

「爲甚麼要等明天？現在教妳不行嗎？」

「不行！老師明天才派功課，明天才有明天的功課。」

樊系數覺得不成道理，見她神祕兮兮的，卻不知她在弄甚麼玄虛。

小蕎怕他爽約，竟伸出小拇指，逼他打勾勾作約定。

樊系數臨走前，余老爹將一串環交到他的手上，說是給他回家作的「功課」。

「這串環叫『九連環』，顧名思義，就是九個連著的環。這九個環反覆縱橫交疊穿梭，中間穿著一個叉套，要將九個環全數卸下，才算成功。」

樊系數隨手接過「九連環」，卻不知這東西難度之高，實屬眾物之冠。

余老爹有心試煉他，看看這孩子可以解到甚麼程度。

九連環、華容道、魯班鎖……乍看來是給孩子的益智玩具，當中卻涉及不少數學中的數列、幾何、拓撲學及運籌學等深奧概念，若是用心鑽研深究，將來一定受益匪淺。余老爹寓教於樂，這個方式對樊系數來說大爲受用。

天才，啓蒙。

在余老爹穿針引線之下，樊系數正走入數學的大殿堂。

但他將要走入的，乃是超越數學的更神祕境界。

9

椅子上、睡床上、浴室的馬桶上。

樊系數無時無刻都在解環。

余老爹給他的這個「九連環」，每脫掉一個環，下一環的解法更爲繁複，如此九環相扣，端的是變化萬千。

樊系數沉迷其中，環一日未解，心便沒有一刻安寧。

有說古時店家爲了留客，便在店裡擺幾副「九連環」。任何人皆有逞能之心，以爲這小東西易解，一拿上手方始感到艱難無比。未明奧祕，便陷局中，如此留了一日，店家的酒錢便進帳不少，夜裡作夢也偷笑。

全屋關燈之後，樊系數仍藉著昏暗的月光，把弄著那串銀光閃閃的環。直至深更半夜，他才緊緊握住這件寶貝墜入夢鄉。

如此過了一夜，樊系數一覺醒來。

看看時鐘，已是日高三竿。

這天是週末，只聞客廳中電視聲嘈雜，應是尙一帆在看兒童節目。

樊系數右手摸了一摸，驀地驚覺環串已然不在，翻遍整個床架，還是一無所獲。他想起臨睡前

「九連環」明明握在手中，醒來為何會無故消失？

莫非他昨日的經歷只是一場夢？

樊系數走出睡房，到處查找一遍，愈想愈是不對勁。恰巧在這時，他聽到一聲奇怪的笑聲。回頭一看，尙一帆匆匆地別過了臉，佯裝繼續看電視，神色似是做了甚麼虧心事。

樊系數不禁起疑，來到尙一帆面前，問道：

「你是不是拿走了我的東西？」

「甚麼東西？」

「我昨晚手上拿著的一串環。」

「這個嘛，我在廚房的垃圾桶好像見過。」

樊系數走入廚房，摸入垃圾桶底，弄得滿手污穢，卻找不到東西。

他知道被擺了一道，不肯善罷甘休，又走到尙一帆面前。尙一帆卻漠視他的存在，在沙發上剪腳趾甲，一副置身事外的樣子。

樊系數怒目相向，喊道：「快把我的東西還我！」

尙一帆卻正眼不瞧他一眼，冷冷道：「你有本事自己找。」

樊系數不想再被人消遣時間，馬上去找。

奈何家裡兩房一廳，還有廚房和浴室，要找件失物並不容易。

尙一帆看著他忙碌的樣子，心裡暗笑：「傻子！我有心戲弄你，當然是藏得有夠隱密的，照我看，你用半天也找不著呢！」

原來尙一帆見樊系數整晚握著這玩意，玩得興高采烈，他看了就是心中不快。礙於面子，尙一帆不會求借，便趁著樊系數酣睡時不問自取。玩了一會兒，不知有何樂趣，便道：「果然是智障玩的玩具！」酸葡萄心理作祟，他居心不良，竟將這玩物偷偷藏起，好作弄一下樊系數。

樊系數比平日加倍機靈，一方面在屋裡搜索，一方面留心尙一帆的動靜。幾次暗中觀察，尙一帆都是不經意地望向書架那邊。樊系數念頭急轉，趕即衝到書架前，發覺有幾本書較爲突出，抽出來一看，環串果然藏在後面。

正想取環，背後忽然傳來一聲：

「不許動。」

一把長木尺架在他的脖子上。

尙一帆見詭計被輕易識破，一股無名火起，竟想動武。他一副洋洋得意的表情，伸手拿走書架上的環串。霎時間，樊系數氣得直瞪著眼，竟不顧一切，上前奪環，喝道：「這是我的東西！」兩人同時抓環，僵持不下之際，尙一帆一時情急，揮動木尺猛地劈下。

哪知樊系數愈戰愈勇，用另一隻手抓實木尺，再朝反方向一捽。這一下抵禦出乎尙一帆的意料之外，又被對方的小腿絆倒，竟失足撞向了書架。

一陣震盪，砰砰數響。

書架上有半數的書掉了下來，而尚一帆整個人倒在地上。

只見尚一帆痛掩著臉，看到指間有鼻血流出，嚇得面色煞白。

這時聽到咯嚓一下的開門聲，尚太太剛由睡房出來，看到尚一帆受傷的情景，竟厲鬼似地尖叫了出來。

「我……我不是有心的……」

樊系數腦裡一片空白，拾起了地上的環，便掉頭不顧地奔向門口。

10

離家出走之後，樊系數餘悸猶存，心中害怕至極。

他知道姑姑最疼兒子，闖了這個大禍，回去肯定是一頓皮開肉綻的毒打。

一想到尚太太瞪著他的眼神，他就不由自主地打個冷顫。

樊系數在路上喃喃道：「唉……怎麼辦？難道今晚要在街頭露宿？」

無家可歸，前途茫茫，樊系數第一個想到的避難所，就是余老爹的店。他卻沒有立刻起行，而是躲在公園的兒童滑梯下，忘我地拆解「九連環」，似已將解環當作天下第一等大事。

直至傍晚，樊系數才在余老爹的店裡出現。他手上拿著的環，仍是未解開的環，拿走的時候是這模樣，歸還時也是同一個模樣。

余老爹一見是他，關切之情現於顏色，道：「你今天眞遲啊！小蕎還一直擔心你不來呢！」

樊系數一怔道：「小蕎呢？」

余老爹看了看手錶，說道：「這時候她到附近的茶餐廳買外賣。她等了你老半天，心情非常鬱悶，待她一回來，你不想死於非命，就要立即道歉。是了，你今天因何事遲來？」

樊系數搖了搖環，手裡叮噹作響，臉上充滿成功的喜悅，笑道：「『九連環』眞是好玩！不過我頭腦笨，到現在才將環變回原貌。」

乍聞此言，余老爹驚喜交集，著實難以相信。

巧環難解，「九連環」更難解，此玩意源自算盤的進位概念，含有極爲深奧的數列原理，若非找出其中的規律，要解環並非易事。解環尚可以說是僥倖，但將環重組這過程卻是大有學問，要不是對箇中原理瞭若指掌，到頭來還是會碰上釘子。

只見樊系數興致盎然，在余老爹面前示範一次，摘環、上環的手法嫻熟，實已掌握了其中訣竅。因解環步驟繁難，經過了約十分鐘，才將圓套和叉套分開。

余老爹看罷，心中再無存疑：「這小娃兒非但不笨，而且天資聰穎萬中無一！」不禁對他的潛質深感興趣，又開出一道難題：「再考一考你，由第一環開始計算，要用多少步驟才能將環全套脫下？」話剛出口，頓時後悔自己問得太過艱深，這樣的難題恐怕只有神童能解。

樊系數卻沒有半點遲疑，向余老爹借了紙筆，便開始寫出算式。說是算式，也不過是幾行整數，相加之後，他大叫出來：

「三百四十一步！」

這結果竟是正確無誤。

樊系數的數學天分令余老爹大爲驚嘆。

余老爹歡喜若狂，讚不絕口：「奇才、奇才！師父在天之靈，知我遇到你這等良才，他老人家心裡不知多麼高興！」

樊系數聽得有點糊塗，不知「師父」是誰，但對於余老爹稱讚自己這回事，便是聾子也能夠從對方的表情中猜知一二。

這時小蕎正巧回來，手上提著兩包保麗龍飯盒。

小蕎一見樊系數，初時喜形於色，轉而板著臉，責怪道：「飯頭，你來啦，我等了你整整半天！你今天是不是去了找其他朋友玩，都不記得跟我的約定啦？」

樊系數一臉歉疚，說道：「對不起，我一個人躲在公園裡，一直在玩『九連環』，連太陽下山了也不知道。」

小蕎好像有點愕然，又問：「你今天都是自己一個？」

樊系數正想答話，但嘴巴還沒張開，肚子已叫出一聲：「咕嚕——」

原來他解環太過入迷，竟連午飯也忘了吃。

余老爹哈哈大笑，向樊系數道：「哈哈。你餓了，過來一起吃飯吧！」

桌上擺滿了熱菜，添上一雙木筷。

茶燈光碗，三個長影。

還有，愉快的笑聲。

沒有愛的地方，還稱得上是「家」嗎？

來到這裡，才有人關心他，才有人稱讚他。

對樊系數來說，余老爹的破爛窩才是家。

11

樊系數與余兩父女同桌吃飯，因飢餓難忍，竟一口氣將飯碗扒到底。抬頭只見余兩父女怔怔地看著自己，他方始感到羞愧難當。余老爹笑呵呵的，將飯分一些給他。小蕎在旁逗笑道：「飯頭愛吃飯，果然人如其名！」

小蕎到附近的商店賒帳買酒，又買了兩瓶可樂。此時餐桌鋪著舊報紙，縱然稱不上是杯觥交錯，也是酣飲合歡。而余老爹今日一臉悅然，顯是格外高興。

余老爹一邊吃下酒菜，一邊瞧著樊系數，奇道：「啊！飯頭，你原來是用左手握筷子嗎？」

樊系數道：「這樣很奇怪嗎？」

余老爹笑道：「在人類歷史上，有數學天賦的奇才大多數是左撇子。我看得出，你將來一定可以成才。」

樊系數自慚形穢，抱疑道：「我這麼笨，怎麼可以成才呢？」

余老爹忽而搖頭，忽而嘆息：「可惜，眞是可惜，如果你沒有讀寫障礙的毛病，你的學業成績一定不只這個水準。但你遇上了我，我絕不會視之不顧，我余老爹定必盡所能助你成才。有機會的話，我想見見你的家人，行不行？」

這番話問及樊系數的家庭背景。

樊系數起初略有猶豫，直至與佘老爹親善的目光相碰，一股熱泉在體內流動，便將過去三年遭遇的童年慘事和盤托出。

儘管他現時在尙家受盡冷眼，他幼年時家境卻富裕得很，眼中的爹爹是英雄一般的江湖人物。每逢春節，挨著爹爹的面子，收到的壓歲錢少說也過萬。

在樊系數五歲那年，兩匪見他穿著光鮮，將他綁票上車，後來知道他爹爹的大名，竟然原路折返，自動自發叩門請罪。樊父不但沒有動怒，反而將兩匪待爲上賓，佳餚名酒不在話下，還一擲千金送上十萬元大紅包。

兩位匪客走時叩頭的情景深深印在樊系數的腦中。

家裡有個很大的浴缸。

兩父子同浴，樊系數爲父擦背。

爹爹的背上刺了個中文字，樊系數不會念。

「這個字唸作『義』，想做個問心無愧的男人，就要先學會這個字。」

這個「義」字筆畫繁多，樊系數寫來寫去，都無法將這個字寫得好。

「不會寫也不要緊，最重要的是心中有這個字！」

接著爹爹又會有所感慨地說：

「有時候呢，這個字對你很有幫助，譬如你口渴，喊出這個字，人家就會請你喝汽水；有時候呢，這個字會令你感覺很沉重，爲你帶來很大的麻煩，爹爹經常腰痠背痛，也是這個原因。」

他的父親知情達理，從不會強逼他去唸書，偶然見他成績不錯，就會讓他騎在胳膊上，帶他到附近的模型屋買玩具。

多麼甜蜜的父愛，多麼幸福的家。

但人有旦夕之禍福，在樊系數七歲那年，放學隨母回家，一開門竟看到滿屋彪形大漢，個個凶神惡煞地瞪著自己。大廳含煙籠霧，樊父被夾在中間的沙發上，眉宇之間卻無懼色，直到樊系數被人抓住，他的闊額才稍微皺了一皺。

一隻畫著麒麟的手臂，在小孩的臉上劃了兩刀。

左臉一刀，右臉一刀，兩條血痕。

樊父終於討饒了。

那幫人散去的時候，樊系數還在痛得哇哇大哭。

樊父緊緊抱著他，在他耳邊慰言道：「你的玩具箱中不是有一輛救護車嗎？你很快可以看到真正的救護車，不是應該感到興奮嗎？爹……爹對不起你，你這輩子投胎不好，做了我這個壞爸爸的兒子。」隨後站起來與樊母相擁而泣。

事後經過多方轉述，樊系數才知道父親中飽私囊，吃掉黑社會大哥的錢，結果紙包不住火，被逼償還工作三百年才還得清的巨債。他根本還不起錢，但對方人多勢廣，怎能逃得了？在江湖追殺令下傳之前，樊父自知人生再無轉圜餘地，便走上自絕一路。

樊父滿以爲全家死後一乾二淨，怎料樊系數千不該萬不該留住性命，亦爲這小孩日後的不幸種下禍根。

人死債不清。

那些江湖人士陰魂不散的惡意恫嚇，剪電線、騷擾電話、亂灑紅油漆、門口掛雞頭……這些招數層出不窮，苦就苦了與樊父有牽連的親人。

其他人對他爸爸的忿恨，通通發洩在他這個小孩身上。

尙太太和尙一帆對他心懷怨恨，也是這個原因。

在余兩父女面前，樊系數第一次講述自己的往事，儘管有時口齒不清，也無礙對方理解他的意思。他年紀小小，已遭遇到家破人亡的變故，難怪別人問起他兩條刀疤的由來，他總是以緘默來針鋒相對。

說者無意渲染，聽者卻聳然動容。

余老爹突然一拍胸口，將杯中酒傾喝而盡，豪言道：「以後再有人敢欺負你，你來我余老爹這裡，余老爹拚了老命也要幫你出頭！」

小蕎也舉起可樂瓶，說道：「有人欺負你的話，我小蕎也會幫你狠狠教訓他！」正想依樣畫葫蘆喝光汽水，她卻喘不過一口氣，汽水全都瀉到身上。

樊系數早已熱淚盈眶，掉下半寸長的鼻涕。看到小蕎的滑稽相，才又破涕爲笑，匆匆把衛生紙遞過去。

余老爹道：「天將降大任於斯人也，必先苦其心智，勞其筋骨。這句話的意思你明白嗎？」

小蕎卻打岔道：「爹爹又在掉書袋了！這句話這麼深奧，一般孩子哪裡會明白？」如她所說，樊系數眞的只是一知半解。

余老爹瞧著小蕎，問道：「那妳是一般孩子嗎？」

小蕎笑出酒渦，挺起開始發育的胸部，道：「我當然不是一般孩子！這句話的意思嘛，就是說老天爺將重任交給一個人之前，就會先讓這個人吃些苦頭，好看看他是不是經得起考驗。」

原來小蕎小小年紀，語文水準卻已青出於藍。

余老爹欣然點頭。

小蕎半側著身，向樊系數道：「老天爺的重任未到，現在我就有個重任交給你。這裡有個冰箱，冰箱裡放著今晚的甜點，請你過來幫我打開。」

樊系數依言走向電冰箱，卻看到小蕎怪模怪樣地笑著，唯恐她有心作弄他，便著意謹愼地打開冰箱的門。

三人望入電冰箱裡。

小小的紙包蛋糕上插了十一枝蠟燭。

十一枝蠟燭，轉眼變成十一點光亮。

「恭祝你福壽滿天齊！慶賀你生日撞穿頭！」

小蕎逗趣的歌聲傳入眾人的耳裡。

這番驚喜別出心裁，樊系數抹乾了眼淚，才向小蕎衷心言謝。

余老爹笑不攏嘴：「原來小蕎這兩日古里古怪，就是想爲飯頭慶祝生辰。她人小鬼大，連爹爹也瞞著啦！慢著……今日是幾號？」驀然驚覺一事，余老爹熱血上湧，抓著樊系數的肩頭，大聲叫了出來：「三月十四日？你是在三月十四日出生的嗎？」

樊系數沒頭沒腦地看著余老爹，怯聲答道：「我在今天生日，沒錯……」

聽了這個答案，余老爹雙目發直，身子也不由自主，陡地震了一震。

他的眼睛不由自主地望向一邊，日曆上確實是圈著三月十四日。

一八七九年。

三月十四日。

他記得，差不多在一百年之前，同樣有個孩子在三月十四日出生，同樣是左撇子，又同樣有讀寫障礙的毛病。在別人的眼中，他一無是處，常常挨罵，拖累全班上課的進度，根本沒人會覺得這樣的孩子將來會成大器。

但，世事往往出人意表。

這孩子，後來竟成爲整個世紀最偉大的巨人。

這孩子，名爲亞伯特·愛因斯坦！

12

藍色的月亮。

紅色的屁股。

這是樊系數的聯想。

樊系數自中午離家，一直刻意忘卻錯手傷害尚一帆一事，現在到了不得不回家的關頭，便有預感自己的屁股將會變得火辣辣的。

余老爹得知樊系數的生辰之後，似是明瞭了甚麼事，表面卻不動聲色。生日會完後，余老爹見樊系數臉現憂色，以為他急著回家，便好言道：「時候不早了，你也該回家了。」

樊系數苦著臉，噘著嘴道：「我一回家……一回家就會死無葬身之地。」

小蕎失笑道：「你是不是用錯了成語？難道你家人是怪獸，會吃了你嗎？」樊系數當下將他如何闖禍一事娓娓道來，又將尚太太「菩薩假臉」下的歹毒描述得繪聲繪影。

余老爹沉默半晌，然後從日曆上撕下一頁，閉目養神，恰似高僧在禪思一樣。

他一睜開眼，便揮筆在日曆紙的背後寫字。

起筆到擱筆只用了約莫十秒，由此看來，不會是信函。

只見余老爹一寫好字，便將日曆紙摺成船狀封口，就似一道透著綠紋的神符。

余老爹道：「我余老爹除了懂得修理電器，也懂得一點法術。最近『包青天』劇集系列正熱播，有看過嗎？要擋『尚方寶劍』，就要用『免死金牌』。」他將摺好的日曆紙揚了一揚，又說下去：「這張紙就是你的『免死護符』。如果你怕姑姑打你的話，你只要在她面前打開這張紙，她就會饒你一命。不信的話，今晚可試試看。」

一張紙就可以化險爲夷？

世上豈會有如此奇妙的事？

儘管余老爹不像在開玩笑，樊系數也不得不存疑。

余老爹出其不意地問：「你家門外有供奉土地公嗎？」樊系數點了點頭。余老爹彷彿有未卜先知的本事，囑咐道：「假如你姑姑問起誰給你這個護符，你就騙她說這是在土地公的神主牌上拾到的。你是否會挨打，就要看你說謊的本事了。」

樊系數滿頭問號地接過「免死護符」。

就這樣，樊系數告別余老爹和小蕎之後，朝著家門的方向直走。

途中，樊系數出於好奇，將護符拆開看了一看，只見皺巴巴的紙上，沒有半個中文字，只有一堆數字和上下方向的箭頭。

樊系數頭上的問號愈來愈大了。

轉眼已來到家門前。

樊系數見到門口的土地公，竟然眞的半跪下來，誠心拜了一拜。之後，樊系數身高不夠，便借著閘門的橫欄作踏腳點，輕輕躍起按下門鈴。

門，旋風式地打開，尙太太就站在門後。

她笑著，等著樊系數進去。

鎖上門的同時，她板起了臉，從背後拿出鐵尺。

那是二十四寸長的鐵尺。

樊系數的心寒了一截。

這時尙一帆從寢室走了出來，趕上了一場好戲，招搖地瞧著樊系數受苦的表情。他輕輕摸了鼻上的藥布貼一下，似是在提醒母親有關他受傷的事。

尙太太指著尙一帆，對樊系數怒目相向：「你看看自己做的好事，如果表弟一帆因爲你而破相，這個責任你負得起嗎？做錯事就逃跑，你眞是壞得無可救藥！所以我今日是非打你不可了。」

恰似被惡鬼附身一樣，尙太太厲色道：「脫褲子。將屁股向著我。」

這句話本來十分詼諧，但從尙太太的口中說出，卻有一種森然駭人的威嚴。

樊系數抱著最後一線希望，將余老爹的護符取出，扯住兩角，伸手在尙太太面前展開。

尙太太看了一看，詫然道：「這是甚麼意思？你想向我舉白旗投降嗎？」

這一步行動做得沒頭沒腦，她會誤解也是情理之內。

甚麼「免死護符」，根本是騙人的！

樊系數萬念俱灰，轉過身子，便閉著眼睛準備挨打。說也奇怪，明明已是蓄勢待發，但尚太太手上的鐵尺遲遲未打下來。樊系數身心飽受煎熬之際，忍不住睜大了雙眼。

不見了。

尚太太在他眼前不見了，不知到了何處。

那張紙也不見了，是……是她取走了？

樊系數驚訝不已，望向前方，發覺尚一帆的表情比他更驚訝十倍。尚一帆的目光緊緊盯著主臥室的門，從這一點看來，尚太太應該走入了裡面。

果然，過了一會兒，尚太太由臥室出來。

尚太太俯視著樊系數，問道：「這張字條你是從哪裡得來的？」

樊系數按照余老爹教他的說法，撒謊道：「我……我是在門外……土地公的神主牌上拾到的。」

這番話說得結結巴巴，正以爲無法將尚太太瞞騙過去，沒想到尚太太猶如鬼迷心竅，只顧望著那日曆紙背後的字，自言自語：「不會吧……太巧了……神仙顯靈了……」

然後她又一聲不響地走入臥房，話聲細碎，似在跟丈夫商量甚麼。

尚一帆眼睜睜地看著母親就此罷休，大失所望之餘，心中滿是疑問。

同樣，樊系數的心中也滿是疑問。

余老爹寫給他的字條他也看過，除了一些數字，便只有一些箭頭。樊系數百思不解，他看不懂意思的便條，尚太太爲甚麼一看便懂？這件事玄之又玄，便是他光睜著眼想一整晚，也想不出一個合理的解釋。

充滿神奇的數字……

余老爹……

13

余老爹，街坊會認得他，皆因他修理電器的本事。無論多棘手的壞電器，余老爹也修得好，又加上價錢公道，因此在這一帶享有盛名。

不論從任何角度看，他也只是個很普通的老頭。

但樊系數昨晚藉余老爹給的護符逃過皮肉之苦，便開始發現到他不爲人知的一面。

第二天是週日，乘著尙家一家熟睡之際，樊系數從冰箱拿走兩片土司，一大早就往余老爹的破爛窩跑。

來到店外，大門緊鎖，看來是未開門營業。

樊系數坐在門外等了一會兒，突然人有三急，記得店後有個停車場，車場左傍便是廁所。平日他會穿過後門走到店後，但現在店門未開，唯一的方法只有繞路走。

走了一小段路，來到停車場。

卻見小蕎就坐在一輛轎車裡，正吃著她的「麥薯餅」早餐。

那輛轎車一看就知是高檔款式，樊系數慢慢走近，臉上盡是狐疑之色。小蕎見他出現，便捲下車窗跟他打招呼。

樊系數劈頭一句便問：「妳怎麼會在裡面的？」

小蕎道：「這裡有冷氣！舒服嘛！」

樊系數知她會錯意，又問：「我不是這個意思。我想問……這是妳爹爹的車嗎？」

小蕎答道：「哦，不是呢，這是我爹爹朋友的車。你要進來坐坐嗎？」

樊系數東張西望，再問：「余伯伯呢？」

說到曹操，曹操就到。

小店的後門左邊有道鋼門，鋼門一開，便走出兩個人。其一是余老爹，神態談笑自若；其二是個魅力非凡的男人，穿著一套非常時髦的時裝。

余老爹望向轎車這邊，只道：「咦！飯頭，你今日來得眞早。小蕎，哥哥有事要走，妳該下車了。」小蕎吐了吐舌頭，依言下車。

樊系數眼也不敢眨，看著余老爹身邊那男人走過來。

那男人忽然停住了腳步，從皮包裡取出支票簿。他一面在支票上寫字，一面向余老爹道：「余大師，這是我的一點心意。」

余老爹卻阻止了他，笑道：「客氣甚麼！你又不是不知道，我這個人視錢財如糞土。只要你好好利用你的名氣，多做善事和立身正己，就不枉我的一番苦心。」

那男人聽了，一笑置之，將手上的支票從中撕開，然後瀟灑地往空中一拋。那男人豁然笑道：「我在世上最佩服的人非您莫屬！大師之言，一定謹記！」他似是有忙事在身，一入車內，揮手道別，便駕車駛離停車場。

那張被撕破的支票飄到樊系數的腳邊。

樊系數拾起一看，數著支票上的銀碼，一個零、兩個零……總共有六個零，即是一百萬。這筆錢款之大，以樊系數的心理標準來量度，便是足夠買幾間玩具店的所有玩具有餘！

剛走的那男人不認識樊系數，但樊系數認識他。

因爲——

他是一位明星！在電視上看到的明星！

當年流行一種抽明星卡的花錢活動，尤其以某「Y」字牌的卡最受歡迎。輔幣一元，抽卡一張，閃卡以罕爲貴。芸芸閃卡之中，以這明星玉照做的夜光金鑽卡封爲至寶，由此可見這明星的身價非凡。

而今，這樣的明星竟在余老爹的破爛窩裡出現，此情此景之怪異，恍如在路邊看見糞便上長出富貴竹一樣！

余老爹只看了兩個孩子一眼，便道：「我要到洗手間一趟，你倆在這裡等我一會兒。」轉眼便走入了男廁裡。

樊系數指著停車場的出口，向著小蕎道：「你爹爹認識那人嗎？」

小蕎好像看慣了這些場面，不當一回事地說：「他是爹爹的老顧客了。」

樊系數忽然想起自己原來的目的，也尾隨著余老爹走入男廁。

男廁裡，一老一少同時撒尿。

樊系數心中太多疑惑，還沒有扣上褲頭，已滔滔不絕問了余老爹很多問題。余老爹卻避而不答，只提出一個怪問題：「飯頭，問你一個假設性的問題。假如愛因斯坦投胎在我們的地方，你覺得他的下場會怎樣？」

假如愛因斯坦投胎在中國人的地方，他的下場會怎樣？

他是大器晚成型，小學成績不好，自然要入爛中學。

他的平均分不高，因此文理分班會被逼入文科。

只有一門數學好，想入大學就是癡人說夢。

沒有學歷寸步難行，唯有做搬運工。

還說搞甚麼科學研究，老媽就叫他研究鼻毛。

天才，就此湮沒……

但樊系數只不過是小五生，對這個教育制度的缺憾一無所知，只是睜著圓滾滾的眼睛，仰臉向著余老爹道：「愛因斯坦不是個很聰明的人嗎？是聰明人的話，想做甚麼工作都可以。」

余老爹愜意一笑，解釋道：「愛因斯坦唸書時，就只有一門數學科的成績好。」

樊系數想起一些事，接話道：「我表弟一帆的數學也很好，他說過他的志願是作數學家。但姑姑總是勸他打消這個念頭，說在香港作數學家不會有出息，還是作會計師比較實際。只是數學好的人，好像沒有甚麼成就呢！」

余老爹道：「這番話未必正確。我跟你說，不管是甚麼知識和技能，只要到了爐火純青的地步，就可以做出令人瞠目結舌的成就。語文好的人可以寫出醒世佳作，就像作家魯迅，用文章來喚醒我們的民族靈魂；擅長運動的人可以作運動員，在奧運會上爲國爭光；數學好的人就可以……」

余老爹頓了一頓，引起樊系數的好奇心，才語出驚人：「拯救世界！改變人類歷史！」

換了是其他人，一定以爲余老爹動漫卡通看多了，所以說起話也是瘋瘋癲癲。但樊系數昨晚見識過余老爹神仙一般的本事，又目睹有大人物上門拜訪，便知余老爹擁有一種神祕的力量，而這種力量更肯定是一種超科學的力量。

破爛窩，竟然是諸葛廬。

臥虎，藏龍，隱世高人。

「跟我來吧！」

余老爹一招手，樊系數便跟著他，走入店後的鋼門裡。

14

鋼門，通往二樓。

原來除了下面的店面，余老爹連二樓也一併買下，一半用作居所，另一半則是招待特別客人的書室。余老爹有事與樊系數單獨談，便叫小蕎替他買菸。小蕎起初不依，余老爹掏出一張百元大鈔，說道：「剩下的給妳。」小蕎想吃某「D」字頭的冰淇淋，便歡天喜地地出去了。

余老爹用鋼匙開門，招呼樊系數走入書室。

書室裡別有洞天。

映入樊系數眼簾的，竟是一些不倫不類的裝飾品，既有木雕的地球儀，又有一個掛在牆中心的八角形刻字盤，方几上放著萬年曆和鐵算盤，偏偏窗邊有座天文望遠鏡，又有一台當年不常見的白膠盒型電腦，構成了中西合璧的格局。

單說家具，就只有桌椅和書架，皆由酸枝木所製，古風樸素，卻又添了幾分神祕感。幾個書架擺滿經書古籍，一旦全部倒塌下來，書房就會變成浩翰書海，眞正體驗到在書中暢泳的快感。

這地方，要說是天文學者的書房，牆角卻堆著一疊馬報；要說是一間研究室，余老爹的裝束卻沒有一處像個學者。

余老爹取出兩個蒲團，叫樊系數放好，兩人席地而坐。

「飯頭，你就當我是隨便說說……如果這世上將會有場大浩劫發生，這場浩劫將會波及全體人類的安危，我要你承擔起拯救世人的使命，你願不願意？」

余老爹開口的第一句話，竟是一個奇怪的問題。

在動漫卡通裡，每當主人翁被人問到這種問題，只要他給予一個肯定的答覆，就會得到成爲英雄的神祕力量。

「當然！」

樊系數無故熱血澎湃，用盡全身的氣力點頭。

余老爹嘉許地一笑，續道：「飯頭，我說你與數有緣……你明白甚麼是『緣』嗎？」

樊系數不明就裡地瞧著余老爹，呆呆地問：「緣？我最近的考試，就只有數學一科合格，這是不是就是『緣』？」

余老爹哈哈大笑，澄清道：「哈哈！我說的數不是數學，而是術數。」

樊系數看來不識這個詞語，吶吶道：「術數？」

余老爹道：「算命、占卜……這些東西你聽過了嗎？簡單來說，術數就是一門預知吉凶、推測命運的學問。」

樊系數恍然道：「哦！」

余老爹又道：「古今中外，皆有占卜家這個御職，專爲至高無上的君主服務。只不過，西方叫占星師，我們中國人就叫術數師，又或者稱爲堪輿學家。告訴你一個祕密，我除了是個撿破爛的

『收買佬』，另一個身分就是個術數師。」

那年頭的孩子，都是看「假面超人」、「蝙蝠俠」、「美少女戰士」……等等動漫長大的，所以他們的世界觀裡，一致認定正義使者平時藉平民身分掩飾，變身後才會露出其本來的英雄面目。

樊系數對余老爹的崇拜度大增，對他的另一個身分也產生了濃烈的興趣。

樊系數不禁問道：「你那天寫了幾個數字給我姑姑看，我就不用挨打，這就是術數師的本事嗎？」

余老爹道：「也可以這麼說。要跟你解釋還眞的不容易……總而言之，那些數字就是我經過複雜的計算而得出來的結果。數學家是一些算術很棒的人，術數師也是一些算術很棒的人。所謂數學，所謂術數，其實是殊途同歸。說穿了，術數師就是非常厲害的數學家。」

樊系數就像個半生不熟的記者，想也沒想，就提出最急切知道答案的問題：

「那，術數師有甚麼厲害？」

余老爹繞著雙手，讓電風扇吹起橫擱肩上的外套，擺出最威風、最耍酷的姿勢。

他正氣凜然，唱戲似地道：

「救萬民於水深火熱之中，以不世才智參透天機。俠之大者，爲國爲民；數之精者，扭轉乾坤。扭轉乾坤的意思，就是改變整個國家的命運。我之前跟你說，數學好的人可以拯救世界，可是半點也沒有誇大。」

樊系數聽得目瞪口呆，忍不住道：

「數學好就會這麼厲害？」

余老爹聽出他的語氣中略有質疑之意，便引出例子道：

「你不信嗎？就給你舉個例子。近一百年，愛因斯坦是我道中人最尊崇的人物，我的師父每每論及他，總說這位大師才是俠中典範。要不是愛因斯坦，中國這片土地上，還不知要有多少生靈塗炭的慘事發生，即使中國人的血流滿長江，戰亂也不會終結……」

樊系數愈來愈糊塗，不禁問道：

「愛因斯坦不是外國科學家嗎？和中國人有甚麼關係？」

這一問似在意料之內，余老爹語氣堅定地說：

「有。」

15

愛因斯坦是個出色的物理學家與數學家。

這是眾所周知的事。

他再厲害，也只是個物理學家與數學家。

不識「降龍十八掌」，不懂「龜派氣功」，正是個手無縛雞之力的人。

但余老爹說，愛因斯坦挽救了不少中國人的性命，這是甚麼緣故？愛因斯坦與咱們中國人又有甚麼關聯？

此刻樊系數的腦中滿是疑問，可是余老爹愛賣關子，直教他心癢難搔。

余老爹走近書架，背著樊系數道：「在第二次世界大戰期間，日本人大舉侵略過中國。九一八事變、南京大屠殺、香港淪陷三年零八個月……這些事你聽過沒有？」

樊系數對這些事所知不詳，卻也有個模糊的印象。兒時隨母回鄉，坐在外公的膝上聽故事，外公每每談及他在抗日戰爭打仗的事，一雙眼就會滿布血絲。日本軍人害得外公家破人亡，外公心懷巨恨也在情理之內，罷買日貨這種行徑，也只有經歷過那種慘痛的人才會瞭解。

聽媽媽開玩笑說，當年外公批准婚事的先決條件之一，就是要樊系數的父親發一個毒誓，將收藏品裡的日本進口黃書全數燒毀。

余老爹從書架上取出一本大版圖書，逐頁逐頁在樊系數面前翻開。

一幅又一幅的大圖，將抗日戰爭的歷史濃縮地展現。用戰機大炮的那方，相信就是日本；用柴刀、鋤頭和紅星手槍來殺敵的，肯定就是中國。肆意屠城、血肉模糊，大部分是中國平民被任意凌虐的畫面。某一張圖裡，一個日本軍人用步槍扣押一對母女，正朝著一片叢林前進，至於後來在叢林裡發生甚麼事，便不得而知了。

樊系數默默看了，果然就像喝濃縮橙汁的感覺，口裡有種說不出的苦澀感。

照片上的紀實，以血洗血的戰爭……

余老爹將這段歷史簡略說了，愈說愈是離題，樊系數不覺沉悶，便一路聽下去。說到某處，余老爹忽然問道：「你知道日本人主動投降的原因嗎？」

樊系數見中國還是掛著自己的國旗，便知最終是中國人打勝仗。

於是他理所當然地回答：「當然是中國人勇猛抗敵，打得日本鬼屁滾尿流。」

余老爹無名火起，一巴掌狠狠地拍在桌上，大聲回應：「勇猛個屁！中國人差點就要被滅國呢！真正令戰爭在短期內結束的原因，是因為美國人在日本投了兩枚原子彈。」

余老爹將圖冊翻到後面。

一個蘑菇雲似的煙圈。

一九四五年八月，美國在日本廣島投下史上第一枚原子彈。

方圓一千平方公尺內的生物完全消失。

原子彈，一種超越自然的力量。

物理學之精要，乃在於以公式計算大自然的規律，因此與數學有不可分割的關聯。所以說，只要瞭解到自然的規律，繼而掌握這種力量，輕則可以顛覆常識，重則可以左右國勢。

爆發！打倒暴君，結束戰爭。

數之精者，扭轉乾坤，也是這番道理。

但余老爹還是沒有解釋到愛因斯坦與中國人的關聯。

樊系數呆呆出神，拖著猶豫不決的聲音說：

「那……」

「你知道原子彈是誰發明的嗎？」

「不會就是愛因斯坦吧？」

余老爹沉吟半晌，目光靈動地溜了一圈，似個正在胡鬧的老頑童。

「當然不是。」

樊系數不自覺地鬆了口氣。

但他依舊一臉愕然。

余老爹卻在這時意味深長地笑了一聲。

「但原子彈的發明，就是利用了愛因斯坦的理論！」

余老爹執起粉筆，在黑板上寫下一些數學符號：

$E = MC^2$

樊系數怔怔地看著這條公式。
只是一條非常簡單的公式。
但這條公式卻改寫了全體人類的命運！以及歷史！

16

愛因斯坦、中國人、相對論、原子彈、世界和平……

這些看似毫不相干的人物和東西，竟被一條隱形的線扯在一起。

樊系數彷彿穿過一道門檻，走入一個由數字組成的奇妙世界。

「在外國，數學棒的人不是當數學家，就是做科學家。反觀我國，數學棒的人就會當術數師。古時懂術數的人地位崇高，到了近代卻淪爲神棍，而大部分祕笈更已經失傳。唉，其實我道中人並不迷信，所謂術數之道，同樣是以科學的方式去推算出結果。」

照這個說法——

假如愛因斯坦誕生在中國，他就會成爲一位很出色的術數師！

余老爹有意露一手本事，便向樊系數道：「再多說也只是紙上談兵，你跟我去一個地方，我證明『術數是甚麼東西』給你看。」

像余老爹這種學術數的人最愛賣關子。樊系數三番四次問要去甚麼地方，余老爹總是以一句「天機不可洩露」敷衍了事。

樊系數實在很好奇，心想：「余伯伯會帶我去甚麼地方？」

可能要去維多利亞港，學摩西那樣將海水劈成兩截，再穿過中間由尖沙咀走路到銅鑼灣。

不過這樣做就要上電視新聞了，余老爹是個低調的人，所以沒有這個可能。

可能要去原子科學實驗基地，用精密的計算來操作機械人，準備與邪惡勢力對抗。

但香港附近一帶有戰爭嗎？要跟甚麼敵人作戰？

就是因爲樊系數期望過高，所以當他到了目的地，幾乎失望得要立刻暈倒。

沒有上車，也沒有坐船，兩人只走了約十分鐘的路程。

一間賽馬會投注站〔註〕聳立在樊系數的面前。

「你在外面等我。」

余老爹到報攤買了份馬報，便走入了投注站裡。裡面熙熙攘攘，人人戴耳機、執馬報，連外面的階梯也坐滿了賭客，這一邊口沫橫飛，那一邊彩券紛飛；既有流言蜚語，又有粗言穢語，眞的熱鬧非常。

樊系數雙眼瞇成一直線，心想：「難怪書房裡有一大疊馬報。余伯伯平時一本正經，原來也是個賭徒。」

轉眼間，余老爹從一片人海中走出來，說道：「裡面人多，排了好長的隊。時候差不多了，我們到那邊的餐廳吃點東西吧！」

兩人便來到一間茶餐廳裡。

正値賽馬日，茶餐廳裡有電視直播賽事，自然帶旺了生意。

夥計過來寫單，樊系數點了沙嗲牛肉麵，余老爹要了一份奶油吐司。

樊系數的後座有兩個禿頭男人。

其中一人吐出一口煙圈，不小心噴到樊系數，害得樊系數嗆鼻咳了一下。另一人拎著馬報，像火炬般舉向電視，向著另一桌的食客，興高采烈地談論下一場賽事：

「『長勝將軍』實力超群，一定勝出！」

「我就將重注押在次熱『九尾龍蝦』身上。看牠屁股翹得這麼高，鬥志奇盛，這就是冠軍相哪！」

「兩位大哥別爭吵，像我一樣，買連贏不就萬無一失嗎？」

從這些人的對話可知，那兩匹馬就是這場賽事的大熱門。

這時電視畫面中，有匹馬不肯入閘，工作人員正為此頭痛不已。

禿頭男人一號大笑道：「老馬有火，還是老得走不動啦？這匹『流星豬』太老了，要跟年輕的馬拚，實在太難為牠了。」

禿頭男人二號陪笑道：「不就是嗎？老馬該入屠房了，幹嘛還出來陪跑？即使有八十幾倍的賠率，哪裡會有笨蛋買這樣的冷門馬？」

註：賽馬會既是香港最大的賭博中心，也是最大的慈善機構，每一區未必有市政局的圖書館，但幾乎都有賽馬會的投注站。

樊系數聽了，忽然覺得「流星豬」很值得同情。他一回頭，發覺余老爹在身上摸來摸去，就是不知在找甚麼東西。

余老爹停了手腳，忽道：「飯頭……你身上有沒有帶錢？」

樊系數有種不祥預感，搖頭道：「沒有……」

不祥預感果然成眞，余老爹擺出一張慌張的面孔，湊近樊系數的耳邊，道：「這可糟糕了，我身上也是沒錢……只好期望我買的馬匹跑贏，否則我跟你就要做洗碗工……這間餐廳的老闆是黑社會，搞不好還會被揍呢。」

樊系數冒冷汗道：「你買了哪一匹馬？」

余老爹居然還笑得出來：「六號，流星豬。」

流星豬……

那匹快要進入屠場的老馬。

只有笨蛋才會將錢押在牠的身上。

餐桌上的沙嗲牛肉麵被吃了半碗，奶油吐司也被咬了一口，現在逃跑就是吃霸王餐了。

這時候，一雙雙眼睛都盯著電視機。

賽事開跑，大熱門長勝將軍一馬當先跑出，九尾龍蝦緊隨其後，腳步異常有勁，博得旁述員大聲吶喊助威。流星豬起跑落後，早已失去了蹤影，不在鏡頭拍攝範圍之內。

長勝將軍和九尾龍蝦互相領先，畫面下方的號碼也交替地換來換去。

一眨眼間，兩馬雄風勃發，已將後面的馬匹遠遠拋離。

因爲是短途賽的關係，有這麼一大段距離，看來已是穩操勝劵。

「長勝將軍！」

「九尾龍蝦！」

茶餐廳裡溢滿賭徒們的呼喝聲，不但震耳欲聾，並且壁壘分明。

樊系數的冷汗滴在餐桌上。

余老爹卻看也不看電視一眼，自顧自品味香濃的奶茶。

17

愛因斯坦的一生充滿了傳奇。

童年時的蠢才，長大後竟變成億中無一的天才。

他的思想闊度遠遠超越一般人類所能理解的境界。

如何由一個蠢才變成一個天才？這是人類大腦功能上一個難解之謎，無數科學家抓破頭顱，也無法說出個所以然來。

「愛因斯坦小時笨頭笨腦，被老師摑了一巴掌，之後成爲偉大的科學家。爲甚麼？」

「他不甘心被人看不起，從此發憤讀書。」

「錯了！其實，那一巴掌開啓了他腦部的潛能！」

在茶餐廳裡，余老爹一邊喝著奶茶，一邊說出這番耐人尋味的話，直教人丈二金剛——摸不著頭腦。

樊系數從直播賽馬的電視畫面抽離視線，呆呆地望著余老爹。

「是眞的嗎？」

「未必是眞的，也未必是假的。」

「這不是……這不是說了等於沒說嗎……」

「如果那一巴掌摑了之後，愛因斯坦眞的變聰明了，我說這兩件事之間互有關聯，你可以否定嗎？我想說的，就是一些看似毫無關聯的巧合情況，其實有可能是事實的眞正解釋，暗暗透露不爲人知的天機。」

余老爹微微一笑，又說下去：

「人腦中藏著極爲深奧的祕密，而人的身體由粒子組成，自然就會產生引力……有時候，有些數字影響了我們的人生，我們只覺得是偶然，卻不知當中是冥冥中自有天意……」

聽著這番好像很高深又好像不知所謂的道理，樊系數實在不知如何回應。他不期然瞅了電視一眼，只見兩匹帶頭的駿馬仍在劇鬥當中。

現階段只剩下二百多米，冠軍不是九尾龍蝦的話，就一定是長勝冠軍。

絕無其他可能性！

流星豬輸定了，余老爹的賭注落空了……

樊系數已經有洗碗的心理準備。

「若要以術數預測結果，我們就要有個信念，一切數字的出現並非偶然，人類的命運會受一些現在無法以科學解釋的引力影響。萬物有引力，是爲『萬有引力』，這就是我國堪輿學者在三千多年前就發現的天地奧祕。」

萬有引力！

樊系數雙眼瞇成一線，本來想問：「『萬有引力』不是牛頓發現的嗎……」但他聽到四周的人開始起鬨，便將視線重投到電視螢幕上。

只見電視螢幕上，排在首位的九尾龍蝦忽然失蹄。座上的騎師措手不及，抓空了韁繩，竟從馬上墜了下來，落地翻滾。旁邊的長勝將軍受到驚嚇，一下顛簸，差點就撞向欄柵。大亂之下，垂手可得的冠軍頓時化爲烏有。

在距離終點二百米前，發生了意外！

沙塵滾滾，內線受堵，騎師紛紛策馬向外。

樊系數無法說話了。

他緩緩地回過頭，著魔一般地瞧著余老爹。

「星球與星球之間有引力，蘋果與地心之間有引力，人皆物也，人與人之間爲甚麼不可以有引力存在？在牛頓的第一、第二及第三定律問世之前，人類也從來沒有想過，原來所有物質的運行、傳力以及碰撞，都可以經公式計算出結果。」

在一片驚愕聲之中，流星豬佔著先機，在眾馬之中奔馳而出，與另一匹駿馬角逐冠軍。

「相信引力是存在的話，只要代入公式，再經過計算，『命運』就是答案。」

電視聲、喧譁聲、余老爹的聲音……

彷彿是三種樂器的合奏，在樊系數的耳邊嗡嗡作響。

畫面裡，流星豬以一個馬鼻之差險勝，成爲這場賽事的大冷門。

茶餐廳內粗言穢語之聲不絕，有人破口大罵：「作弊！抗議！」也有人罵道：「大熱倒灶，豈有此理！那騎師快死吧！我輸的錢給你做帛金！」

看來在場之中絕大部分是賭輸錢的人。

只有神機妙算的余老爹除外。

余老爹剛好喝光奶茶，叫夥計來結帳。樊系數乾睜著眼，頗是愕然：「你不是說沒錢仕身上的嗎？」余老爹呵呵笑道：「我只是騙騙你，看看你緊張的樣子。」甚麼黑社會老闆云云，原來也是故意騙他，好教他看賽馬時加倍刺激。

余老爹帶樊系數走出外面，看到路邊有個拉著二胡的跛腳乞丐，便將贏錢的彩券投入他的缽子裡。

樊系數看了余老爹大顯神通，對他的本事佩服不已。

「余伯伯，你怎麼知道『流星豬』會跑贏？」

「早跟你說過嘛，這一切都是經過計算的結果。」

「還有……上一次，我姑姑看了你寫的一些數字，她怎麼就不打我啦？」

「我這只是投其所好而已。那些數字是甚麼東西，你知道嗎？」

樊系數搖了搖頭，目光奇亮，期待答案。

余老爹這才說出眞相：

「那是股票號碼。我猜你姑姑是貪錢之人，最近股市熱浪翻滾，你姑姑這種人最易入網。說到術數一道，我其實能力有限，也不是無所不知，就因爲你姑姑和你有血緣關係，我才求得出那幾個幸運數字，來幫你消災解厄。」

單是幾個數字當然令人難以信服，但原來尙太太當日正爲選哪些股票煩心，一見到字條上的數字與自己心儀的股票號吻合，便心有靈犀一般地著了迷，被金錢蒙住一切理性。樊系數因此逃過一劫，而這一切變故似是盡在余老爹的掌握之中。

樊系數牽著余老爹的衣袖，央求道：

「這樣的本事很厲害！我要學！」

要令孩子眞心拜師不是易事，余老爹的心機總算沒有白費。

余老爹掠過一絲欣慰的神色，仰首六十度望向蒼天，喃喃自語：

「天公有眼，踏破鐵鞋無覓處。吾生有涯，知卻無涯，數獨門薪火相傳，乾坤再造之時也，我余老爹無愧恩師遺命，人到泉下亦無憾……」

甚麼數獨，甚麼遺命，只聽得小小的樊系數一頭霧水。

他哪裡知道，余老爹已有意將他栽培成世上最強的術數師。

18

樊系數行過拜師之禮，就正式拜余老爹爲師。

說是拜師禮，也只不過是很簡單的儀式。樊系數到鄰近的餐室借了兩杯茶，又到某家的門前香爐偷了三枝香，再以最低消費買了四兩乳豬。將這些東西帶回去，向著一個鐵算盤莫名其妙地拜了八拜，便算是已被余老爹收入門下。

「堪輿學百家爭鳴、範疇眾多，有面相學，也有掌紋學，甚至連測字也是一門學問。而我們的門派叫『數獨門』，數獨數獨，就是專攻數理的意思。」

余老爹接著拿出一疊練習簿，說是送給樊系數的入門禮品。那些練習簿是以廢紙釘裝，再罩以硬皮封面自製而成。

各簿的封面上，除了有一行線讓徒弟寫上姓名，還畫了一個很古怪的圖案。

照余老爹的說法，那是「數獨門」的門徽，也就是老字號招牌。

「你要爲這個門徽而自豪！這行業競爭激烈，如果有別的同道中人來找你決鬥，你必須揹負門派的榮耀來勇敢迎戰，千萬不可做出有辱師門的事。」

但那徽章畫得好醜，樊系數實在無法冒出自豪感，還是覺得日本特攝片裡的英雄徽章比較漂亮。余老爹說日後正式授課，會逼樊系數背誦門派的簡介、門規、歷史，及三百六十五代掌門人的名諱。樊系數一聽到要背書，就覺得頭痛非常。

余老爹背負雙手，很想做出嚴肅的效果，卻忍不住嘻皮笑臉道：「好，弟子樊系數，到目前爲止，你有沒有問題？」

樊系數有的沒的，就是愛問無聊問題：

「作爲一個術數師，我可以召喚幻獸出來攻擊嗎？」

「哦，那是魔法師，不是術數師。」

樊系數瞬即露出失望的神情。

「那術數師之間怎樣決鬥？」

「術數師的比拚，就像兩台電腦在鬥快運算一樣，誰最先計出結果，就能佔著先機。」

頓了一頓，余老爹又說下去：

「佔著先機又如何？就可以決勝於千里之外，及時識破壞人的陰謀。舉個例子，諸葛亮借得東風後，如果不是及時逃之夭夭，早就被孫權派來的殺手斬個死無全屍。說到諸葛亮，不得不提他也是個厲害的術數師，傳說中他的術力有十段……」

余老爹接著又說了一些故事，當中包括尋龍大俠賴布衣如何濟世拔苦，天機大師劉伯溫又如何扶明滅元……說得生動、有趣、超現實，只聽得樊系數樂在其中。

樊系數聽著聽著，又冒出了一個疑問：

「既然術數這麼有用，學校爲甚麼不教我們術數？」

「因爲有很多沽名釣譽的壞人，假借命理專家之名來行騙，人們被騙多了，就會以爲術數是不可靠的東西。而且，學術數很講究資質，所以自古都以師父收徒的方式傳授，這門高深的學問亦隨著良才減少而日漸失傳……」

前些時候，樊系數看過日本侵華的圖片，又聽過國恥的歷史，便覺得中國在坐擁術數師的形勢下敗給他國，余老爹說的英雄事蹟豈不是言過其實？

樊系數想到這點，不禁問道：

「既然中國人懂得術數，爲甚麼還會被外國人欺負？」

余老爹不厭其煩，慢慢向樊系數解釋：

「你看中國的科技好像落後外國幾十年，但你何嘗想過，一直到十七世紀前，咱們中國人的科技一直領先全球，更是震爍古今的第一大國呢！凱撒大帝算甚麼？連替成吉思汗提鞋子也不配！」

余老爹的感嘆一來，就會沒完沒了地說下去：

「可是，近百年咱們中國人的力量大倒退，到了第二次世界大戰，更陷入亡國的危機。比聰明才智，我國不乏精英，猶勝他國。但就是因爲中國人太聰明，私慾和嫉妒心也強烈得可怕，到頭來聰明反被聰明誤……」

私慾、嫉妒心……

這兩種劣根性已不知害死多少人。

使本來很強的中國人變成很弱的民族。

「團結就是力量……這是中國人常掛在嘴邊的諺語，但最愛自相殘殺、狗咬狗骨的偏偏又是中國人。將來你學了師父的本事，要記得爲民請命，作個敢於『犧牲小我，完成大我』的中國人。」

雖然中國人的歷史有如一張又臭又長的裹腳布，可是在歷史中凝聚的，也是幾千年來無數智者的智慧結晶。

余老爹將要教樊系數的東西，就是連絕頂聰明的人，至少也得花十年苦功才能學會。

而余老爹深知萬事起頭難，根基打得不好，便會壞了大事。於是，他要求樊系數先打好數學方面的基礎，然後才正式向他傳授術數。

由這一日開始，每逢放學，樊系數就會到破爛窩，照舊跟小蕎一同作功課；此外，還要抽空兩個小時，作余老爹給他的課外練習。初時，這些課題與他之前玩過的玩具有關，比如說余老爹要他證明畢氏定理，他就會想起那個「畢氏定理方塊」，當腦中的概念透過實踐加以驗證，樊系數從中得到無窮樂趣。

余老爹見他進境甚佳，暗地裡提高難度，有些課題更是高中程度的微積分。樊系數學得快，他就教得快，難得的是一個有恆心，一個又有耐性。

小蕎有時覺得被冷落，便央求爹爹考她一樣的難題。但余老爹的題目只說到一半，小蕎就眼定定地張大嘴巴，連忙搖頭說：「這麼深奧的東西，你還是只管教飯頭好了！」

如此這般，過了幾個星期，在樊系數不自覺的情況下，他的數學水準已以幾何級數攀升，遠超其他同齡的孩子。

19

春分過後，踏入四月。

星期天，學校關門。

但尚一帆穿著整齊校服。

當第一道晨光透入窗簾，樊系數就被吵醒，惺忪睡眼中，只見姑姑盛裝打扮，而姑丈則在一旁比手畫腳，貌似正在向尚一帆指點甚麼心得。姑姑經過房門，連聲催促：「快！快起床，我們就要出門。」

樊系數這才想起，前幾日尚一帆一度向他炫耀，說甚麼將會參加奧林匹克決賽云云。那時樊系數覺得奇怪：「奧林匹克？表弟他是運動員嗎？」直到曹士任當眾表揚尚一帆的成績，樊系數始知世上有項比賽叫數學奧林匹克。

這個星期日，就是決賽日。

尚一帆趾高氣揚，滿以爲今日是他揚名立萬的日子。

尚太太頻頻照鏡，可能以爲自己會被攝入鏡頭，成爲報紙上的圖片人物。

反正睡衣和便服也是同一套，樊系數匆匆刷過牙，多添的衣物只有襪子，隨即跟著姑姑一家到酒樓飲茶。

人逢喜事精神爽，姑姑最近買的股票大漲，對待樊系數的態度也少了幾分苛刻。有時她會問起：「你有沒有再在土地公公那裡發現甚麼東西？」樊系數記得答應過余老爹要守密，便詐作懵然不知的模樣。

飲茶期間，尚太太叮囑尚一帆不可吃太飽。樊系數便連他的那份也一併吞下，手心這一刻抓住叉燒包，下一刻又抓住蓮蓉包。

吃過點心，喝完熱茶，一家人便浩浩蕩蕩地出發到會場。

各校精英雲集，一眼望去，凡是穿著校服的學生皆是參賽者。尚一帆在校門與曹主任會合，其後尾隨其他高年級學長走入禮堂，一舉一動就像個即將正式演出的小鋼琴家。

尚先生和尚太太碰到舊朋友，聊聊天，說來說去，不是兒子就是股票。樊系數覺得無聊，便說要到附近走走。

他走到了校庭裡的小花園，園圃裡寂然無人，盆栽擺得紅紅橙橙，格外光彩撩人。路的一邊排列著許多舊式的石椅，椅的表面都是用碎瓷磚拼成的圖案。

樊系數走到陽光下，頭上忽然有種冰涼的感覺。

抬頭望天，沒有烏雲。

樊系數一摸之下，頓時暗叫一聲：「倒楣！」

竟是鳥糞。

但凡一個人遭遇這種「天有不測之鳥糞」，都會東張西望，有洗手間固然是好，沒有的話，就要看看四周有沒有可以擦手的東西。

樊系數滿手髒物，正想將花葉當作衛生紙，卻發現近處的石椅上擱著一張紙。樊系數心想有這樣的事眞是幸運，用紙抹乾淨了掌心之後，正想捏成紙團扔掉，卻發現那張紙是一份手稿，寫著一條數學題：「求四件東西的價錢，相乘等於七點一一，相加也等於七點一一。」

原來這是該年度數學奧林匹克的考題之一，一道名爲「7-11之謎」的超難數學題。要解這道題，必須掌握小數乘法的訣竅，再透過因數分解來解方程式。由於題目遠遠超出小學的程度，主辦機構只好亡羊補牢，在正式印刷的試卷上寫上提示，給予參賽者其中兩個未知數的數值。

說也眞巧，代數數論正是數獨門最精闢的範疇。樊系數在過去半個月裡，天天跟余老爹學習奇書《四元玉鑒》的代數心法，以天、地、人和物求解四個未知數。別的題類可能難倒樊系數，但這類代數題對他來說卻是駕輕就熟。

爲甚麼會有這份手稿？樊系數想也沒想，只因覺得題目有趣，就拿出隨身攜帶的原子筆，一步一步寫下求解的算式。

因爲是手稿的緣故，所以沒有兩個未知數的提示，故此難度大增。

但樊系數依然可以循著正確的步驟寫出算式。

由於太過投入，樊系數竟沒發覺有人站在身後。

那人是個年逾六十的老伯。

老伯看著樊系數解題，起初略有詫異之色，怎料愈看愈是驚訝萬分。到後來看見樊系數逐一求出四個答案，竟情不自禁地大叫出來：「妙極了！」

這一叫嚇得樊系數半個人彈起。

老伯指著樊系數手上的手稿，笑道：「小朋友，這是我的東西。」樊系數一臉歉疚地交還那張凝固著鳥糞的紙，像是做了錯事一般，垂首道：「對不起……」

老伯卻沒有怪責他之意，慢慢向他解釋：「先前有陣怪風吹過，將我的東西吹出窗口，沒想到會掉在這裡。」

樊系數搔首道：「這道數學題眞有趣。是你想出來的嗎？」老伯笑著點頭，原來眞的是出題者。

只見老伯掏了掏口袋，徐徐地拿出一張名片，當作自我介紹。

樊系數接過一看，名片上全是不識得的英文，唯一看出「DR.」是「DOCTOR」的縮寫，於是暗暗以爲老伯是個醫生，卻不知「DR.」其實是個博士頭銜。

此外，卡片底部印有一行很奇怪的字串：

□□□□-□□□□ ≠ ????

那老伯打啞謎似地道：「這張卡片其實是一把『鑰匙』，你可以用它來打開一道門，打開門之後，你就可以見到我。」

樊系數心想：「這位老伯伯眞奇怪，我無緣無故怎會想見他？」他毫不把此事掛在心上，隨便點了點頭，便將卡片放入外套的口袋深處。

他卻有所不知，眼前那位老伯貌不驚人，卻是學術界名宿胡桐先生。胡桐先生在頂尖大學擔任院長，其論文屢獲殊榮，貴爲泰山北斗，堪稱是華人的驕傲。幾多人慕名求見，又有幾多人失望而回，胡桐先生贈予樊系數名片，也就是十分看得起這孩子。

胡桐先生欲言又止，樊系數卻在這時匆匆道別，然後頭也不回地跑步離去。

這時候，胡桐先生才後悔沒留住那孩子。

與此同時，樊系數見人龍從禮堂擁出，便知比賽已經結束。

樊系數繞出學校正門，見到姑姑一家。一走近，聽見剛出來的尙一帆嘀咕道：「這個比賽的題目很難！我有好幾題作不出來。不過，我不會作的人家也未必解得出來，我還是有機會拿金牌的……」

20

不覺又過了兩個月。

樊系數天賦異稟，其進境之快，令余老爹大感快慰。余老爹見他數學基礎已有小成，便開始向他傳授數獨門的深奧絕學。

這日，余老爹在桌上放了一本書。

那本書的封面畫著一個八卦符號。

余老爹說，此書是中國人古代最神祕的著作。

樊系數一翻開書本，看到密密麻麻的文字，就有種閱讀窒息症的感覺。

即使是語文奇佳的小蕎，也覺得書上的篇章艱澀難懂。

「別說是你們，就算是古人也無法完全讀得懂這本書的內容。」

聽了余老爹說的話，樊系數和小蕎幾乎同時暈倒。

奇就奇在，縱使無人能完全解讀這本古書，但後人卻從中演繹出無窮無盡的知識。

有人說，這是一本占卜書；也有人說，這是一本哲學書；更有人說，這是一本教人修練氣功的書。除此之外，它還是一本兵法書、歷史書、科普鉅著……這些似是疑非的結論，都沒有人可以否定。

儒家稱它爲群經之首，那本書的書名乃是《易經》。

余老爹借著故事的形式，向兩個孩子解說下去：

「《易經》是中國古代一部神祕著作，相傳乃周文王所著，眞相已經無從稽考。我們現在廣泛流傳的《易經》，又名《周易》，許多流傳在世的測命法，比如『奇門遁甲』和『鐵板神數』，便以這部經書的六十四卦作爲基礎學說演變而成。」

余老爹又說到古有「三易之法」，除《易經》之外，古籍還提到《歸藏》和《連山》的存在。秦始皇焚書坑儒之時，李斯將《易經》列入醫術占卜之書，因此只有這本書逃過被毀的大難。這段典故說到後頭，余老爹略爲頓了一頓，語氣中似有甚麼難言之隱。

而數獨門的古傳占卜法，也建基於這部經書的卦文之上。

經數獨門心法卜算出來的結果，全部以數字的方式呈現眼前。

余老爹知道樊系數不喜背書，況且要熟記卦文也不是一朝一夕之事，便道：「先學算術，再讀卦文，雖則是本末倒置，也未嘗不是個可行的辦法。」

幾日下來，在余老爹的指導下，樊系數初窺命理學之門隙。

數字本身就是一樣很奧妙的東西。

命運看似是一些機率的偶然組合，但命運確實存在。

同樣道理，數字之間也會有磁力存在，而時間本身就是一塊磁鐵。上列九星，中列八門，下列九宮八卦，萬物的時空變化盡在此規律中運行。即是說，一個人出生時，天上的星宿排列、時辰，以至環境，都會揭示他這一生的命運。

樊系數聽了這番道理，不期然問起：

「那師父知道了我的時辰八字，豈不是可以推算我的命運？」

余老爹目光亮了一亮，賣關子道：

「這個我不會告訴你。天機不可洩露。」

「爲甚麼不可洩露？你要教我術數嘛，總有一天我自己也會算出來。」

「呵呵，那你要加緊學習啊，我會好好期待這一天。」

上了理論課之後，就到應用篇的實踐。

樊系數和小蕎跟著余老爹到彩券中心。

照余老爹的說法，彩券中心是個很適合練功的好地方。

樊系數摩拳擦掌，正想走入彩券中心，卻被外面的保全攔住。

余老爹呵呵笑道：「哈哈，你還是小孩，未夠斤兩進去呢！這樣吧，你和小蕎到對面的糖果店等我。」余老爹買的是六合彩，一種純粹猜號的賭博方式。

不一會兒，余老爹就出來了，到糖果店幫兩個孩子結帳後，一行三人便返回破爛窩。

到了開彩的時間，大家在電視機前坐定。

一陣家喻戶曉的音樂過後，主持人開始介紹太平紳士，然後開動那台巨型的機器。

滿載歡悅的音樂再度奏起。

盛著彩球的盤子同時傾斜。

五彩繽紛的球亂轉，好似碰碰車在交馳一樣。

抽出來的球在塑膠管裡排成一線。

樊系數和小蕎一齊望向余老爹，眼神中充滿了殷切的期待，很想知道他到底中了幾個號碼。

21

攪珠結果出來了。

核對中獎號碼之後，余老爹豎起了四隻手指。

原來他中了四個號碼。

爲免有靠運氣之嫌，余老爹總共買了四注，而四注都是同一組號碼。

余老爹舒了口氣，笑道：「很久沒有做這麼複雜的計算了，幸好寶刀未老，沒有失準。其實我的本事還不夠高強，如果是我的恩師，應該可以猜中五個號。」余老爹的師父也就是樊系數的師公，每當說起這個人，余老爹的神色總是充滿敬崇之意。

而余老爹這番話有個弦外之音，就是說，買彩劵除了是練功特訓的好方法，也是測試一個術數師術力強弱的好方法。要猜中一個號容易，多中一個號，其難度就會倍增，如此層層遞上，要連中四個號以上已是難過登天。

樊系數突發其想，問道：「如果有人猜得中七個號呢？」

余老爹搖了搖頭，道：「以人類能力的極限，根本不可能猜中七個號。如果眞的有這樣的術數師，他已經接近『神』的境界了。」

由於時候已晚，余老爹隔天才向樊系數講解箇中奧妙。

第二天，樊系數一到店裡，便急急嚷著要余老爹賜教。看罷余老爹的運算步驟，樊系數不禁拍案叫絕，更加確信術數之學包羅萬象，實是奇絕無比。

本來號碼只是印在圓球上的噴漆，照理說要猜中結果是斷無可能的事，但這大眾賭博遊戲總會大大影響某些人的命運，也就變得有理可循、有跡可尋，是以可以透過反向推算的數理方式來預估開獎結果。

至於為甚麼會有這樣的規律存在，余老爹的答案就是：「因為有『神』的存在。」

也許，神一直藉著數字向人類透露玄機。

科學是解釋大自然密碼的一種方式，術數亦是如此，同樣在尋找天地之間的奧祕。學《易》者善卜，而《易經》是用漢字寫成，單單一本書竟蘊藏著如此豐富的內涵，難怪有人說漢字是由神直接傳給華人的文字。

樊系數趁著這個機會，將心中積存已久的疑問，一一問了出來：「師父，你既然有這個本事，豈不是可以作有錢人？你為甚麼還要到處收破爛？」

余老爹答道：「等你長大了就會明白，人與人之間有不少的恩怨都是因錢而起。有句話叫『物極必反』，每個人的福氣都有一個限額，超過了這個限額，到頭來還是要將多得的償還。」

余老爹頓了一頓，又說：「作為一個術數師，若是為了一己貪念而作孽，可是會遭受報應，這一點你一定要牢牢記住。」

樊系數沒精打采，道：「那我就算測中號碼，也不可以領獎嗎？」

余老爹不想鼓吹賭博，但又不想失去獎勵的動力，其實早已想出一個法子，當下便說：「由今日開始，我就成立一個『零食基金會』，我作莊家受注，你中獎的錢全都用來買零食。」

小蕎聽到這麼好玩的事，立刻插口道：「由我來作基金會的主席！爹爹，我一定會幫你好好督促飯頭的！」

樊系數故意氣她，嘀咕道：「爲了一己貪念而作孽，可是會遭受報應的……」

小蕎果然氣得臉紅鼓鼓的，追著樊系數喊打。

三人的笑聲溢滿了這個破爛的窩。

當年，六合彩還沒有中三個號碼的安慰獎。

樊系數只有寫一注的機會，爲了讓彩券中獎，每次都要測中三個半號[註]或以上。

其運算過程繁複無比，稍有錯漏都會有所偏差。樊系數往往費煞心思，才算出其中三個號，再加上一點運氣的因素，勉強就可以中獎。

偶然幸運中了四個號或以上，整筆錢就會捐給慈善機構。

這件事聽起來很荒謬。

雖然很荒謬，但樊系數一直樂在其中。

隨著時間的變化，每次預測都會用到《易經》中不同的卦文，樊系數就在這半誘半哄的情況下，背誦了六十四卦。

周而復始，在彩券中心的門外等著余老爹出來，再在電視機前和小蕎等待攪珠結果。

賽馬會投注站變成他的少林寺。
而對面的糖果店，就是獎品的換領站。

註：香港六合彩中，半號即相當台灣樂透的特別號。

22

一年兩度，發試卷的日子到了。

有些幸運兒即將告別小五監獄，但也有些倒楣鬼要繼續留在同一個監獄。

樊系數正在打盹兒，後腦勺卻被一個紙團打中。他瞧後方一眼，只見後排的小胖同學向他使眼色。樊系數拆開紙團看，一行彎曲得像蒼蠅飛行軌跡的字映入眼簾：「考得怎樣？可以升級嗎？」

樊系數寫上「不過不失不知道」七字，便使力將紙團擲回後面。

說到這學期的成績，樊系數各科均有顯著的進步，雖然英語科只有勉強合格，但中文科的成績卻教人刮目相看。樊系數心裡明白，這番成果全歸功於小蕎的教導，於是趁著試後對答案這段無聊時間，偷偷用花紙折了一些星星，作爲對小蕎的答謝禮。

數學科的試卷尚未公布結果。

如果這門學科的成績理想，樊系數就是升級在望。

最後一堂，曹主任來了，一疊數學試卷也來了。

試卷順著座號，傳送到後面。

曹主任宣布道：「今次的數學考試有一位同學得滿分，請大家爲他鼓掌。」

眾同學一聽此話，表面上議論紛紛，心中其實早就有了答案。

「是尙一帆嗎？」

「除了他，還會有其他人嗎？」

果然如大家所料，尙一帆站了起來。就算曹主任不說，他也會將試卷四處傳閱，藉此讓同學們作爲這個歷史時刻的見證人。

尙一帆在數學奧林匹克比賽中鎩羽而歸，心情低落了好一陣子，這時見自己數學科重奪聲威，便又回復了昔日驕傲的神態。

在被人遺忘的一角，有隻小手舉了起來。

「曹主任，我爲甚麼沒有試卷？」

發問的人竟是樊系數。

「下課後，你留下來。」

曹主任沒有加以解釋，只是作出這樣的吩咐。

樊系數隱約感到事有蹊蹺，但又說不出個所以然來。

於是乎，三十九位同學隨著鐘聲離開之後，只剩樊系數一人留下。曹主任將一份改好的試卷平放在桌上，他與樊系數之間的距離，也就是一張教師桌加一張學生桌的距離。

那份試卷就是樊系數的試卷。

在整份試卷上，看不到一個「叉」。

分數是一百分，即是滿分。

沒料到曹主任劈頭一句便問：「樊系數，你寫的答案雖然正確，但很多題都跳過了計算步驟……你的座位就在尙一帆的後面，你是不是偷看過他的試卷？」

樊系數受了委屈，氣炸了胸口，卻又不會發脾氣的法子，只是一味瞪著曹主任。

曹主任將另一份空白的試卷放在桌上，厲色道：「那你現在再作一次給我看看。」其實這般說法只是一種試探，他認爲樊系數若是無辜，就不會抗拒重作試題一次。

哪知樊系數腰板挺得很，對曹主任的命令堅拒不從。

曹主任使出必殺技，恫嚇道：「你是不是不作？我要見你的家長！」

樊系數伸手進書包裡摸索，摸出一本學生手冊。他將手冊翻到通訊欄一頁，沒好氣地說：「電話號碼在這裡，他們是不會理我的。」

曹主任繃著臉，凶巴巴道：「你自己打電話！如果我見不到家長，你今日休想離開學校！」

樊系數處於劣勢，卻又不甘心認錯，別無他法之下，便跟著曹主任到教職員室。

樊系數急中生智，佯裝打電話回家，其實是打電話到余老爹的店。他哭喪著臉，對著聽筒嗚咽道：「爸爸……我在學校出了事，我的班主任說要見你。」幸好余老爹機警，認出是樊系數的聲音，便說：「你等我，我馬上趕來。」

在學校裡，樊系數從不向人透露父母雙亡的事，因此以爲這個大話可以瞞天過海，卻沒想到曹主任已從尙太太口中得知整件事。曹主任一聽到這番對答，心中就對余老爹的身分存疑，但他不動聲色，就是要看樊系數如何繼續演戲。

才不過十分鐘，就見余老爹敲了敲教職員室的門，然後汗流浹背地衝了進來。

余老爹簡單地打了招呼，自認是樊系數的父親，便向曹主任問道：「到底發生了甚麼事？」

曹主任冷冷地道：

「樊先生，我懷疑你的兒子在考試作弊。」

余老爹想也沒想，便以譏誚的語氣說：

「這位先生，我也懷疑你懷疑這個孩子作弊。」

曹主任氣往上沖，瞪著眼問：

「你憑甚麼肯定他不會作弊？」

余老爹毫不猶豫，再以壓倒性的聲音說：

「我憑我的人格！」

曹主任頓時語塞。

但他還是不忘狡猾本色，在這適當時機拆穿余老爹的眞面目：「哼，一個假冒學生家長的人，他的人格又有甚麼價值可言？」

曹主任以爲可以在對方的臉上找到一絲慌張。

但余老爹的臉上毫無慌張之狀。

而他的眼神竟變得如西洋劍般銳利，逼得曹主任有點喘不過氣。

余老爹有意跟曹主任過不去，便不留半點情面，指著他的鼻子斥罵道：

「我和樊系數沒有血緣關係，但我一直視他為兒子，對他比親生兒子還要好，難道我還不配作他的爸爸嗎？總好過一些人顛倒是非黑白，掛著『老師』的名目在學校裡走來走去，卻想將自己的學生置之死地，這才是實至名歸的『掛羊頭賣狗肉』呢！」

這番言詞針鋒相對，只逼得曹主任有口難辯。

樊系數卻在心裡鼓掌叫好。

余老爹對曹主任的存在視若無物，牽著樊系數的手就要走。前腳一踏出教職員室，他又故意放慢腳步，回過頭奚落了一句：

「呸！這樣的教育！呸！這樣的老師！」

曹主任氣得幾乎暴跳如雷。

他這個人心胸狹窄得很，一旦動起真火，定會耍弄權力來使樊系數留級。

但余老爹神機妙算，觀人入微的本領更是爐火純青，早就看出曹主任的壞心眼，亦暗中想好了先發制人的對策。

走廊上，情同父子的兩師徒相視而笑。

余老爹向樊系數說：「飯頭！跟我走吧！」

樊系數依言跟在余老爹的後面，臉上堆滿了爛漫的笑容。

但余老爹不是帶他朝著校門的方向走。

而是走進了校長室。

23

曹主任今年決定要讓三個學生留級。

其中一個就是樊系數。

儘管樊系數的成績有顯著的進步，但他距升級標準還有些微差距。根據校方指引，全年總分低於五十者，班級導師便可勒令留級，而樊系數上下學期截長補短，恰恰是四十九點八分。

壞心眼的曹主任自然不會放過這機會對付樊系數。

將近暑假，這日課堂只到正午，但眾教師還要留校，收集學生各科得分，用以編寫成績單。

中文科的陳老師知道樊系數要被留級，便過來爲他求情。

曹主任的臉色很不好看，心想：「你是哪根蔥啊？敢質疑我的決定？」他自恃年資比對方高出一截，又有理據支持自己的決定，便噴得陳老師一臉唾沫。

陳老師正想反駁，校工張大嬸忽然介入兩人中間，將一面鏡製牌匾拖到曹主任的寫字桌旁。牌匾以宣紙包裝，恰好遮蓋住上面的頌詞。

曹主任問道：「這是甚麼東西？」

張大嬸道：「是學生家長特地送給你的牌匾。」

曹主任沾沾自喜，向著陳老師道：「好老師就是這樣子，經常會有學生家長送禮物來。」收到這樣的厚禮倒是頭一次，曹主任樂極忘形一把撕下宣紙，再看牌匾上的金字，竟出乎自己的意料。

牌匾上寫著「人無人品，師缺師德」八字。

下款是「商店街XX號鋪余易先生慨贈」。

曹主任目瞪口呆，眼鏡險些要跌下地。

其他教師看了，都是捧腹大笑。陳老師對曹主任早就看不慣眼，乘機落井下石，說道：「曹主任，要不要我幫忙將這面牌匾掛起？」

曹主任滿臉通紅，正想一腳將牌匾踢斷，這一刻卻從鏡面看到校長的小半張臉。

背後傳來校長的聲音：「曹主任，你班上是不是有個叫樊系數的學生？」曹主任大感愕然之際，校長已將一疊夾好的傳眞文件放在他的桌上。

曹主任翻著傳眞紙，臉色倏地大變。

他萬萬想不到，余老爹竟然神通廣大，找來一些大有來頭的人，爲樊系數寫推薦信；其中一人的身分更是本校的校監，還有幾位政府高官竟也留了署名，當眞是嚇破自己的小膽。

校長取過樊系數的成績單，仔細閱覽，額上的橫紋愈來愈多，憤然道：「一個學生能有這麼大的進步，照理說應該給他頒最佳進步獎，你居然還要將他留級，你分明是想害死他吧？」

稍後，在眾目睽睽之下，曹主任走入校長室，不消多說也是挨罵，最後他灰頭土臉地從校長室走了出來，其他同事看了只覺大快人心。

窗外，正是晴天。

24

同一個晴天。

樊系數和余老爹提著魚竿，坐在岸邊垂釣，而小蕎則在不遠處拾貝殼。

「爹爹，考完試你不帶我去玩，我在這裡發呆，呆呀呆就會變成呆瓜，明年開學就不會念書了！」

就因爲這句話，余老爹停工半天，帶了兩個孩子到海邊玩。

海風暖日，直到黃昏，過了一個愜意的下午。

結算魚獲，樊系數兩條，余老爹五條，而這數目與兩人的釣前預測分毫不差。

只要是和數字相關的事物，都可以預知其最終結果，數獨門所傳心法無疑是鬼神莫測。可是，術數不等同神仙眼，只能知其結果而不知經過，而這侷限性也教千載術數家感傷惋惜，甚至吐血。

樊系數經釣魚一事受到啓發，不期然問起：「師父，結果我們是一定測中的了，但如果我想改變這個結果，到底又有甚麼辦法？」

余老爹道：「命運有兩種，分爲宿命和時運。碰著時運，我們可以趨吉避凶；但宿命就是定數，是個被老天爺老早就寫成的結局。我們這些會術數的，也只能偷看這份劇本，而無法改變上面的內容。」

樊系數露出疑惑之色，有甚麼話要說，卻又找不到表達方式。余老爹大概猜中他的想法，便替他將話說了出來：「既然已經知道了結果，卻又無法改變，那又有甚麼屁用——這是你要問的問題嗎？」

樊系數被說中心事，便朝著余老爹連連點頭。

余老爹續道：「這世界還有很多未知的因素，令術數師的計算出現偏差。我們就是要賭上這點偏差，去尋找改變宿命的作法。即使只有一個百分比的成功率，也要捨身去挑戰命運，我道中人的使命就該如此。對啊！術數師通常都是蠢得無可救藥的傢伙啊！」

余老爹轉而又嘆息道：「而在我道中人的歷史上，儘管數目不多，亦出現過成功例子。可惜我資質不夠，學藝又未夠精湛，沒法成爲這種可改寫命運的大術數師。我只知道，《易經》中藏著千古祕密，誰破解這個祕密，他就可以掌控改變命運的力量。」

樊系數目光忽地一亮，問道：「就像愛因斯坦大師發現相對論一樣？」

余老爹點頭道：「對，就像他發現相對論一樣。」

遠處，海面蕩著橘黃色的夕暉。

樊系數有感而發：「師父，如果可以不用上學，天天只跟你學數就好了！對我來說，你才是最好的老師，你教我的東西實在有趣得多！」

余老爹莞爾而笑，道：「學習應該是快樂的、自願的，要不，被人強逼念書跟被槍頭指著吃糞便有甚麼分別？來，我教你一個好法子，讓你拋走讀書的煩惱吧！」

適逢今日學校將上學期的試卷發還，余老爹從小書包取出半寸厚的試卷，疊放在大石頭上，順手摺成數只紙飛機。

然後，他將紙飛機高舉過頭，瞄著天空高處拋出。

果然是「拋走」讀書的煩惱。

這樣也行？樊系數定眼看著紙飛機飛了出去。

樊系數很喜歡余老爹。

他照著余老爹的作法，將最低分的英文試卷摺成紙飛機。

伸手，揮出。

紙飛機朝著夕陽翱翔，在空中晃呀晃。

一晃之間，就晃到了一九九七年。

一九九七年

一九九七，香港回歸。

那年，經濟蓬勃，人人都需要有錢作伴。

那年，珠光寶氣，不戴金鍊的女人就不是幸福的女人；酒池肉林，男人夜夜大排筵席，談股票、論地產，南一個嬌妻，北一個情婦。

同年，亞洲金融風暴爆發。

那是香港經濟步向巔峰卻倏地急瀉的黃金時代，也是一個欲望縱橫、朝富夕貧、浮生若寄的時代。

在這一年，十五歲的我，經歷了兩次生離死別……

25

巴士不等客，歲月也不饒人。

時間由一九九三年跨躍到一九九七年。

短短四年，由春到秋，這一區的店舖已面目全非，不是換了東主，就是裝修重開。自香港恒生指數在八月到達歷史高位，市況一片繁榮，房地產的價格繼續乘風破浪，銀行外總是擠滿了觀看財經消息的人潮。

青山不改，綠水長流，布魯托的電玩專賣店依舊存在。

就因爲有尙一帆這種大客。

尙一帆每次來購物，出手都很豪爽，買的都是正版遊戲，一買就是上千元。盜版猖狂，像他這種人實在少見。但他會買正版，並不是道德高尙，居心其實是要在朋友面前炫耀。索尼PS、世嘉土星、任天堂64……甚麼次世代的遊戲機，都像裝飾品一樣擺在客廳裡。

尙太太炒賣股票，已到了喪心病狂的程度，也因爲這種膽識，令丈夫的身家在這幾年暴漲十倍。

這些年來，尙先生常將一句話掛在嘴邊：「腳踏實地？哈，我拉糞的時候就會腳踏實地！以前我未開竅，爲了一丁點薪水熬夜加班，現在打一個電話，本金就翻個一倍，世界眞是變了。」於是他辭掉了正職，全心全意跟太太一起炒股、炒樓。

有錢人愈來愈富有，在赤貧線之下的窮戶愈加被往下擠，這就是資本主義帶來的兩極化，而尚家很享受這種兩極化帶來的好處。

四年之間，尚一帆搬了三次家，一次比一次寬敞舒適，一次比一次金碧輝煌，一次又一次教到訪的同學艷羨萬分。

現在，其他人都稱呼他爲「尚少爺」了。

九月入秋，開學不久，尚一帆仍覺空閒，便到布魯托的店打發時間。

布魯托一見貴賓光臨，便繞出櫃台哈腰相迎，少爺前、少爺後，向他介紹各款新上架的遊戲。

尚一帆這次買的東西不多，布魯托爲了留住這個大客，也給他打個九折。

尚一帆卻不貪便宜，翻了翻掌道：「不用打折了。幾個月前期末考，考了個全級第三，老爸獎勵我的錢太多，還沒有用完呢。」

布魯托瞧了他的校徽一眼，大施拍馬屁神功，說道：「你念的學校已是區內第一的名校，還可以考全級第三，眞是很了不起呢！我最佩服你這種人，又會玩、又會念書……嘻嘻，在學校是不是被很多女生倒追呢？」

尚一帆露出得意之色，直言不諱：「女生是有不少，一開學就收到三封情書……但都看不上眼。」

布魯托「哦」了一聲，說盡話奉承，哄得尚一帆心裡甜滋滋的。

尙一帆又留了一會兒，再付款買了一本電玩雜誌。尙一帆無意間瞟了櫃檯後的高椅一眼，見那粉紅座墊上少了個人，心中有種說不出的失落感。

布魯托見他眼神恍惚，似是心事重重，便故意放慢手腳。

尙一帆趁著等待找錢的空檔，終於開口問話：「是了……小蕎是不是已經辭職了？」

布魯托道：「當然喲！她還是學生，暑假完了就要回校上課。咦，小蕎不是你的同學嗎？你在學校沒有碰過她嗎？」

尙一帆難掩失望之情，垂首應道：「她現在念文科，我念理科，見面的機會不大。」

布魯托瞧出他的心思，卻沒有一語道破，倒是順水推舟，道：「暑假有小蕎在這裡壓陣，生意眞是好了很多，她那種開朗的性格很討客人歡心。沒了她眞的很麻煩，所以我勸過她星期六來上班……」

尙一帆打斷道：「星期六？不行！」

布魯托怔了一怔，問道：「爲甚麼……不行？」

尙一帆躊躇了一會兒，才道：「這個星期六是我的生日，我要邀請她來我的生日派對。」

布魯托朗聲大笑，拍了拍他的肩膀，滿臉堆笑道：「好、好，這個星期六我叫小蕎放假，下個星期六才來上班！」

他倆口中的小蕎，正正是與樊系數青梅竹馬長大的小蕎。正所謂女大十八變，小時候垢面蓬頭的小蕎，現在已是出水芙蓉的美人兒。

有人說她是尤物，既有電影明星的美貌，又有鄉村少女的清新可愛。

有人說她是才女，識古文、熟詩詞，活像是再世李清照。

也有人說她是烈女，對付男人絕不手軟，高年級八大帥哥各有特色，各自送上情書都被她一一撕掉，再癡纏就會被她狠狠罵得當眾出醜。

初中連續三年，尚一帆一直與小蕎同班，每逢學校頒獎典禮，名列全級第二的她總是坐在禮堂前面，而全級第三的尚一帆就會坐在她的鄰座。尚一帆平日恃才傲物，在她面前卻傻乎乎的，又到了作綺夢的年紀，看到她活潑天眞的笑容就會心蕩神馳。

既然有了話頭，又見店裡再無他人，尚一帆便壯著膽子，繼續向布魯托打探消息：「是了，以你所知，小蕎她有沒有喜歡的人？」

布魯托想了一想，便直話直說：

「小蕎沒有跟我說過她有意中人……不過她在這裡打工的兩個月，你的表哥樊系數經常來探班，這一帶的街坊都知道，他倆自小就玩在一塊兒，關係好像非常密切。」

「我問過飯頭了，他與小蕎只是兄妹相稱，根本不是你所想的那種關係。況且，他各方面都不如我，這樣的對手我根本不會放在眼裡。」

「你的表哥條件也不差呀！聽小蕎說，他去年也考全級四十，剛好入了精英班。那間學校的學生都說他是數學天才，幫他取了個甚麼……叫甚麼『數獨狂』的綽號。」

「在那種垃圾學校考不到第一，還不是廢人一個！」

布魯托心知肚明，卻故意眨了眨眼，問道：

「那……如果不是樊系數，又有誰可擄得她的芳心？」

尚一帆指著自己的胸口，昂然道：

「我。」

26

任何人都有駕駛新車的欲望，所以二手車折舊後的價格，往往會比同等級的新車便宜一倍以上。

根據上述的價值觀，戀愛經驗值是零的麗人便身價不凡。

校花級的美女不乏追求者，因此美女大多數早戀，這年頭要找個未經魔手沾染的美女，真的有如不世之寶。

余小薔就是百中無一的寶玉。

到了中四（註），她長得亭亭玉立，凡是男生與她照面，不動心的也沒有幾個。

高年級有八個自負的花花公子，組成一個叫「八大帥哥」的聯盟。由於小薔麗色出眾，加上處女情結，這班傢伙早就對她虎視眈眈。他們私下開暗盤，賭誰能將她追到手。於是乎，由年初開始，他們就各出奇謀，連番攻勢，日夜癡纏，煩得小薔差點就要報警。

註：香港學制與台灣學制不同，是6—5—2制（小學六年、中學五年），其中中學前三年相當於台灣學制的國中，中學第四年及第五年則相當於高中，另加兩年大學預科班。

有個自以爲文筆卓絕，送上自以爲感人肺腑的情書，卻被她圈出五個錯字。

有個揮金如土，大送玩物、首飾，小蕎非但不領情，還主動致電對方的父母，成功勸服他們將兒子的零用錢減掉一半。

有個在她樓下等了半晚，故意穿得衣衫單薄，但求引起她的同情心。冒著寒風候佳人，終見小蕎從二樓的窗戶探出頭，以爲奸計得逞，卻沒想到她會傾盆倒下超冰涼的冷水，令他一邊奔逃，一邊猛呼：「謀殺呀！」

有個用下三濫的手段，四周散播他和小蕎已是情侶的謠言，先令她對他恨之入骨，然後帶著一個盛滿曲奇小餅乾、夾帶情書的花籃去道歉。

小蕎擅於模仿別人字跡，竟將收信人的名字改掉，將花籃轉送到一個對男人極度飢渴的惡學姊手上，又添油加醋，以其人之道還治其人之身。那賤男人被蒙上「帶病搞大了別人肚子又逼人墮胎」之冤，整整半年成爲全年級女生的公敵。

八大帥哥，其中四個已經出手，竟折在同一個女生的手上。

一傳十，十傳百，小蕎無故成爲全校最矜貴的白金級美女。

有朋友問小蕎爲甚麼不談戀愛。

小蕎的答案來得簡單直接：「男生都是智障！」

至於這是否是她的眞正心聲，世上就只有她自己曉得了。

這日放學，又有個男生在校門附近等她。

小蕎見是尙一帆，便奇怪他怎麼會出現。

尙一帆一聲不響地轉身，就是要讓小蕎看到他書包上掛著的小木偶布偶。

小蕎見到書包上的小布偶，便握住它看了看，叫了出來：「好可愛！你怎麼知道我喜歡這個卡通？」話一出口，立刻又想到：「當然是飯頭告訴他的！」同時又看到小木偶的雙手握住一張卡片。

尙一帆平日跟女同學有說有笑，在小蕎面前卻口舌笨拙，連他本人也是困惑不已，便透過這個鬼主意來傳情達意……

讀完卡上的內容，小蕎咯咯笑了出來，淘氣道：「你是小孩子嗎？說一聲不就行了，哪會有人寫邀請卡請同學參加生日派對？」

尙一帆傻笑道：「星期六我在新家舉行生日派對，妳會來吧？」

小蕎想了一想，「嗯」地一聲答應。

尙一帆歡喜得險些失笑，還好竭力保住自己的君子形象。他見她抱著一疊沉甸甸的新書簿，便請纓做她的苦力工，乘機說道：「我現在要回家，妳要一起走嗎？」

因爲他是樊系數的表弟，又是同班同學，小蕎並不介意與他同行。

兩人結伴同行，尙一帆疑神疑鬼，覺得一路被同校的學生注視，一張臉竟熱得發燙。尙一帆在心裡痛斥自己：「傻子，現在小蕎就在你身邊，應該感到飄飄然，而不是瞎害羞啊！」

尙一帆希望自己不是個傻子，而是個浪子。

到了巴士站，尙一帆陪她等巴士。

雙層巴士卻比預料中早來。

「小蕎……」

小蕎正將三元五角投進輔幣箱，回頭瞧向車外的尙一帆。

隔著一道車門，尙一帆顯得有點退縮，胡言亂語：「星期六來的時候，記得穿漂亮一點！我會用新買的相機來歡迎妳的！」

小蕎卻不在意，嬌聲笑道：「我可是一件漂亮衣服也沒有啊！」

巴士開車，車廂變得搖擺不定。尙一帆的目光沒有在車窗上留下痕跡，小蕎也不曾往車窗外盯上一眼。

人總是忽視這種暗戀著自己的目光。

小蕎走上上層。

她望向車頭。

最前排的座位有個少年。

他回頭望向小蕎，朝她笑了一笑。

那少年鼻梁細挺，修眉入鬢，深邃的眼神裡有種非凡的氣魄。兩條淡淡的刀疤，好像玳梁上的古樸雕飾，爲他的神情添了幾分落寞。只是他長得有點瘦削，校服又有點破舊，看起來倒有幾分似個打扮寒酸的文官。

她的出現沒有令他意外，他的等待也沒有教她感到驚奇。

街景像布簾般填滿了整個車廂。

在這個人聲嘈雜卻彷彿只有兩個人的寧謐空間裡，小蕎坐到那少年的旁邊。

「你這傢伙，又知道我會上這輛巴士。」

他笑一笑，代替回答。

在他眼裡，似乎沒有不知道的事。

那少年就是樊系數，今年十五歲的樊系數。

27

樊系數愛坐巴士，而且愛坐在上層第一排。

小蕎受了他的影響，也會坐在上層第一排。

而樊系數有個怪癖。

他每日至少有一個小時在巴士上看書，小蕎不知怎地也跟著他一起到巴士上溫書。初時不習慣，她會感到頭昏腦脹，後來慢慢適應，便接受了樊系數的怪論：「有日我們成爲太空人，也是這樣生活的。」

久而久之，巴士就變成兩人的自修室。

小蕎剛升上中四，已忙得不可開交，見樊系數讀的書還是與學業無關，便搶走他的書，以管家婆般的語氣說：「你又在看閒書？」

樊系數道：「甚麼閒書？眞不識貨，這本書可厲害了，是妳爹爹擺在第十格抽屜裡的絕版圖書。只要讀了它，我就可以用公式證明天王星的存在。」

一個中學生竟然沉迷在這樣的事當中，實在駭人聽聞。

小蕎定眼瞧了樊系數一會兒，沒好氣地說：「你這傢伙，明明知道老師會出甚麼題目，就是懶得去讀。」

樊系數道：「不喜歡的學科只要通過就好了，拿不拿高分有甚麼要緊？」說完之後，又繼續自顧自地看書。

有時小蕎想勸樊系數念書，就是找不到一個恰當的理由。

如果說是爲求知識讀書，樊系數自學的知識更勝學校所教百倍；如果說是爲升學念書，樊系數只要在數學、附加數和物理三科拿滿分，要湊夠十五分升讀中六也不是難事；如果說是爲財讀書，這理由更顯得荒謬——樊系數現在猜六合彩號碼，不是中五個號，就是中四個號。

縱然能預知未來，數獨門之精算心法也有一定的局限性，其結果必然是以數字的形式揭示。本來考試的出題內容與數字扯不上關係，但試題大多數源自課本或作業，而書上每頁皆有頁數，只要料中題目出自何頁，要「作弊」也是輕易而舉的事。

余老爹當初收樊系數爲徒，果然沒有錯估他的資質，現在這少年在術數方面的造詣，已足以讓他成爲自己的衣缽傳人。

許多欺世盜名的命理專家，與樊系數相比簡直是魯班門前弄大斧。

巴士上，後座的人談話的聲音太吵耳，小蕎無法集中精神K書，便敲了樊系數的頭腦一下，逗他跟自己說話：

「飯頭，我已想好了我十五歲的生日願望。」

「不會吧？妳的生日在十月，現在只不過是九月……」

「我要你提早答應我，怕你到時來不及準備。」

「這樣啊……妳想要甚麼禮物？」

「我甚麼禮物都不要，只想你在那日告訴我，我的眞命天子在我身邊出現了沒有……就是我註定要嫁給他的那個人……」

似乎天下間少女都對這種事好奇，小蕎說時漫不經心，一顆心卻在怦怦亂跳。

樊系數卻不肯面對問題，裝瘋賣傻地說：

「門規所限……師父不准我任意幫人批命。」

「這是我自己的事，我爲甚麼不能知道？」

「門規所限……不可對未成年人士揭示他的命運。」

小蕎用力揑了樊系數一下，痛得他哇哇大叫。小蕎生氣起來，別過臉道：「爹爹是這樣子，你又是這樣子，我最討厭就是你們這些術數中人！」

樊系數無可奈何，只是一笑置之。

他是反應遲鈍，並不等於感覺遲鈍，小蕎那番話的背後意思，他又怎會聽不懂？樊系數少年心性，又對小蕎懷著超過友情的情愫，早就算過自己與小蕎的姻緣。

結果令他傷透了心。

以時辰八字斷夫妻命，是自己門派最精準的範疇之一。去年暑假打暑期工，跟著余老爹到黃大仙擺攤，所斷的夫妻命格男女必然結成燕侶，亦不幸言中不少情侶沒好收場，命犯孤星的就註定是王老五、老姑婆，幾經驗證，準確率是百分之百。

樊系數已入玄道之門，性情較常人豁達，轉念一想：「即使天意弄人，我也要作個好哥哥，這輩子好好照顧小蕎。」

而這番心思自是藏在心裡，就算被小蕎隱約猜到，也決計不會讓她知道。

他和她的關係，就是情投意合卻又模稜兩可的關係。

一對形影不離卻不是情侶的男女。

這輛巴士快到總站了。

小蕎抱住自己的書包，一副心事重重的模樣。

她轉首靠在他的肩頭上，仰視他的側臉，輕輕哼出一聲：

「飯頭。」

「甚麼事？」

「我覺得你知道的比我還要多。我爹爹的身體是不是出了甚麼毛病？」

樊系數只是搖了搖頭，眞的毫無隱瞞的意思。

「我的情況跟妳一樣，師父甚麼也不肯告訴我。」

樊系數悄悄望出窗外。

他的愁容在車窗上逐漸變淡，最後隱沒在斜陽的光暈裡。

28

門鈴陣陣響，少女笑盈盈，帶來蛋糕爲主人家賀壽。

尙一帆的生日會在家舉行，請來十四位同學。

只見小蕎跟其他女生一起進屋，倒不像其他女生般大呼小叫：「哇！你的家好大呀！尙少爺，你不如請我做你的僕人吧！」

男同學就只顧搶著往電視機那邊跑，插上四個遙控桿，開機打電動，整副心神已投放到螢幕上那些小不點的足球員身上。

尙一帆和女生們嬉鬧期間，目光卻只顧停在小蕎身上。

縱使小蕎不施脂粉，她換了便服也是與平日大有不同，一件淨白的花紋上衣，便襯得她絕世出塵，立時將她身邊的女生映照得如殘花敗柳一樣。

好不容易，尙一帆逮住一個適當時機，撇下其他女生，帶小蕎參觀自己的房間。

尙一帆的房間收藏豐富，新穎玩物林林總總，但小蕎絲毫不感興趣，留不到十秒，就嚷著要離開。

當小蕎盯著對面的門，問起這是誰的房間，一聽尙一帆說個「樊」字，便想不也想，毫不禮貌地推開了房間的門。

以前尙家只有兩房一廳的時候，樊系數便在雜物房豎起摺疊床睡覺，現在尙家搬到更大的家，樊系數就有了自己的房間。

樊系數的房間非常簡潔，一床一桌三書架，都是將別人丟掉的家具重塗白漆而成。書架裡的書塞得滿滿的，連頂板也疊滿了書。除書之外，多餘的裝飾品一律欠奉。

由於寄人籬下，樊系數從不帶朋友回家，小蕎很難得才有這次機會，當然留連難捨，尙一帆催促兩聲，她都充耳不聞。

當小蕎看到樊系數的床頭架上擺著她送的模型，不禁會心一笑。

尙一帆瞥見書架上的書，鄙夷道：「飯頭是個怪人，專看這些不倫不類的書，有陣子我們還以為他信了邪教！」小蕎聽了這話，心中微感不悅。尙一帆用邪教來形容那些玄學經書，就是間接詆毀了她的爹爹。

這時門鈴響起，尙一帆還以爲是哪個同學，沒料到是樊系數回家。

樊系數卸下背包，摸出一盒鋼筆，向尙一帆賀道：「一帆，生日快樂！」

尙一帆接過東西，似是不相信會收到他送的禮物，只道：「呃，沒想到你有禮物給我。」他心裡想的卻是：「飯頭沒甚麼錢，這盒鋼筆也不會是甚麼貴東西。」其實每年樊系數都會買禮物給他，但他又何曾記得過這個表哥的生日？

小蕎一見樊系數，便喜不自勝走上前，扯住他的衣角，欣然道：「飯頭！我今日終於到了你的房間，果然跟我所想的一模一樣——斯是陋室，唯『爾』德馨！」

樊系數見她引經據典，也跟她一唱一和：「談笑有鴻儒，往來無白丁……可惜我家裡沒有素琴和金經，難得有女雅士來訪，要不要跟我下一局跳棋？」

小蕎來到尙一帆的家裡，卻只顧與樊系數玩，看得尙一帆心裡不是滋味兒。

這時屋中沒有大人，男同學們厭倦了遊戲機，便提議非法聚賭。尙一帆取來一副撲克牌，也過來摻一腳。

撲克只有一副，但男生有十個之多，經過一番商議，便決定玩「二十一點」。

有人說：「賭眞錢好嗎？」

這個主意一出，其他人紛紛點頭。

「二十一點」的玩法並不複雜，簡單來說就是比大小。各家輪流要牌，撲克牌的數字即是點數，A可當成一點或十一點，J、Q和K則作十點計算，將手上的撲克點數相加，以最接近二十一點而又不超過爲目標。

這夥年輕人將規則改動，取消莊家制，每人派一副牌，誰的點數最高，誰就可以將所有賭注取走，若打成平手就按贏家的數目平分。

一開局，尙一帆明牌是10♠，底牌是K◇，剛好是二十點。在場之中無人持牌二十點以上，於是由他一家通吃。

尙一帆沒想到能贏錢，又再嘗幾局甜頭，便賭得非常起勁。原來其他同學見尙一帆富有，又知道他剛收到父親的大紅包，便故意設局引他上勾，表面上各自爲政，私下卻協議要將贏的錢平分。

如此以眾敵一，便佔了絕對有利之勢，有時明明已有十七點，寧可冒險，仍然再要一張牌，總之，就是要令尚一帆無法獨勝。

尚一帆聰明是聰明，但賭博方面沒有甚麼經驗，又胡亂要牌，很快就將最初贏的錢輸掉。

尚一帆連輸多局，就開始心浮氣躁，將賭注金額加大。然而欲速則不達，這番變策反令他愈輸愈多，到發覺時，已經輸了八百多元。

其他同學賺得盤滿砵滿，笑得樂不可支。

贏得最多的同學問道：「尚少爺，還要賭下去嗎？」

尚一帆心有不忿，又見有女同學在旁，便挺臂道：「當然要賭！」但他打開錢包，發現囊中羞澀，便藉故上廁所，其實是到自己房間取錢。

到尚一帆回來時，竟發覺樊系數正坐在他的位子上。

小蕎就站在樊系數的身後，見尚一帆來了，便向他眨了眨眼，說道：「樊系數說他欠你四十塊，便下注代你玩幾局，當作還債。」尚一帆輸得有點心怯，便抱著隔岸觀火的心態觀戰，由樊系數作他的替死鬼。

同學們見又來了一隻肥羊，暗裡都在竊笑。

七對一，仍是絕對有利之勢。

派牌，幾家的牌面都很大，分別是J◇、K♣和Q♡。

樊系數的明牌是10♣。

尚一帆站在他的後面，看到他手上的底牌是10♣。

加起來是二十點。

除非抽中只有一點的A，否則就會超過。

稍微懂得計算機率的人，都不會冒這個險去要牌。

派牌的公證人依照規矩問：「你要牌嗎？」

樊系數答道：「要。」

尚一帆聽到樊系數竟然要牌，差點失聲叫了出來：「這個傻子！他根本就不會玩二十一點！」

其他人根本看不到樊系數的底牌，所以不知尚一帆所驚何事。

派過來的牌居然是一隻A♡。

一開牌，竟有三家二十點，而當他們看到樊系數揭出二十一點，俱是異口同聲驚嘆道：「你賭得眞狠，有二十點還敢要牌！」

本來是平分的一局，卻由樊系數獨吞所有賭注。

樊系數忽然問道：「是不是有賭倍這個規則？」

眾人當中有位自稱是職業賭徒的同學，他爲了令尚一帆加速輸錢，所以也加入了賭倍的規則，一人加注，其他人也必須加注，否則就要棄權。

由於檯面上已有八張明牌，樊系數瞬間計算，不僅可知對方的底蘊，更可預知接下來要派的是甚麼牌，由此便近乎處於不敗之地。

要知道二十一點是賭場裡唯一讓賭客有勝算的遊戲，但眞正懂得玩二十一點的人並不多，時而加注，時而分牌，背後牽扯到計算概率的數學公式。所以精通算牌的人始終是無往不利，不懂策略的人就要做好被宰的準備。

有一局，樊系數曉得將會連續出現J、Q、K，自己檯上的明牌是十點，便裝作自信地加注。旁人恐慌起來，連連要牌，結果全部超過爆牌……當看到樊系數的底牌只是一張紅心三，始知原來已被擺了一道。

如此這般，樊系數勇不可擋，就算其他人串通，也敵不過他的料「牌」如神。但他爲了掩飾自己的異能，有時也會故意輸錢。不到一會兒工夫，就幫尙一帆將錢全數拿回來。這時其他人意志消沉、臉色如糞，恍如一個個挨了悶棍的小癟三，怕得都不想玩下去了。

「阿帆，你這表哥邪門得很，一個人剋死全部人！」

尙一帆看著立身離座的樊系數。

彷彿是看著一個完全不認識的人。

29

週日，清晨。

樊系數匆匆出門。

拜金主義無處不在，即使在電梯裡，人們都在談論著股票、樓價，樊系數聽了只覺煩厭。走到街上，酒樓外門庭若市，停車場水泄不通，到處都是人潮。看著如此繁世盛市，連天橋下那個露宿者也忍不住感嘆一聲：「香港眞是遍地黃金喲！可惜金子都掉進有錢人的口袋去了。」

樊系數對錢看得很輕，對金融投資也不感興趣，卻很清楚這片虛榮很快就會變成泡沫，而他眼見姑姑和姑丈深墜其中，亦暗暗爲兩人憂心。

「人的貪欲無窮無盡，一旦崩潰，就會發生很可怕的事。」

最近，看著市民通宵排隊買樓盤的電視畫面，他聽到師父余老爹說過這樣的話。

說起來，他有差不多十日沒見過師父了。

一大早，樊系數就接到小蕎的電話。

尚一帆叫他出大廳聽電話時，眼神非常怪異，但樊系數毫不放在心上。

小蕎很少會打電話給他。

如果她打電話來，就一定是急事。

「飯頭！我與爹爹失去通信幾日了，現在擔心得很！你快過來我家，用術數算一算我爹爹的下落吧！對了，就用那個『天地線尋人大法』！」

人與人之間皆有引力，而命理中人深信這股引力來自生辰八字。

但樊系數從來不知師父的生辰，所以未必可以推算出他的下落。縱是如此，樊系數為了撫恤小蕎的情緒，也抱著姑且一試的心態，跟她約好在早上見面。

樊系數邊走邊想：「師父上星期出發到杭州，到今日還沒有回來，確實是有點古怪……」

沿著熟悉的路走，很快就到達目的地。

這個陪伴他長大的破爛窩，現在已拉上大門。

鬧門貼上一張紅紙通告，黯然向街坊宣布結束營業的消息。

也是的，這年頭人人都比以前富有，哪裡還有人會疼惜壞了的電器？壞掉了，換個新的可能更划算。

三個月前，余老爹覺得生意難做，便將店舖易手，只保留樓上的住所。就為了這件事，小蕎著實傷心了好幾天，便在暑假到布魯托的電玩店打工，藉此作為一種精神寄託。

樊系數依舊要到樓上跟余老爹學術數，每每經過店面，都怕觸景生情。後來他索性避而不見，寧願穿越垃圾堆走到後門。

上樓，響門鈴。

小蕎知道是樊系數來了，一打開門就說：「我剛剛打開信箱，發現爹爹由杭州寄來的明信片，後面寫著一堆數字，但我看不懂是甚麼意思，你快瞧瞧看吧！」

樊系數接過明信片，無暇細賞紙上的杭州風光，直接翻到後面，只見沒有片言數語，卻寫著一串數字：

37111337

小蕎心中十分焦急，便催促道：「這是甚麼意思？」

樊系數只是搖了搖頭。

兩人在屋裡呆坐片刻，你眼望我眼，就是沒有半點頭緒。但樊系數腦筋動得快，忽然恍然大悟，叫了出來，望著小蕎攢眉而笑。

小蕎知他看透了玄機，便急著要他解釋。

樊系數道：「妳把這些數字拆開，會發現是五個質數。」

質數是很奇妙的數字，擁有很多神祕的力量，樊系數若看不出這層關係，也枉稱是余老爹的弟子。

小蕎照著他的指示，將那八位數逐個拆開，果然發現3、7、11、13和37這五個質數。她呆了一呆，還是不得其解，便問：「五個質數又如何？」

樊系數想了一想，說道：「妳身上有零錢嗎？師父叫我們掏三元坐車，上附近的七號巴士，然後在十一時十三分下車。下車後，再找門牌號碼爲三十七的地方……」

小蕎一張嘴無法合攏，將信將疑道：「你怎知道是這個意思？」

樊系數一笑道：「我就知道是這個意思。妳是不是要我解釋呢？」

小蕎忙不迭搖頭，想來又是和術數相關的事，而這種事她聽了就覺頭昏腦脹。小蕎又看了明信片一眼，大聲抱怨道：「你和爹爹溝通的方式眞古怪，我眞受不了！」

樊系數面露微笑，暗裡卻在尋思：「眞少有呢！師父居然跟我打這種啞謎。師父會寄出明信片，或許是他早已料到一些事，才想個法子差喚我跟小蕎到一個地方。」可是到底要他倆去甚麼地方，樊系數一時之間也猜不透。

再想下去也不是辦法，樊系數便將疑惑化爲行動，與小蕎雙雙起程。

等了一會兒，七號巴士就來了。

兩人算準時間，在十一時十三分下車。

來到一個陌生的地區。

單數門牌號碼是這邊，但門牌號碼逾百。

兩人往門牌號碼遞減的方向走，心情也隨著路面起伏。

到了半途，小蕎異常緊張，竟說出一個怪主意：「飯頭，我有點害怕，現在我閉著雙眼，你來牽著我走吧……」樊系數心裡覺得好笑，倒也憐香惜玉，便捉緊她那暖暖的手心，牽著她在街上一步步慢慢走。

兩人還小的時候，小蕎怕被狗咬，也是像這樣牽著他的手走。

他會給她一個數目，當她走到這個步數，那條凶惡的狗就會在眼前消失。

四十三、四十一、三十九……

來到門牌號碼三十七，眼前是……

樊系數一陣緘默之後，聲音也變得有點走調：「可以睜開眼了。」

小蕎睜開眼，目光慢慢移動，然後看到門上的字。

樊系數握著她的手也更加緊了。

30

按照明信片上的指示，樊系數和小蕎來到一間醫院。

小蕎見是醫院，登時情緒失控地哭了出來。樊系數安慰她一會兒，隨即抖擻精神，牽著她的手，一同續往前面走。

進到醫院，只見急診室那邊大排長龍，汗味比消毒藥水味更濃。小蕎正想往櫃台問話，樊系數卻攔住了她，帶她往電梯的方向走。

小蕎問道：「你知道我爹爹在哪裡嗎？」樊系數道：「妳試試把3、7、11、13和37這五個數字相乘。」一聽到兩位以上的乘法，小蕎的臉色就黑了一黑，接著使勁踢了樊系數一下，直眉瞪眼道：「我算不出來！你快說！」

樊系數按下字號「十一」的按鈕，續道：「答案是111111。師父在十一樓的一一一一號床位。」

小蕎對他的推算深信不疑，一見電梯的門敞開，立刻跟著他走了出去。亦眞的如他所料，到了一一一一號床位，就看到臥在床上的余老爹。余老爹見徒兒和女兒來了，不禁有點意外，立刻露出了精神奕奕的笑容，可是，任何人都看出他的臉頰瘦了一圈。

一見狀，小蕎哭得死去活來。余老爹便撫著她的頭髮，柔聲道：「傻孩子，只是小事，有甚麼好哭的？」

小蕎破涕爲笑，妙目上的淚珠就像玉串一樣。

「那……你得的是甚麼病？」

「原來是肝硬化的……」

「現在呢？」

「肝癌。」

到了這地步，余老爹也不作隱瞞，一五一十交代病情。原來他四年前就得此病，縱使早早診斷出來，癌病卻只可拖延而不能根治。

這次回鄉，舊病便在旅程上復發，一番轉折才返抵香港的醫院留醫。余老爹樂天知命，言談間沒有半點悲哀，還說這四年命是天賜的，大限快到，就是預購了上天堂享福的直航機票。

小蕎這才想起去年擦馬桶時看到血，余老爹跟她說這是「大便的血」，她便信以爲真，還爲爹爹煎治便祕的中藥。早前他哄她說生意做不下去，又將經營十幾年的店鋪結業，原來這一切都是早有鋪排。

直到最近，小蕎總算是發現了蛛絲馬跡，但她實在沒想過再次見面的地點竟是醫院。

過去一年，余老爹全心全意教樊系數術數，對他的督導也嚴厲了很多。樊系數熟悉師父的脾性，早就微微感到不妥，但他認爲余老爹自有安排，便沒有開口過問，卻沒想到居然是性命攸關的大事。

一直到深夜，樊系數和小蕎才肯離院。

巴士上，樊系數關懷備至，不斷想法子逗她開心，與此同時也是塡空發愁的時間。

樊系數爲了教小蕎安心，便拍了拍胸口，許諾道：

「我這個星期決定不上課，天天到醫院替妳照料師父。」

「學校方面呢？」

「我不念書也可以考滿分的。」

「我也要請假。就算要我倒數第一，就算要我聯考零分，只要爹爹的病好了就無所謂……」

樊系數又勸了一會兒，發覺小蕎依然固執非常，便由她自作主張。

這對少男少女向學校請了事假，便日夜到醫院探望余老爹。

這一日，余老爹趁著小蕎不在，難得與樊系數獨處，便特地吩咐他在床緣坐下。

余老爹開始講話，樊系數自覺事關重大，當即靜心聆聽。

卻說這幾年間，余老爹隔月北上一次，走訪中國各省古城，一去就是三至五日。在古時，欽天監是官職，專掌天文、歷數、占候之事，因此不少古城均設有司天台，時至今日已變爲名勝古蹟。但對師父來說，那就是非常適合觀測星象的地方。

余老爹開門見山，神色十分凝重。

「世上將會發生一場大浩劫，而這場浩劫將關係到全體人類的存亡，其牽連之廣、影響之深，甚至可堪比挪亞方舟的大洪水。」

「你是說一九九九年？因爲諾斯特拉達姆的一首預言詩，很多人都恐慌地球會在一九九九年滅亡。」

「諾斯特拉達姆可沒說過一九九九年是滅亡之年，這只是後人的揣測。而我剛剛說的巨大浩劫，可不是空口無憑，而是有充足的眞憑實據。」

樊系數想了一想，又望著余老爹道：「但現時世界各國勢力平衡，核子武器又被嚴密監管，就算有陰謀家出現，也不可能有法子將地球毀於一旦吧？就算是眞的有方法，又怎會有人這麼黑心，想將全體人類消滅？」

余老爹決然道：「有的。」

樊系數定眼瞧著余老爹，半晌才吐出一個字：「誰？」

幾下咳聲從余老爹的喉頭發了出來。

樊系數趕緊向他遞上一杯熱茶。

余老爹目光之中盡是傷感，喝光了熱茶，才徐徐地道：「他就是我的師弟，雖然與他幾十年沒見面，但我肯定他仍然在世。他就是這世上最厲害的術數師，別說是我，就算是我的師父，術力也沒法跟他相比。有了這幾十年的經驗，我相信他的術力已經非同小可……」

樊系數直到這一刻，才知道自己有位師叔。

余老爹道：「他曾說過要讓人類在世上消失……而我至今仍相信他不是隨便說說。」

他頓了一頓，又接下去道：「我一直沒有跟你說過我派的源流歷史，現在該是最適當的時機了。這件事要從我十歲那年說起，那年是一九五六年，一個動盪不安的年代，在我的故鄉杭州……」

時光流轉到四十年前。

余老爹就在病榻上，講述一段令人泣血錐心的往事……

一九五六年

男人愛北上搞婚外情，這是自九〇年代開始出現的趨勢。

師父也愛北上。

他隔月北上一次，雲遊神州大地，卻是到不同省分的觀星台。

夜觀星象，凶兆迭出，師父預言世界將有一場大浩劫發生，

而這場浩劫牽連之廣、影響之深，甚至可媲美挪亞方舟的大洪水。

我實在沒想過，引致這場大浩劫的關鍵人物，竟是他的師弟——

師父開始憶述舊事。

時光倒流，一九五六年，中國杭州……

31

我叫余易，在我幾歲的時候，師父就說我與玄道有緣，於是立意收我為徒。

爹娘很支持師父的決定，他們覺得這一行的人挺會賺錢。

那時，戰後不久，人們仍窮得要命，別說是三餐溫飽，一日能吃得上幾口稀粥，已經稱得上相當幸運。不但是人，就算是狗，也餓得皮黃骨瘦，但你在街上絕不會見到任何狗，因為早就被人拉入廚房宰了，作一品狗頭鍋的材料。

師父是數獨門的掌門人，風水術數、醫占星相，無一不精。不少達官貴人與師父有來往，師父又常懸壺濟世，因此鎮上的人都對師父尊崇至極。

而我就是師父的第三個弟子。

師父為自己批命，他說自己總共會收四個弟子。

接著師父又嘆息道：「其實弟子只收三個就好了，到第四個就是我的凶數。」師父是學命理之人，因此早對天命一事逆來順受，雖然到頭來預言靈驗，間接被自己的入室弟子趕上絕路，他也沒有死不瞑目。

依稀記得那是梅雨季節，那日大雨滂沱，一個不打傘的少婦跪在宅第門前，沒完沒了地猛磕響頭。師父和我們出到外面，看到的就是那個披頭亂髮的少婦。那少婦滿額血水，血混著泥濘不停地滴下來，落在水窪上，化為殷紅的漣漪，形成一幕令人印象難忘的畫面。

師父眞人一露相，她的熱淚再也克制不住，奪眶而出。

她求師父收留她襁褓裡的孩子。

師父看了看，動容道：「這孩子發高燒，命在旦夕。」

那少婦繼續磕頭，師父竭力阻止，還叫我們打開藥箱，拿出棉紗替她止血。於是，我和兩位師兄默默站在後面，聽著師父與那少婦交談：

「我已不會再收任何弟子。」

「我不是求你收他作弟子。」

「噢？」

「徐大爺，我這兒子養不起，他有病在身，賣給你就是要你吃虧。我把他留在大爺的家，如果大爺能把他救活，就讓他為奴為僕……他有命服侍大爺，也是他的福分。」

在那個動盪而飢寒交逼的時代，根本無人會去管這樣的小生命。反正是半死不活，那少婦才作出這樣的抉擇，抱著最後的一線希望叩門求救。師父是鎮上的大好人，本著行善積福之心，便叫那少婦將孩子留下。

師父沒有打算收那小孩為奴，便道：「孩子得的病不輕，我會盡力救治，但一切也只能聽天由命。三日後妳再過來一趟吧！」也不知那少婦是否聽得懂師父的意思，只是點頭如搗蒜，一邊千恩萬謝，一邊解下襁褓。

說也奇怪，我很記得那小孩交到師父手上的情景。

襁褓上縫著「紀九歌」三字，想來應是孩子的名字。而那男孩約莫三歲，臉色蒼白，再不救的話，肯定會一命嗚呼。襁褓上除了那三個字，還縫上了一個日子，某年某月某日某時，顯然就是他的時辰八字。

老實說，凡是研究命理的人，好奇心一定異常濃烈。

師父也是如此。

他一看到襁褓上的八字，就想爲紀九歌批命。

有一點很奇怪的是，年月日的前面並不是甚麼數字，而是一些點和直線。師父憑僅有的線索推算，一點就是「一」，兩點就是「二」，直線寫在前面，就是加五的意思。在舊年代，女人不識字是很尋常的事，所以想出這種「以點代數」的方法，道理正如古人結繩記事一樣。

師父按照那八字演算，得知小孩將會化險爲夷。

果然如師父所料，過了三日，紀九歌的病情有了好轉，一雙小目也有了神采。儘管師父歸因於紀九歌命硬，我卻認爲是師父的醫術精湛。

那少婦一直沒有回來。

紀九歌自此成爲孤兒。

師父後來打探消息，始知那婦人來自鄰近的江蘇省。

江蘇省位於長江、淮河下游，省會是南京，也就是日本侵華的重災區之一。其時爲一九五六年，日本戰敗也是恰好十年的事，而那少婦的丈夫原來是個日本軍人。

當他遇到她時，她只是一個九歲左右的孤兒，在經歷戰火洗禮的空牆前嚎哭，竟令殺人如麻的他生起惻隱之心。女孩在他的暗中協助下，躲在一間崩屋的地牢裡，他偶爾休班出城，就會向女孩送上救濟品。

隨著時光荏苒，女孩也慢慢長成少女。

一九四五年，日本宣布無條件投降，眾多留在中國的日本軍人萬念俱灰，朝著國土的方向切腹自盡。那日本男人也抱著自戕的決心，卻想在臨死前見那少女一面。少女多番勸說不果，那日本男人執意自殺，卻不知怎的被她救活，在她日夜呵護備至的照料下養傷，也因朝夕相對而在月下生情。

人死過了，就不會再想尋死。

自此兩人相依爲命，在小村落裡定居，向地主租田耕作，過著隱姓埋名的日子。很多平民百姓因戰爭喪失至親，因此對日本人深惡痛絕，那日本男人怕露出破綻，平日便扮作一個啞巴，就這樣瞞了幾年，這對夫婦便有了孩兒。

天有不測之風雲，人亦好景不常，那日本男人因重病逝世。

少婦爲夫立墓，碑上寫了他的全名，一個日本人的姓名。當其他村民知曉這件事，第一件做的事就是毀墓，又將孤苦無依的兩母子逐出村莊；有人甚至揚言要將小孩溺斃，那少婦連夜逃亡才保住兒子的性命。

兩母子一路流落異鄉，就來到杭州，小孩病危，便尋到師父的宅第來。

照這個說法，紀九歌就是半個日本人。

師父叮嚀我們要嚴守這個祕密。

32

紀九歌的母親下落不明，他在我師父收留之下，便成了徐家的一員。

適逢師母早年誕女，聘了奶媽，便將三歲的女兒跟紀九歌湊在一起，交由同一位奶媽看護，又一起跟先生讀書識字。

紀九歌才不滿四歲，已懂得不少人情世故。

有時師父要茶，他便跑向廚房，向其他大人們要熱茶壺；有時師父肩痛，他就會爬上旁邊的椅子，用他那雙發不出力的小手爲師父捶背。

一個娃兒會做這樣的事，師父見了就是好笑。

旁人打趣道：「看來紀九歌想做大爺的書僮呢！」

師父膝下無兒，紀九歌又乖巧伶俐，我看當時師父其實有意收他做義子，但未得他的母親允許，師父也不敢貿然作主。

如此留了一年有餘，紀九歌深受徐家上下喜愛。

有日，師父一如既往，在教書廳向我們三師兄弟講授玄學知識。師父字字珠璣，別說是年僅十歲的我，就是連大師兄和二師兄，也往往是聽得一知半解。

臨近尾聲，師父問了條很艱深的題目，眾師兄弟面面相覷，無人能答。

正當師父以爲這是情理中事，在旁倒茶的紀九歌卻突然開聲，用他小小的心智和童稚的語言，說出一個令眾人登時啞然的答案。

請注意！紀九歌當時只有五歲！

哪怕是學師已久的大師兄司徒藏，或是聰穎過人的二師兄陳連山，竟也自愧不如一個娃兒學得快。我領悟方面不及兩位師兄，最大的本事就是過目不忘，但紀九歌卻可以一目十行，這樣的才智簡直是超於尋常、得天獨厚！

據說莫札特四歲會作曲，有些人死也不肯相信，以爲這是後人加以神化，就像父母替孩子寫作文寄去參賽一樣。但我認識紀九歌這個人，見過他驚人的天分，再聽到這樣的事，也不覺有甚麼值得大驚小怪。

這世界，就是有種人叫天才。

師父愛才如命，口頭上不肯收紀九歌爲徒，卻又傳他很多玄學上的學問，有很多更是超出我們三個大師兄的課程範圍之外。這年頭的學生，遇到課程以外的東西，連碰都不會去碰，哪像紀九歌那般好學不倦呢？

縱使師父極力否認，實則紀九歌就是他的徒兒。

師父傾囊相授，不到八年，紀九歌就將師父的本事學全了，並且不時提出更精闢、更嶄新的見解，正是青出於藍勝於藍。要知道，師父本來就是百不一遇的奇才，這麼一比較的話，紀九歌不就是術數界的超級天才嗎？

紀九歌心地善良、為人正直，有時他一個人坐在樹下看書，就會有雀鳥飛到他的肩上。我可沒有半點誇大，過了一陣再去看他，竟發覺草坪上野鳥成群，像戲班台前的觀眾般團團圍住紀九歌，似是被這個少年獨特的靈氣感染。

其他人一走近，鳥就會飛走，看來那些鳥只肯親近紀九歌。

二師兄跟紀九歌最要好，他曾開玩笑道：「九歌，不如你傳我這門本事，讓我捉幾隻乳鴿享一享口福。」

紀九歌卻一笑道：「要讓鳥兒親近你，先決條件就是要把鳥兒當成朋友，你想吃牠們的話，看來你這個朋友是交不到了。」

師父的女兒叫徐靈，她與紀九歌青梅竹馬長大，感情親密得恰如緣定三生，兼且郎才女貌，在眾人眼裡就是天設地造的一對。偶爾騎單車經過湖畔，就會看到他和她閒步談情，但礙於舊禮節，這對小情人又怯怯羞羞地不敢牽手。

即使其他人嘴裡沒說，心中也認定紀九歌將會是師父的女婿。而我們三師兄心裡也明白，縱使只有我們三人有師徒之份，但真正能繼承師父衣缽的人是紀九歌。

數獨門出了如此一個奇才，師父仍不心滿意足，暗地裡嘆息道：「要不是受命盤所限，這小子大有可能成為繼賴布衣和劉伯溫之後，史無前例最厲害的術數師。」

師父指的當然就是紀九歌。

師父也曾懷疑過那襁褓上寫的八字並不真確，但參照紀九歌的歲數，正符合襁褓上的出生年分——五點是五，兩點是二，解讀成一九五二年。除點以外，還有直線，師父把直線當五點，再把誤差的因素計算在內，但在那個日子前後也沒有不世英才誕生。

照理說，紀九歌的母親不可能留下一個假的出生日期吧？可是紀九歌無親無故，整件事既然無法問個清楚，師父也就不再費神多想。

其實，紀九歌好學，從來不貪圖甚麼成就。

只是以一顆純眞的心追求天地間的眞理。

因此，在連本人也沒有察覺的情況下，他的術力已到了常人無法想像的地步。

那年，紀九歌不過是十四歲。

而紅色的浩劫，也在這一年降臨。

33

數獨門心法能洞悉天機，但結果純粹以數字的形式顯現。

儘管有其局限，世事萬物皆離不開數理。

遠自戰國時代開始輾轉相傳，數獨門早已自成一家，門人篤信所有數字的出現並非偶然，因而與《易》學融會貫通，創出以數揭示未來的法門。經歷多個朝代的日積月聚，後人已演算出一系列獨一無二的公式，將其應用價值大大提高。

中華民族是多災多難的民族，國民長期活在水深火熱之中，師父憂國憂民，每當念及至此，往往黯然神傷。戰亂之後，由共產黨統治中國，人人都期待過好日子。剛入一九六六年的年關，紅樓春酒喜洋洋，師父卻驀然熱淚縱橫，悲慟不已。

旁人問長問短，師父就藉醉掩飾過去。只有我們這些追隨師父的徒兒，才知道師父常常掛在嘴邊的憂慮：「一九六六，大凶之年，在中國這片土地上，將會出現空前的災難。」紀九歌的術力不在師父之下，而他夜觀星宿的角度和位置，得出的結果亦與師父不謀而合。

經師父一番推算，得知浩劫源頭在西北面三百三十三度角，正是首都北京的方向。在師父的預言之中，浩劫將於八月八日揭幕，歷時達十年之久，覆蓋全國各地，殃及逾兩百萬人枉死，亦對中國的氣脈造成極嚴重的摧毀。

至於到底是甚麼樣的浩劫，師父仍是不知內情。

有人可能會問，既然師父能預知凶兆，爲甚麼還要留在鎮上等死？

只因爲——

術數師的精神，就是大無畏的精神。

俗言有云：「我不入地獄，誰入地獄？」

縱使劫數在前，師父也沒有半點逃避的意思。師父一直尋求解救的方法，趁幫人相命時錄下一些數字，卻發現了個很奇怪的現象：死的人大部分是富戶，又或者是博學多才的智者，反而部分窮人會因禍得福。

也就是說，浩劫帶來的厄運將會降臨在師父身上。

至於爲甚麼有這麼古怪的現象出現，師父私下跟紀九歌琢磨了數個月，徹查無數古籍文獻，還是說不出個所以然來。兩人唯一的進展，就是透過「皇極光行大法」，將數字轉化成光譜上的等值，推算出劫難與「紅色」有關。

這段日子，常聽師父發牢騷道：「縱使能準確算出死了多少人又如何？不知天機所指，也只是一堆無用的垃圾數字！」

其實，不論師父和紀九歌的技藝如何高超，也絕對無法想像即將發生在自己身上的劫難，竟是人類歷史上最荒誕、最瘋狂、最無理的鬧劇。

距離浩劫的日子愈來愈近，就是數獨門危急存亡之秋。

師父也在這個危緊的關頭，說出我派的大祕密。

那晚，西曆八月七日，我們三師兄弟和紀九歌應召而至，來到師父的臥室。

師父先跟我們說起一則傳說。

據說古有「三易之法」，一曰《歸藏》，二曰《連山》，三曰《周易》。相傳秦始皇焚書坑儒，《周易》幸被列入醫術占卜之書，結果只有這本書逃過被毀的大難，繼而成爲流傳後世的國學奇書。

《歸藏》、《連山》均已失傳。

自我拜入門下以來，學《易》是必經階段，對師父所述的故事早已耳熟能詳。話說回來，師父爲我們三師兄弟改名，典故也取自這三部經書的名字。

至於師父怎麼無緣無故說起這則故事，眾師兄弟都是百思不解。

當我們正自奇怪間，師父又再強調一次：

「《歸藏》、《連山》均已失傳。」

然後，師父將一個雕刻精巧的竹筒放在檀木台上。

我們屏氣斂息，看著師父從竹筒裡取出一卷小布軸。布軸約十寸長，兩端縫著金邊，由師父加倍小心的手法看來，應是極爲珍奇貴重的東西。

師父神情肅穆，厲聲道：「這就是我派世代相傳、捨命守護的祕密。」只見師父慢慢地打開布軸，卷軸上的金邊就似兩條金蛇，由右至左延展，現出一堆難以閱讀的錦字。縱是錦字，一撇一捺卻異常清晰，有如鸞翔鳳舞，一行行字隔著絨線並列，宛若劍壁層峰。

明明肯定是漢字，但我認得出的字卻沒有幾個。

只有二師兄精通書法，認得那是篆文，一讀寶軸右端的標題，竟驚得整個人陡然一震，張大著嘴巴發不出聲。

大師兄、紀九歌和我定眼看著他。

半晌，二師兄才顫聲叫了出來：

「連……連山！」

二師兄一言驚醒夢中人，我們來不及望他一眼，目光已回到那寶軸上。

那竟是「失傳了千載以上」的《連山》！

34

一陣驚愕之後，師父將《連山》收回竹筒裡，並交到二師兄的手上，囑託道：「三師兄弟之中，就以你最小心謹慎，請你無論如何都要保全經書。」

二師兄接過那竹筒時，一雙手兀自在顫抖。

我感到異常好奇，竟不顧現時的處境，脫口而出：「師父，《連山》上記述了甚麼內容？」師父道：「是一堆常人無法讀得懂的經文。」大師兄繼我之後，接聲問道：「那我們幹嘛要捨命保護這部經書？」

師父幽幽地道：「我也不知道。據說這部經書藏著一個驚世祕密，誰人能參透經文，就可以得到掌控天地的力量，所以絕不可落入壞人的手上。」

而這部祕笈由數獨門歷代掌門人相傳，要不是事到危急臨頭，師父也不會向我們透露這件事。因此，師父叮囑我們要嚴守祕密，扶持二師兄護經。

那時我就想通了，要是師父能參透《連山》上的術理，那就能阻止接踵而至的劫難。再這樣推想下去，縱使師父不說，我也曉得我的歷代祖師爺在鑽研這部祕笈上費盡心機，也許還是無法破解它的祕密。

師父接著替家中上下算命，由我們幾個核數，猶幸大部分人陽壽未盡，當中包括我、大師兄、師父、師母和兩人的女兒徐靈在內。至於二師兄陳連山出生在兵荒馬亂之中，而紀九歌的生辰又不清不楚，既無兩人的時辰八字，便無法預估這兩人的安危。

師父看著二師兄和紀九歌兩人，蹙眉忡忡，嘆道：「就只有你們兩個的生死無法預測。」但二師兄和紀九歌不以爲然，倒是惺惺相惜地互視一笑。

有了這樣的結果，我們自是放下心頭大石，但師父還是不敢掉以輕心，嘆息道：「縱使能安然度過劫難，就是不知要受多少苦……」

當夜，師父繼續對我們各人委以重任。大師兄和我負責將貴重的古物和藏書打包，並乘夜上山找了個隱蔽的地方，將東西一一埋好；二師兄則負責保管經書，這個不再多說；而紀九歌跟隨師父四出打探風聲，一起商討接濟災民的安排。

發生在一九六六年的災難，就是後來被稱爲「十年浩劫」的文化大革命。

八月八日，無產階級文化大革命宣布開始。

八月十八日，毛澤東在天安門廣場接見來自各地的紅衛兵。

「紅色恐怖」席捲全國。

所謂革命，就是動亂，在文革領導人的煽動下，全國各校的學生迅即組成紅衛兵。非常諷刺的是，十多歲的青少年竟被賜予特權，可以對人囚禁、施行酷刑……甚至殺死人。

最先受害的就是教師。

數不清的血從學校裡流出來，無數教師被他們的學生打死。

殺人的理由就是：「打破尊師重道的舊封建傳統。」

紅衛兵運動很快蔓延到校外。

學生針對地主、富戶、壞分子和反對他們的人下手，把政治運動搞得火紅，藉著「破舊立新」這個皇上御賜的口號，四處燒書及破壞文物，四處抓人進行蠻不講理的公開審判。

殺人的理由就是：「既然你無法解釋這分錢的由來，這分錢就是不義之財，是從窮人身上剝削回來的財富！」

將一切不順眼的東西破壞，將一切不順眼的大人幹掉。

冠著革命的光環，青少年就有了恣意妄爲的絕對律令。

「革命無罪，造反有理！」

漫天蓋地的口號是任何大門也擋不住的。

革命的一大主張正是「破除毒害人民的舊思想」。

我們這些學術數的，自然成爲眾矢之的。

當時紅衛兵湧擁入徐宅裡，目無法紀地四處搜刮，砸爛家裡的古董，又將師父收藏的古書湊成一堆，擺在空地上放火焚燒，還肆意譏諷一番：「你受這些古書荼毒，幫你燒掉，就是幫你消毒，你怎麼還不謝我？」

只氣得師父敢怒不敢言。

紅衛兵抄家之後，像樣的家具一件不剩，砸爛的家具卻有一大堆。

對於這些行同強盜的作爲，大家只能啞忍。

一旦還手的話，就會立即被當成「右派分子」，在千千萬萬個紅衛兵圍攻之下，下場只會是死路一條。

那段日子，大屋內外一片愁雲慘霧。

有一個下午。

二師兄、紀九歌和徐靈爲了令大家振奮起來，趁著共膳的時候，分別手執樂器，就在大廳裡合奏起來。一箏一蕭一古箏，旋律搖曳飄蕩，立時激昂人心。眾人臉上露出難能可貴的笑顏，師父更樂得拍腿高呼：「只要大家同甘共苦，日子再困難也捱得過的！」

這時，卻從門外傳來一聲：「有錢人就是有錢人，生活眞寫意啊！」

在我們沒有察覺之際，一大群年輕人沿庭院長驅直入。說話的是一個姓何的小子，身穿綠衣，手掛紅臂章，正是紅衛兵的裝束。我識得這人叫何平，皆因早年他與母親落難，師父接濟過兩人到家裡暫住，換句話說，師父就是他的恩人。

但在文革當年，在龐大的群眾壓力下，別說是恩人，就算是親人，要批鬥的時候也不可有半分仁慈。

徐靈反諷道：「值錢的東西都一件不剩啦，我們哪稱得上是有錢人？」

何平白了她一眼，哼了一聲，又將目光盯在師父的身上，冷言道：「我們接到線報，說你們這裡匿藏間諜。」

正當眾人大奇之際，師父挺身而出，說道：「何先生，這是一場誤會吧？」何平目中無人，並不即時答話，而是望向我們這邊，朗聲問道：「誰是紀九歌？」

只見紀九歌踏前一步，面無懼色，凜然道：「我！」

何平一副小人得志的模樣，伸手指向紀九歌，振振有詞道：「你說，你是日本人留下來的孽種嗎？」

此話一出，紀九歌登時語塞。

他語塞，並不是因爲他無法辯駁，而是因爲有人將他的身世洩露出去。

不計紀九歌自己在內，世上知道這祕密的人僅只我們師徒四人，這就是說，我們當中有一個是告密者。

這時我剛仰起頭，恰好與大師兄四目交投。大師兄倏然走到我後面，悄悄在我耳邊道：「你記不記得前陣子跟我喝酒，你喝醉之後胡言亂語……」在他一言提醒之下，我才猛然想起這樣的一件事，同時心中一寒。那日不知怎麼開始，話兒扯到日本人的上頭，莫非我就是在那時不小心洩漏紀九歌的身世？但我眞的不記得了……

師父欲爲紀九歌出頭，攔在何平前面，罵道：「放屁！你們講不講道理的？他的母親被日軍害得家破人亡，連半個日本字也不會寫，又怎會是間諜呢？」

一記耳光在師父的臉上響起。

師父義正詞嚴，沒想到換來的是一頓蠻不講理的羞辱。何平愈打愈起勁，來個左右開弓，打得師父臉紅耳脹。何平冷笑道：「包庇特務間諜是甚麼罪名，你知道嗎？不單是你，連你的家人也要一併受審！」

師父悲憤難當，卻無力反駁一句話。

紅衛兵當中有人在柴房裡找到一堆空酒瓶。

何平把一個酒瓶子朝著地下一摔，銳利發光的碎片散滿一地。何平向師父道：「你快給我跪在地上，然後向著我們革命的光輝低頭認錯！」

這時我自恃年輕力壯，又於心有愧，打算上前代師父受罪，孰料二師兄和紀九歌竟比我早了一步，雙雙一齊跪下。

但我也不甘心落後於兩人，不顧任何後果，就跪到遍地的玻璃碎片上。

何平見了，露出一排齷齪的牙齒，獰笑道：「嗄！多麼令人感動的師徒之情！果然是被這個老東西的邪術洗腦……」未待何平說完，二師兄已向著他吐了一口痰，然後罵出一句不堪入耳的話語。

忘恩負義的狗——

幾十個紅衛兵將我們重重包圍，臂章和紅簿子賦予他們審判別人的權力，卻無法從我們身上奪走作人的尊嚴。

二師兄笑了一笑，繼續罵，針對何平一人，揭瘡疤，抖出他的糗事。

只是二師兄一人罵豈夠盡興？紀九歌和我也大罵起來，不過紀九歌是文謅謅的，而我是粗鄙鄙的。

何等痛快！何等豪邁！

儘管雙膝流滿了血水，我們三人彼此相望，心中生出一股同歷生死的決意。

何平受了如此羞辱，當即大發雷霆，恃著自己背後的勢力，憤然道：「侮辱我們偉大的革命事業，簡直是罪無可恕！抓住他們！」

師父只教過我們術數，沒教過我們功夫，所以我們很快被制伏。

就這樣，我們三人被關進了牛棚裡。

35

文革期間，生意最好的地方就是火葬場。
儘管火葬場的火焰日夜不停地燃燒，也燒不盡那些枉死的冤魂。
富農、地主、知識分子、藝術家……都是文革中的受害者。
或者，他們應該被稱爲死者。
有勇氣站出來的人，下場就是被人圍毆而死。
又或者，他們不堪被批鬥、逼害、侮辱而自殺。
人性善耶？惡耶？不管何者正道，任何人皆有貪生怕死之心。逃避敵人的方法，就是成爲敵人的一分子；而證明你不是敵人的方法，就是跟著敵人一起攻擊無辜的人。
在大紅旗迎風飄揚下，滿腔熱忱的年輕人失去了理性，知識分子受到學生的暴力攻擊，紅衛兵任意闖入民宅抄家搶掠……一具具血淋淋的屍體被丟上了卡車，就像運送一件件的貨物一樣，駛過屍臭瀰漫的街道，最後在火葬場卸載。
紅八月——
肆意殺戮的恐怖——
中國人打死中國人。

眾人皆知，焚書坑儒是秦始皇的一大罪狀。但依我看，比起文革的殘暴性，秦始皇只有自愧不如，人在地獄也要再挖個坑往下鑽。文革時燒掉了古今歷朝的書，殺掉許多在專門領域有特殊造詣的巧匠學者，所有極其寶貴的中國文化遺產，絕大多數付之一炬。

幸好師父有先見之明，將《連山》託付二師兄保管，又將祖傳的古籍和古董藏在山頭，否則那些無價的東西必定盡毀。

二師兄、紀九歌和我因觸怒了紅衛兵，被關押在牛棚之內。牛棚，與真正的牛無關，在那時候來說，就是拘禁「牛鬼蛇神」的地方，多是由教室、倉庫或棄置工廠改變用途而成，有紅衛兵在外面輪更看守。

天天開批鬥會，我們被逼站到台上，聽那些人細訴一堆無中生有的罪狀。只是說說還好，他們還要動手，向著我們撒砂石、吐濃痰，駁話就只有挨打的份兒，真是豈有此理。

最難受的還是不准睡覺和不准隨意上廁所……人沒了精神，又要憋尿，再謹慎的人也會說錯話，然後就被當成把柄，被那群竊笑的傢伙繼續沒完沒了地批鬥下去……

蹲監牢的時候，我鼓足了勇氣，向紀九歌致歉道：「九歌，對不起，有陣子大師兄經常帶我去喝酒，我喝醉了就亂罵日本軍國主義……可能是我不小心將你的身世講了出來。」紀九歌卻笑了起來，在我胸口輕輕捶了一拳，教我不要將這件事掛在心上。

大師兄後來到牛棚來探監。我們得知師父和家人平安無事，無不額手稱慶。大師兄聽了這裡的情況，只是告誡一句：「你們當時實在太衝動了，做事前要好好想想後果。如果所有人一起遭殃的話，師父該由誰去照顧呢？」

雖然我暗中有一點怪責大師兄沒義氣……但當時他倘若跟我們一同開罪何平，家中沒一個能主持大局的年輕男人，只怕現在的處境會更加堪虞。

由於鎮裡的牛棚人滿爲患的關係，我們很快被移送到鎮外的牛棚。臨別依依，徐靈走來跟我們道別，乾糧盤川這些是不敢送的了，就給我們一人一瓶廣東出產的跌打酒。她說捨不得我，我就笑她睜眼說瞎話；二師兄索性搖頭嘆氣，連瞎子也看得出，她最捨不得的是紀九歌。

這種時候，徐靈也顧不得禮節，對著紀九歌眞情流露，聊了好多情意綿綿的話。記憶中，她說過這麼一句：「其實，無產階級大革命也有個好處……」紀九歌一怔道：「甚麼好處？」徐靈抬起一雙深情的眼眸，凝望著他，腼著臉道：「現在我倆的身分平等，就是門當戶對啦……我跟爹爹說過了，只要等你出來，我們就……就……」

那時，我還改不了調皮的個性，向著他倆訕笑道：「我全身都起了雞皮疙瘩啦。我們該去外面暫避一下，對吧？」

二師兄向我使了個眼色，我便坐言起行，扶著他一起走出外面。因爲何平與二師兄的過節最深，便在批鬥會上結帳報私仇，連番折磨之下，二師兄跛了一條腿，靠拐杖撐著，行路蹣跚，聽說已是不幸之中的大幸。

我回頭看了一眼，只見紀九歌牽住了徐靈的雙手，然後將她摟入懷裡，而窗外皓白的月色照得兩人身子發光似的。

明明是一對神仙美眷，到明天就要被硬生生拆散了。

想到此處，二師兄在我耳邊輕嘆一聲：「這一別，再見就是遙遙無期了……」

到這一刻，我還不知道這一別竟是訣別。

人類在哭，老天就發笑。

36

第二天，我們就像囚犯一樣，被押送到一個僻遠的山村。

抵達新的牛棚之後，我和紀九歌被分派到一間蚊蠅滋生、照不到陽光的陰暗小屋裡。而二師兄則離我們而去，被送到十里外的另一個牛棚。

那段時期的伙食都很差，衛生條件更不值一提，日間要做勞動工作，晚間還要開甚麼審訊大會。我寧可掉進地獄的油鍋裡，也不願住在這個苛虐身心的混帳地方。

我日夜都在向紀九歌訴苦，當然是偷偷地，問他能不能算出逃出生天的日子。紀九歌算了我離開的日子，卻算不出自己的。我同是學術數之人，當然明白癥結所在：紀九歌不知自己的生辰八字，即使他術力再強，也無法透視自己的未來。

我倆過著極度苦悶而勞瘁的非人生活，虛度了兩年的光陰。

這兩年，除了幫人家倒夜來香，就是對社會毫無貢獻。

我就在那時患上了肝病。

還好我的罪狀不算太重，有城中的父母爲我奔波，再求上級網開一面，就拿到證件回城養病。

而我也在那段期間，接到二師兄去世的噩耗。

當時我以爲自己聽錯了，再問一次：「你說甚麼？」

從那個牛棚來的人道：「陳連山是你拜把子的兄弟吧？他昨天死了。」

我頓覺天旋地轉，問道：「是怎麼死的？」

那人答道：「有隊紅衛兵來了牛棚，說有人舉報他偷藏邪書，跟著要搜身，他不肯就範，將一卷東西拋入火爐燒了。人家一發火，自然就將他打死了。」

人算不如天算，二師兄眞的逃不過這一劫。我細想前因，便知那本邪書就是《連山》。二師兄遵循師命，不容有失，於是將那部經書貼身攜帶，結果招來殺身之禍。

但我惋惜的已不再是經書失傳之事，卻是爲二師兄大大不值，心中悲鳴：「燒了倒好，連性命都保不住了，還要書幹嘛？知道了將來，卻改變不了，那我學術數有何屁用？」

紀九歌知道這件事後，整整沉默了老半天。二師兄跟他最要好，這件事對他來說打擊很大。他夜裡睜著眼睡不著覺，問我知不知道二師兄的死時。

「我只知道二師兄是在前天死的。」

「沒有大概的時間嗎？」

我說不知道，事實上也沒有可能知道，那種亂世毆死人哪會看時間的？

紀九歌長長嘆了口氣，悲聲道：「不行，只有日期不夠。如果我可以知道二師兄的生時，又或者知道他的死時，那我就可以找出那些害死他的人……」

我聽師父說過，古時刑部會借助術數師之力來緝凶，只要有死者的生辰或死時，就能算出害死他的相關人等。紀九歌會那麼說，無疑是已練成這種絕學。

但，這又怎麼樣？我說，二師兄就是因這場浩劫而死，難道要找蒼天報仇嗎？他若是被人圍毆而死，那些傢伙有權有勢，這筆血債該怎麼算？

只怪我們生不逢時。

紀九歌聽了我這番話，只是神色悽楚地不發一言。

告別了紀九歌，我踏上回城的路。

返家休養了兩日，我趕到徐宅拜訪師父。

庭院內外已是面目全非，雜草叢生，家業凋零。

徐宅裡空無一人，我走入蛛網塵封的書廳，憶起昔日聽書的情景，心中空蕩蕩的，隨即傷心得眼淚鼻涕不止。

文革開始之後，我們就各散東西，好端端的一個大家庭，到今日已是蕩然無存。

我曾經誠心祈求，待浩劫一過，我就要找回師父，找回紀九歌，找回大師兄……

然後一起重建我們的大家庭。

後來，我碰到大師兄，始知前陣子鬧得滿城風雨，師父一家在他的庇護之下，便搬遷到他在舊城區的平房暫避風頭。

話題一轉，他按著我的肩膀，小聲道：「師父託我向你打探二師兄的下落。」我將所知的事情一一說了。接著，他問起《連山》的事，我便嘆了口氣，直話直說：「被燒了。」

一陣惋惜之後，我倆就此告別。

我心中想念師父，偷摘了一些柑橘，便迎著晚霞上門拜訪。

門是敞開著的，我上了樓梯，就見到了師父。

當他看到我的時候，嘴角上掀起了一絲笑容。

然後吐出一口鮮血。

37

在那個恐懼四布、人人自危的時代裡，要逼瘋一個人也是件容易的事。

原來在我們被關進牛棚之後，那些紅衛兵有的沒的，就是老愛揪住師父，逼他戴上帽子，吊著刻著罪狀的木牌，在烈日當空下公開批鬥他。

師父既屬「吸血鬼富戶」，又是「極度迷信者」，單是這兩項「罪名」已有夠他好受的了。造反派直指師父的堪輿學是封建迷信、僞科學，大大侮辱師父的人格；而師父明知跟那些人講道理也是徒然，便負心違願地一一認了那些罪狀。

每次師父都是遍體鱗傷地回家。

師母和女兒徐靈看了，就是傷心落淚。

有時紅衛兵夜裡來要人，師父嚇得從夢中驚醒，然後拖著疲憊不堪的身軀外出，等待著他的就是漫無止境的審訊。再簡單的事，經他解釋一百遍，對方也像沒有聽見似的，只是要他低聲下氣跪地求饒。

待他認了一項罪狀之後，就叫他「滾蛋」，隔天又逼他認其他的罪。

師父自覺已淪爲那班人的玩具。

日復一日，生不如死。

有時師母幫腔說幾句話，那些蠻不講理的人就說她是幫凶，連她也一併帶走，逼她戴上沉重的木牌接受審判。鋼絲在她的脖子上磨來磨去，勒成一條紫黑色的瘀痕。師父看了，半晌呆在當地，那種痛苦早已超過心靈所能承受的限度。

師父平生樂善好施，經常救苦濟貧，浩劫來前還有著拯救萬民之心，收場卻是「泥菩薩過江自身難保」，別說是英雄無用武之地，就連狗熊無立足之地也稱不上。眼見最愛的妻子因自己的牽連受苦，自己空有一身本事，對著那班冷血無情的狂徒，卻是手無縛雞之力。

師父向來自負，受到這般滅絕人性的精神虐待，終於不堪屈辱而服毒自殺。

當我再見到師父的時候，師父已變得面容枯槁、雙目黧黑，與往日神采飛揚的樣子相比，簡直是判若兩人。

而當我看到師父吐血，我才驀然驚覺師父已奄奄一息。

要知道一個人的壽命由上天所賜，而命裡有數所指的也只是這種「天壽」。一個人若是要自行了斷，就是放棄上天給他的歲數，將人生往後的福分良緣化爲烏有，這樣的非自然死亡便在師父當初的計算之外，也是非術數之道所能揭示的。

縱使知道浩劫只有十年，但師父只挨了兩年，就已被折磨得不似人形。

還有八年。

三百六十五日乘以八，就是一個帶來無盡痛苦的數字。

師父一時想不開，又可能精神失常，走上了自絕一途。

劫數，最終難逃。

我看著師父，覺得非常痛心，卻說不出半句安慰話。

師父握住我的手心，在這個瀕死的時刻，居然好沒來由就問：「易兒，我問你，《連山》是不是在九歌的手上？」

我扶著師父虛弱的身軀，實在不忍說《連山》被毀的事，唯有含淚點頭示意。

師父聽罷，如癲若狂，喊道：「天數！天數！一切都是天數！數獨門二千年來道遠任重，原來都是蒼天的旨意！」

師父縱聲長笑，直到聲嘶力竭。

我以爲師父已經不行了，腦裡正是一片空白之際，卻再聽到師父氣若遊絲的聲線：「你……你叫紀九歌在我的墳……墳前磕八個響頭。」

說罷，立刻吐出一口鮮血。

師父再也沒有說話，只在地上寫了一行血字。

有年有月有日，乍看下似是一個人的生辰八字。

師父含笑而逝。

師母和徐靈恰巧在這時回來，看到我在哭哭啼啼，又看到在椅上垂首的師父，不消我再作解釋，她倆就知道師父已經返魂乏術。

徐靈靠著師父身邊，緊緊地抱著她的爹爹。

後來紅衛兵的人不請自來，想帶師父到街上批鬥，卻只看到一具冷冰冰的屍身。而那三個紅衛兵竟然對師父的死狀視若無睹，爲了抓人去交差，就將徐靈和我捉走。

師母沒有被人揪出去，但她也不堪苟且偷生。兩小時後，她將師父的屍身抱入寢室，放在床上安躺。然後她將被單繞成圈，繫在橫樑上自縊，尾隨夫君而去。

在那場昏天暗地的革命裡，根本無人會關心一對夫妻的死活，因爲受逼害而自殺的人太多了，慘案屢見不鮮，旁人聽得煩厭，也就漸漸變得麻木了。

是非不分，善惡模糊，無數冤魂在悲鳴。

泯沒良心的人在濫用權力，從沒傷天害理的人卻在活受罪。

作爲一個未遭殃的旁觀者，只能沉痛地哭著、沉默地活著。

沒有正義的英雄，也沒有以一敵萬的大俠。

儘管，那時，我多麼盼望有英雄或者大俠出現。

因爲徐靈要爲師父平反，不肯承認自己爹爹的死是「畏罪自殺」，所以她很快就被視爲反動分子，暫時被關在牢獄裡，再過不久就要被送到窮鄉僻壤的勞改場。

我也是一樣。

正感到萬念俱灰之際，竟然有人爲我打開監房的門。

一見那人，我就哭著說：「嗚，沒想到有生之年還能見到你！」

救我的人就是大師兄。

大師兄是個能言善道的人，處事精於心計，又懂得趨炎附勢，文革開始就無往不利，還當上了一隊紅衛兵的領導人物。有時我對他的所作所爲不服，卻不得不承認，就是他這樣的人最容易在社會混日子。

這次就是他救了我和徐靈。

來到大師兄的一幢三層平房裡，我們爲將來從長計議。不幸中之大幸，因爲大師兄在當權派之中很有勢力，所以他的住所就是最安全的避難所。但現在師父和師母死了，大師兄和徐靈住在一起會惹來是非，於是他提議與徐靈以假夫妻相稱，藉此隔絕流言蜚語。

大師兄又向徐靈強調道：「我對妳絕無非分之想！妳對紀九歌一往情深，既有天地爲鑑，我和妳清清白白，又何必在乎別人的目光？這時勢亂得很，最重要就是忍耐，妳也不想在九歌回來前丟掉性命吧？」

徐靈覺得大師兄說的也有道理，便一一點頭，一切照他的吩咐行事。至於我，養病之後就要回去牛棚報到。

第二日，我和徐靈就在後山草草葬了師父和師母。

一夜之間，徐靈失去了兩位至親。

我見她神色惆悵，一副六神無主的表情，擔心會出事，便安慰道：「妳還有紀九歌，千萬不要做出傻事！」徐靈抹了抹早已乾透的淚痕，欣然向我點了點頭。

臨離鎮前，我又去看了徐靈一次。

那時她在看著紀九歌寫給她的信，忽然大哭起來，扯著我的衣袖，嗚噎道：「你叫紀九歌快回來！我就快等不下去了。」某個信封上畫了一幀雙燕圖，我看了之後，不禁淒然一笑：「紀九歌這小子眞是的！就是一股傻勁，明明自身難保，還有勇氣說要娶她爲妻！」

我又做了一趟免費信差，幫她帶信給紀九歌。

但對於紀九歌何時可以回城，我只是支吾其詞，心裡卻道：「唉！現在社會亂糟糟的，我又怎能妄下斷言呢？」

不過，我相信，就算要等上十年八載，徐靈也會爲紀九歌等下去的。

我想起師父的遺命，便連夜趕路，途中經過二師兄曾經待過的牛棚，一時感觸起來，便到那兒打探有關二師兄死後的情況。

二師兄在牛棚的人緣挺好，因此有朋友幫他辦理後事。一位大哥將我帶到柴房，拿出一個骨灰罈給我。要不是經他說起，我還以爲那是個醬油壺。

我又跟他領了二師兄的遺物。二師兄向來身無長物，留在世上的就是一件破爛大衣、一支舊長笛和一雙皮鞋。本來還有臉盆和被褥，但早就被其他人共分了。

一路奔波，我重回留過我兩年屁味的牛棚。

那時已近傍晚，我跟牛棚外站崗的大哥說了幾聲，就到裡面的暗房找紀九歌。紀九歌一見是我，一手甩開手上的掃帚，另一隻手就伸過來跟我相擁。

紀九歌一聽到師父的死訊，兩行熱淚立刻淌了下來。

這是我第一次看見紀九歌哭泣。

平時看似柔弱的紀九歌，其實有著不爲人知的堅強，從不輕易在別人面前掉淚。

我又跟他說了，師父要他在墓前磕八個響頭的遺命。磕八個響頭，意思再明確不過，就是說師父要與紀九歌立下師徒的名分，正式將他收納到數獨門的門下。

紀九歌聽了，再度含淚道：「師父眞是的，我根本不在意這些東西。」他心裡再明白不過，師父是老一輩的人，難免對這種事耿耿於懷，而這番心意只教自己永無相報之日。

接著我倆談起二師兄的事。

紀九歌逐一觸摸那幾件遺物，好像在回想一些舊事。不知不覺間，他拿起了那支長笛，在我面前慢慢吹奏起來，嘹亮的笛音立時像碧波一般開始蕩漾。

才不過響了幾個音，紀九歌就停止吹奏。

他露出詫異之色，道：「笛子的聲音有點古怪。」

我這個人不曉笛藝，他對我說這樣的話根本是對牛彈琴。但見紀九歌在深感奇怪之下，用力扭開笛嘴，往管口內一瞥，似乎發現內有乾坤。紀九歌望了我一眼，然後伸指往笛管挖了挖，竟掏了一條摺疊著的長紙出來。

我和紀九歌慎重地打開來看，一看之下俱感驚訝。

紙上正是《連山》的手抄本！原來二師兄機智過人，有預感自己會遭遇不測，爲保祕笈不致失傳，早就想出以防萬一的對策，將《連山》由篆文重新抄寫成楷書，再藏在隨身攜帶的笛子裡。只要接管遺物的是師父或紀九歌，就有機會從中發現祕密。

這時我與紀九歌想到二師兄的苦心，唯恐祕密外泄，立刻將紙條重新藏入笛中。我想起師父臨終時說的話，便對他說：「這支笛該由你來保管。」紀九歌握住了笛子，點頭之際又陷入了深思之中。

靜默了半晌，我倆互相看了一眼，同時心念一動，再將二師兄的遺物重頭到尾細查一次。

在餘下的遺物之中，就是一件大衣最可疑。亦如我所料，大衣的某個位置沉甸甸的，翻了幾翻，就發現了暗袋所在。

摸出了甚麼？就是一只停頓的小懷錶，而懷錶後的機件有被拆毀的痕跡。

紀九歌的思緒比我快，他一見種種跡象，當即叫了出來：「這是二師兄的死時！」我來不及細想，已認同了紀九歌的說法。懷錶不會無故停頓，二師兄在危難中故意弄停它，又偷偷藏在暗袋裡，就是想向我們暗示一些事。

接著，我竭力回想二師兄遇難的日期，再借筆給紀九歌，由偵查行凶者的方向進行術數演算。只見紀九歌唸唸有詞，以牆作紙，從右至左寫字，寫得滿頭大汗。儘管耽誤了這些時日，他的玄學功夫毫無退步，只是偶爾寫字慢了，但大致上每個步驟都是神乎其技。

經過一輪複雜無比的演算，紀九歌得出了一個答案。我雖然不識其法，但我也猜得出那個答案是個生辰八字，揭示了害死二師兄的凶手是誰。

但那八字只寫到一半，紀九歌就停住了手腳。

他就在牆前呆了半晌，忽而臉色悽楚地緊攢著眉，一雙拳頭捏得格格作響，看得站在旁側的我也深感害怕。

這是我第一次看見紀九歌如此激怒。

他憤而用狠勁將數字寫完，竟連筆也「啪」的一聲折斷。

這下我看明白了，霎時也是驚怒交集，緊接而來是一陣貫透全身的冰冷感。

牆上的八字，不是誰的，正是大師兄司徒藏的八字。

也就是說——

大師兄就是害死二師兄的罪魁禍首！

39

眞相昭然若揭，大師兄會對二師兄下手，就是貪圖這本曠世經書。眾師兄弟之中，就以紀九歌的本事最強，能者招妒，由此大師兄便對他顧忌萬分，平日笑裡藏刀，心裡卻是千方百計要除去這眼中釘。

向紅衛兵告密的人就是大師兄。

而他當日引我喝醉，就是要嫁禍到我身上！

既有了經書，又知道埋在後山的寶藏，只要待十年浩劫一過，他就是富甲一方的倖存者。大師兄瞞騙了所有人，這番鴻圖大計本是神不知、鬼不覺，哪想到陰差陽差之中，竟讓二師兄的遺物落在我的手上，而紀九歌又恰巧有法子算出眞凶。

一個人爲求目的，竟可以做到不擇手段，簡直令人不寒而慄。

霎時間，我又想到徐靈正與大師兄同住，那就是與狼共寢，無時無刻處於危機之中！

看來紀九歌和我所想的相差無幾，整個人變得沉寂，臉容僵硬得恰似塗上了水泥。然後他的眼神變得無比堅決，忽然執拾起行李，竟是視死如歸，打起逃走的主意。

我在紀九歌耳邊輕聲道：「你眞的不怕死嗎？」

要是在監牢的話，逃獄失敗只是加重刑期；但這裡是勞改場，一個比監牢更加恐怖的地方，一個勞改犯人，死在勞改場裡就是理所當然，就是死得其所，根本不會惹起別人的饒恕抑或同情。

紀九歌能有命留到現在，也是因爲他一直逆來順受、任由凌辱，若是曾經向惡勢力反抗的話，就算是練過金剛罩和鐵布衫的硬漢，也早就一命嗚呼了。

他卻沒有立刻起行。

紀九歌一句話也沒有說，自顧自地將二師兄的懷錶修好，又打開吊在胸口的指南針，然後用他獨有的方式來校準時間。

我知道他在等待一個時機，一個最佳的逃跑時機。

等了約莫二十分鐘，紀九歌不作多餘解釋，就叫我跟著他出發。

這時外面呼呼怒風，雷聲和雨聲大作，落葉、塵埃撲面而來，樹幹也被吹得歪倒似的，衣衫單薄的我倆更顯得淒涼。

站崗的人竟然不在。

眞幸運……我曾有過很天眞的想法。

才走不了幾步，後面就傳來一把吆喝的聲音：

「喂，你們要去哪兒？」

我有半截身子陡地變得冰冷，連回頭看一眼也不敢。我側過臉，瞧向紀九歌，要看看他有甚麼主意，誰知他竟在這時候說：「跑！」

風聲在我倆耳邊狂亂地吹，我倆就不顧一切地往前跑。

原以爲紀九歌有甚麼逃脫大計，沒想到只是一股糊塗勁。只聽得一陣敲鑼聲，看來那人已通風報信。回頭一看，昏暗的夜色中，有一些零零星星的人影沿斜路溜下，往我們這邊逼近。

但我和紀九歌連續兩年營養不良，加上從來學文不習武，自小除了捉迷藏，就無心做過任何運動。所以，我倆被人追上只是時間的問題。

我實在跑不動了，便向紀九歌道：「我們躲起來吧！」紀九歌卻沒理會我，只以一股狠勁繼續向前跑。

情急之下，我就藏身在一堆乾草之中。隔了一會兒，看著六、七個人從我眼前經過，我心裡的血幾乎翻騰得要傾瀉出來。

我避過大難之後，就開始擔心紀九歌的安危。

那些人眼現紅絲，充滿敵意地盯在遠處的紀九歌身上——對著這班狂徒，紀九歌除了拚命逃跑之外，還可以做出甚麼？

紅衛兵的人在他後面追趕，人人手裡舞弄著的，都是五花八門的武器，犁頭呀、鋤頭呀、哭喪棒呀、自家製的雙截棍……要是被這群人逮住，下場肯定凶多吉少。

我悄悄在後面跟上去，暗自步步爲營，心想：「就算我能追上去，面對這班瘋子，我又可以幫得上甚麼忙？」這麼邊走邊想，我不禁悲從中來、熱淚盈眶，想道：「前幾天才埋葬了師父和師母，莫非又要……」

那時，我的心中呢喃著一個聲音：「師弟，求求你千萬別死！」

令人出奇的是，紀九歌竟沒有朝著車站的方向跑。

而是自尋死路似地跑向鎮外的曠野。

曠野上一望無阻，紀九歌的行蹤盡露，他這樣做無疑是與後面的敵人鬥跑。

只見紀九歌跑得愈來愈慢。

有個人終於追上了紀九歌，就順勢把他撲下地。紀九歌再也站不起來，只在泥濘上掙扎，滾到一棵大樹下面。其他同伴陸續到來，群上圍攻，一腳一腳無情落下。那時我已看不清紀九歌的狀況，只知他一定在抱首閃避。

拿著鋤頭的人來了，就高舉起鋤頭，作勢欲劈。

身子再壯的人，也一定受不住這致命一擊！

眼看紀九歌將被擊斃，我光張著嘴巴，卻喊不出一聲。

突然，一下異常眩目的閃光。

再來一下震天價響的雷聲！

天公憤怒的雷殛！

大樹四周電氣四散，碗口粗的樹幹被擊中而斷落，冒出一閃而滅的火花。

全部擊中。

三個人癱瘓在地，也不知死了沒有。

行雷期間，高舉武器是件很危險的事。

這時天上仍然雷電交加，即使是沒有倒地的人，見狀也會立刻往反方向逃跑。

肅殺的沉寂很快佔據了這一片空間。

我呆呆看著那棵倒臥在地上的大樹。

紀九歌就從燒焦的大樹後面緩步走出來。

斜雨打在他沾滿泥濘的濕衣上。

這就是他深藏不露的真本事，一種駕馭大自然五行的力量！

記得師父說過，術數師的術力一旦到了化境，就能借助風雨雷震之力幫自己成事，昔時諸葛亮借東風就是個經典例子。

我愕然看著紀九歌。

他只跟我說了一句話：「快走！」

40

紀九歌有個指南針吊飾。

他跟我說過，這是徐靈給他的定情信物。

我也見過徐靈戴上一串貝殼做的項鏈。

那兩件東西精美是精美，但怎麼看都像孩童的玩具。可是一想到禮輕情意重的道理，我這個局外人就一點也不覺得可笑了。

無論在多麼貧乏的環境裡，只有眞愛是不貧乏的。

這一刻我看著紀九歌頸上的吊飾，不期然問起：「你就是憑指南針和手錶預測了落雷的位置？」紀九歌不說甚麼，只是「嗯」的一聲答應。

我忍不住又問：「那……那些人死了沒有？」紀九歌道：「我揀了一個小雷，那些人只是暫時昏倒過去，養傷幾天就會好轉。」

聽到他這麼說，就知我這個師弟實在過分仁慈，要知道那夥人平日對他痛打惡罵，倘若我有他這樣的本事，最低限度都要叫雷公教他們劈成殘廢。

一路上，我和紀九歌逢凶化吉，憑著一些僞造的證件過關，但爲了掩人耳目，還是繞了一段路。

有驚無險之下，我倆終於回到城鎮，時分恰好是深夜。

在我引路之下，趁夜行動，來到大師兄在舊城區的平房。我本來想細探動靜才上去，不然碰著大師兄就等於碰著死神。但紀九歌急不可耐，氣衝衝地直入虎口，手無寸鐵，就像個「拿著西餐刀叉去砍殺黑幫大哥的少年」。

還好一路直通無阻，我們在毫無險阻之下見到徐靈。

徐靈就像知道紀九歌會來似的，頸上掛著他送她的那串貝殼。

但她閉著眼臥在床上，一動也不動。

——嘴角的血已乾涸。

徐靈的衣衫上有被侵犯過的痕跡。

而牆上，用墨水塗了一行遺書：

「**不忍受辱，生無可戀，自絕於人民。**」

但我可以看出，那不是徐靈的字跡，而是大師兄的字跡！肯定是大師兄做了虧心事，便僞造成自殺的場面來脫罪。

終究是遲了一步。

紀九歌連日來奔波，看到這樣的情景，登時癱瘓在地，一隻手掩臉大哭，一隻手捶地哀喚：

「我來了，我終於來了，妳不是答應要等我的嗎？」

這時我將紀九歌扶到桌邊，不期然發現桌上有一份電報。一讀之下，我倆同時感到胸口有股要炸開的感覺。

那電報上寫的是甚麼？竟是一個歹意捏造的死訊，而死者正是紀九歌。我在紀九歌身邊，當然知他安然無恙，然而徐靈卻消息不靈通，以爲他眞的遭遇不測。

紀九歌氣憤難當之下，將那份電報捏成一團。

這時候，只要是稍有頭腦的人，便可以猜出那份假電報的由來：一定是大師兄垂涎徐靈的美色，就使出這種卑鄙手段來教她死心，好讓自己乘虛而入。詎料徐靈性情壯烈，在連環心理打擊之下，竟走上了咬舌自盡的不歸路。

紀九歌已哭得不成人形，我的心也痛得幾乎要碎掉。

其實，文化大革命本身就是一場鬧劇，某些人爲了爭權奪利、打倒政治敵人，因而煽動民眾去造反，到後來竟是一發不可收拾，結果就釀成了這場「十年浩劫」。

天機易測，人心難摸。

在那些滋事分子當中，確有一些禽獸不如的壞人。而大師兄顯然就是這種心術不正的人，窺探時機來扶搖直上，又有術數助他揭發別人的瘡疤，感到形勢不妙就見風駛舵，一有大好良機就將礙眼的人置之死地。

不管是在那個黑暗時代，又抑或是在我們這個太平盛世，在社會上能攀到高位置的，卻永遠是這種人。

大師兄在文革中樹立了勢力，我深知現時不是他的敵手，便向紀九歌勸道：「大師兄……司徒藏那個狗賊可能快回來了，我們再不離開的話，就是正中他的下懷，被他一網打盡。」

只見紀九歌執意不走，我猛搖他的臂膀，哭中帶罵道：「君子報仇，十年未晚呀！」紀九歌的臉色卻是淒苦之極，語音淒惘地說：「報不了仇的……大師兄有的是福與天齊之命，而且大富大貴，可以活到八十幾歲。」

數獨門心法中，批人歲數的預言百發百中。

我倆彼此心裡了然，只要大師兄的天壽未盡，任我們出盡法寶去暗殺他，也只有註定失敗的定局。像大師兄這種貪生怕死的人，臉皮厚得像一本百科辭典，要教他爲尊嚴而自絕簡直是難過登天之事。

好人枉死，壞人享福，世上就是有這樣的事發生，而且每天每天都在發生。縱使我倆心有不甘，也不得不接受這個殘酷的現實。

紀九歌痛定思痛之下，就跟我合力將徐靈抬出去。

地上是凝固的血跡，我又看到師父臨死前寫的一行血字。我不經意望了紀九歌一眼，知他也注意到了那行字，他黯淡的目光之中呈現出一點光亮。

只見紀九歌揹著徐靈，來到安葬師父、師母的後山。

他掩起一把泥土，親手埋葬了二師兄的骨灰罈，又親手埋葬了自己最愛的女人。那時他的雙眼木然，似在追憶過去十幾年跟她形影不離的時光。

一起玩，一起長大……

青梅竹馬的時光。

想到這裡，他的眼淚就滴在泥土裡，而他的雙手被泥裡的沙石刮傷，但他卻不自覺似的，任由自己的血與大地融爲一體，以那微乎其微的溫暖來包裹她的身體。

這時候，我思潮翻湧，滿腦子都是對人生的疑問：

師父平時行俠仗義，但死的時候連一副棺材也沒有，這是甚麼天理？

甚麼又是善有善終、惡有惡報？

就是因爲某些人的陰謀詭詐，害死了不少無辜良善的人。

可是，爲甚麼就要善良的人遭到不幸？

善良是愚笨嗎？

待紀九歌將最後一撮泥土蓋好，天邊恰好在這時冒出了曙光。

微熙的晨光照在四座簡陋的墓碑上。

師父、師母、二師兄和未過門的妻子。

直到日垂西沉，又等到夜月淒迷、雲淡星稀，再看到另一天的日出，紀九歌還是不肯離去。他就這樣不眠不吃，在墓地前跪了一日一夜。

如果世上眞的有淚乾腸斷這種感覺，這一定就是他現在的感受。

在那個瘋狂的歲月，我們的遭遇只是萬千慘案的一個故事。

一個世紀，一場浩劫的悲歌。

我當時是愛莫能助，但我也心疼這個師弟，於是煮了一碗稀粥，帶到墳前，悵然傍在紀九歌的身邊，叮囑他千萬不要餓壞，也萬萬不可魯莽行事。

紀九歌正眼不看我一眼，嘴裡卻忽然冒出一句話：

「人類的本性如此卑劣，天公為何要造人？人類最終的下場就是自取滅亡——由我來使他們全部滅亡。」

他語出驚人，當時我只是張大眼看著他，一個字也吐不出來。

第二天一早，墳前已沒有任何人。

我霎時的想法就是：「他終於逃離了自小長大的鎮。」

直到現在，我再也沒有見過紀九歌。

一晃眼，又回到一九九七年

俠之大者，爲國爲民。

數之精者，扭轉乾坤。

每逢亂世，必有救世主降生。

師父常跟我說賴布衣濟世拔苦、劉伯溫扶明滅元，和姜子牙奇謀勝紂這些故事，用意就是要讓行俠仗義的精神在我心裡萌芽。

在拜師制度近乎匿跡的現代社會，師父傳我的絕學漸已失傳。

到我慢慢長大，我才明白師父的用心……

他說我與數有緣，又具俠骨仁心，

正是作爲救世主的條件。

41

余老爹對舊事的敘述就此終結。

樊系數不發一言，直望窗外半晌，才慨然道：「這樣的事聽起來眞荒謬。」

余老爹嘆了口氣，道：「我也希望這只是個荒謬的故事，但這確是刻在中國人身上的血腥歷史——其實不足五十年，還不能稱之爲歷史。很多年輕人聽到有關文革的事，就是瞪大雙眼，一副無法置信的表情，彷彿懷疑我們這些受害者說的都是謊話。」

樊系數有些地方仍是不解，便問：「你師父……我師公臨終時在地上寫了那些血字，到底有甚麼意思？」

余老爹答道：「那是紀九歌眞正的生辰八字。」

原來余老爹的師父在自殺前兩天又被抄家，有人找到紀九歌兒時用過的襁褓。襁褓上縫著的那些字，竟被其中一人認出是摩斯電碼，結果誣詆師父一項間諜罪，將他押出去嚴刑審訊。但錯有錯著，這番話卻提醒了師父，令他算出紀九歌擁有影響世運之奇命。

摩斯電碼由點和直線組成，一至五的點數與尋常數目無異，但六至十卻是完全倒轉，「六」這個數字的表達方式就是「—••••」，是一杜四點而不是一杜一點。阿拉伯數字多彎角，不易縫在布上，而紀九歌的父親曾是軍人，會摩斯電碼也不足爲奇，便想出用這個方法來記錄兒子的生辰。

一個術數師要是不知道自己的生辰，有許多厲害的絕學都無法用上。反過來說，當紀九歌知道了自己的生辰，他的術力一定更加強大。

樊系數想了一想，又問：「這幾十年，紀九歌都在做甚麼？」

余老爹苦笑道：「我一直打探他的下落，到目前這一刻，還是一無所獲。但我十年前回鄉，就聽到了一些不得了的消息，而我更可以肯定那些事和他有關。」

樊系數愣然道：「甚麼消息？」

余老爹徐徐道：「我的大師兄真的成了暴發戶，是鎮上有財有勢的大人物。但享樂的日子並不長久，有晚他被一群最冷血的凶徒綁架，反抗之下被人狂刀亂斬，臨死時還被人割下了舌頭。至於那個忘恩負義的小人何平，在文革後成了獨霸一方的貪官，卻遭遇一次嚴重的交通意外，被幾十片玻璃碎片插中下身致命。」

樊系數在疑懼之中不及細想，然而已隱約猜到一些眉目。

余老爹再斬釘截鐵地道：「事後我再驗算這兩人的生辰，可以萬二分肯定地說，這兩人天壽未盡，一定不會死於非命！」

樊系數出神道：「那麼說……」

未待樊系數說完，余老爹已接下去道：「由此可知，紀九歌一定已經參透《連山》的祕密，已經得到扭轉乾坤、改變他人命運的力量！」

冥冥之中自有天意，紀九歌加入數獨門全因偶然，繼承《連山》也是出於偶然，但這些一連串的偶然竟讓他接觸了這本經書，並成爲千古以來人類歷史上最強的術數師！

近年余老爹北上觀星，得出種種凶兆，正正與紀九歌的滅世預言不謀而合。

一陣歎息之後，余老爹又向樊系數道：

「如果他當時的話不是隨口說說，那就是全人類的末日。」

「那……到時候，誰來阻止這場浩劫？」

「你。」

樊系數呆了一呆，結結巴巴地問道：「爲甚麼是我？」

「因爲你與愛因斯坦在同一日出生，你的命就是大俠之命。」

「這只是個巧合。」

「這不是巧合，你是知道的。數獨門一切心法的總綱是甚麼，難道你忘了嗎？所有數字的出現絕非偶然，誰能解讀數字就能得窺天機。」

余老爹聳起了肩，眼懷深意地凝望著樊系數，然後牢牢地握住他的掌心。

樊系數凝神望著余老爹，只聽余老爹一片誠心道：

「我苟延殘喘，就是爲了等一個人，而這個人就是你。去阻止我的師弟。儘管他已得到掌控命運的能力，我還是相信你可以戰勝他，阻止他要滅世的畢生宏願。」

「我……我可以怎麼做？」

「平心而論，你的資質與紀九歌旗鼓相當。但你沒有受到《連山》的啓蒙，未必可以作他的對手。可是世上僅存的一本《連山》，就在他的手上。但除了《連山》，還有《歸藏》，紀九歌一日未得這本書，他的計畫還是棋差一著。」

余老爹咳了一聲，便肅然道：「所以你要去找《歸藏》。只有找到這部天書，你才會有勝算。」

要在毫無線索的情況下尋找一本書，這樣的事是何等艱鉅？

在樊系數思緒紊亂之際，耳邊又再響起余老爹那把低沉的嗓子：「其實，我教你去尋找《歸藏》，還有一個出自私心的理由。該從何說起好呢……我給個生辰八字，你算一算這個人的壽命吧！聽著……」

余老爹接著唸出一個生辰八字。

樊系數進行心算，很快得出了答案，不覺皺眉道：「這個人……這個人會在剛滿十六歲的時候遭遇不測！」

余老爹道：「就是這個原因，我才一直瞞著這個人，用一個疑似的日期來假充她的眞正生辰。我這麼說的話，你該已猜得出這個人是誰吧？」

一把冰冷的聲音在樊系數的心裡迴響——

小蕎！

「小蕎是我收養的孩子，她的身世跟你一樣可憐，但我知道她會有『絕頂好夫命』，而她和你就是命中註定的一對。我把小蕎交託給你，你要幫我好好照顧她，就算她的人生短暫，有你在她的身邊，她這輩子也不算枉過。」

余老爹說到這裡，話聲已變得有氣無力。

「當年紀九歌無法拯救愛人的性命，因此性情大變、嫉惡如仇。所以，就算你遭遇到和他一樣的事，就只好當是命裡有數，千萬不要跟他一樣恨蒼天、求報復。」

二十二年前，余老爹偷渡來港，靠幫人相命維生。

輾轉過了幾年，偶然四處遊覽，就來到現址是破爛窩的店面。前有吉水環抱，青龍方有斑馬線，白虎位有水渠口，後有垃圾山簇擁，正是臥虎盤龍之地。余老爹在風水學方面的造詣畢竟不高，但他來到那地方，就有一種心電感應，直覺不世英雄將會在此地出現。

說了一聲「好店、好店」，余老爹就租下上下兩層樓房，轉行作修理破爛的技工。這行業容易與人混熟，余老爹乘機四處打探消息，看看這一區有沒有奇命之人。蒼天就像在考驗他的耐性，余老爹身負重大使命，又自知大限逐漸逼近，愁得兩鬢飛霜，還是苦無良計。

直到四年前，終於與樊系數會面。

命裡有數，數裡有緣，余老爹立意收他爲徒，傳他數獨門絕學，就是寄望他能繼承自己未能完成的使命。

直到這一刻，樊系數才明白自己肩上的擔子是多麼地沉重。

正常的中學生在他這個年紀，要煩惱的就只是應付中五會考的挑戰。但他要挽救小蕎的性命、尋找紀九歌和天書的下落、阻止世界被毀滅的災難……至於應付聯考這種事，在他眼裡真的無關痛癢得連個屁也不如。

一個月後，在一個不落葉的秋天，樊系數和小蕎經歷了一次悲痛的生離死別。

余老爹的人生就在一個安詳的笑容之中落幕了。

42

粵語黑白電影中，在雷雨交加之夜，常見男演員咳嗽，然後用手帕掩著嘴巴。猛然連咳數聲之後，吐出一口鮮血。演員看到染色的手帕，表情極度驚愕。

小蕎和樊系數還是孩子的時候，在電視上看到這種劇情，都認爲那是番茄汁，於是乎一起大笑不止。

這種事發生在現實裡，卻一點也不好笑。

樊系數有次跟著余老爹到大排檔吃飯，余老爹最愛吃枝竹羊肉鍋。吃著吃著的時候，突然將羊肉吐出，然後大咳，咳聲大得嚇倒全店的人。樊系數看著他用紙巾掩嘴，然後紙巾上呈現一抹鮮血；余老爹解釋說咬到舌頭，樊系數信以爲眞，這件事便不了了之。

甚麼事都有先兆，只差在能否解讀先兆的含義。

余老爹爲人太好，不想別人操心，便假裝若無其事，竟連女兒小蕎也察覺不了。

粵語黑白電影中，黑白色的畫面與哀祭的場面襯得美輪美奐，舊電視上紛飛的雪花像是一場傷心欲絕的雨。

靈柩裡的人就算不化妝也像一具死屍。

但現在不是演戲，余老爹確已與世長辭。

置身於靈堂之中，香火繚繞，小蕎披麻帶孝，樊系數相伴左右。這段日子，樊系數對小蕎關懷備至，和她合力打點一切。有時她夜裡怕孤單，就會打電話給他，哭呀哭，累了就一同握著聽筒入睡，因此連累他在尚家挨了不少訓話。

余老爹的喪禮並不冷清，反而非常熱鬧。由於他生前樂於助人，來賓不乏親鄰朋友，更有不少戴太陽眼鏡的達官貴人親臨弔奠，要是不能出席，也會送上輓聯花圈。

禮畢，即鳴大炮竹，蓋棺出殯。

明明是一個人，隔天卻會變成灰塵，徹底消失在你的視線裡，往後只能在錄音帶和舊照片中，找到他曾經存在過的證明。

「每個人來到世上，都難免一死，只差在活得有否價值。能將我那個時代的信息傳給你，我的使命算是完成了。紀九歌的宏願就是消滅人類，我的遺願就是要你去阻止他……」

樊系數驀然想起余老爹臨終前的話。

他別過臉，看了小蕎一眼。

假如無法在一年之內找到改變命運的方法，她將會難逃一死。

記得看過一本漫畫，故事的主人翁知道自己何時會死，於是躲在家裡足不出戶，就在他低頭吃杯麵的時候，屋頂因地震而倒塌，主人翁就在含著最後一口麵條的時候慘被壓死。

不幸是無處不在的，命運總有辦法教你折腰。

改變命運的竅門一定和《易經》有關。

紀九歌是世上唯一參透《易經》祕密的人。

只有接近他，才可以找到挽救小蕎的辦法。

樊系數已經別無他法。

「師父，你既然知道紀九歌的生辰八字，怎麼不用『天地線尋人大法』找他？」

「唉，我難道會想不到嗎？我試過了不下十次，但結果總是失敗而回。看來他不但可以改變別人的命運，而且也可以控制自己的命運。」

世上怪事無奇不有，這件事可說是首屈一指。

古時通訊科技不發達，要尋一個人難過登天。藉著「天地線尋人大法」，術數師就可以透過對方的生辰八字，再配合時辰和一些未知數，尋出對方的下落。樊系數貪玩，將這個大法稍作小改，只要將巴士號設爲常數，就能算準何時會在車上與小蕎相遇。

既然連余老爹也無法找到紀九歌，他再用相同的方法也是徒然。

接下來只剩下三條路可走。

一則尋人，但天地茫茫如何找一個人？難也；二則尋書，但《歸藏》是否存留世上仍是未知之數，亦難也；最後亦是最無奈的選擇，就是自行參研《易經》上的祕密。

三件事都是毫無頭緒，不知從何著手。

樊系數困惱地失眠了好幾晚。

小蕎的眼圈是紅色的，而他的眼圈是幽幽的一片黑。

由於採用土葬的緣故，所以費用不菲，但余老爹生前留下不少積蓄，小蕎要辦理後事和維持生計，也沒有多大的經濟困難。

出殯後過了幾天，樊系數到破爛窩上的居室看望小蕎。

小蕎正在執拾余老爹的遺物，一見樊系數來了，便爲他煮了一碗麵。現在余老爹永別人世，小蕎拿起他以前用過的大碗，不禁潸然淚下，樊系數便在旁柔聲安慰。烹煮完畢，兩人各捧著一個湯碗，一起到飯廳用餐。

小蕎正撥開餐桌上的雜物，忽道：「我一直沒開郵箱，剛剛一開，就發現了這些信。」接著又從那堆信中抽出一張，遞到樊系數的手裡。

只見信封已拆，內有一信，認得是余老爹的字跡。

信上寫的就是他患病和入院的事，當時他正由內地輾轉送到香港的醫院，不忍心親口在電話裡說出患重病之事，便託人寄急件，通知小蕎到醫院跟他見面。

但樊系數和小蕎會到醫院，卻是因爲更早前收過的明信片。將匿名的明信片和余老爹的信比照一下，才發現明信片上的郵戳日期比後者早了一天。

樊系數一陣愕然，驚奇問道：「眞奇怪，師父怎麼寄出兩封信？」

小蕎道：「我也覺得很奇怪。不過，你看，明信片上貼的是香港郵票，應該是在香港寄出的吧？」

因爲明信片上是杭州的風景，兩人當時又惶急，只顧著注意那一行數字，是以竟然疏忽了這個細節。樊系數給了自己一個爆栗，喊道：「我眞笨！竟沒發覺這一點。師父那時候還在杭州……這張明信片一定不是他寄的。」

正自大惑不解之際，又聽到小蕎道：「除此之外，我還發現了一件很怪的事。」樊系數應道：「甚麼事？」小蕎道：「我拆開喪禮時收到的白包，發現一個惡作劇，有人在白包裡塞了一張六合彩彩券……」

小蕎找出那張彩券，遞到樊系數手裡。

樊系數認得那是六合彩彩券，可是未經入票，就算在正面畫中了號碼也是無效。

至於對方爲甚麼在喪禮上開這個玩笑，便是令人費解……

且慢！

樊系數靈機一動，慌聲問道：

「有沒有這幾天的報紙？」

「報紙？我都放在爹爹的書房裡。」

樊系數二話不說，逕自走到對面的書房。入到裡面，一眼望見余老爹每日訂的報紙就疊在桌上。樊系數拿著那張彩券，翻查最近幾天的開獎記錄，雖然他早就有了一些頭緒，結果仍是出乎他的意料之外。

昨天才公布的攪珠結果，和彩券上的號碼一模一樣。

不僅是頭獎的六個號，竟連特別號碼也一併猜中。

那麼說的話……

以樊系數所知，時至今日，數獨門的門人只剩兩位。

一位是他自己，另一位就是紀九歌。

……**紀九歌出現了!?**

莫非紀九歌來了余老爹的喪禮？甚至可能跟他見過面、握過手呢！但當時來賓眾多，哪一個又會是他呢？可惜白包上無姓無名，要追查也是毫無辦法。

樊系數非常肯定一件事，以他自己現時的功力，充其量只可以猜中五個號，再中一個號就要靠運氣。

猜中五個已是相當艱難，連中六號更是超乎常理，要是中了七個……

「如果有人猜得中七個號呢？」

「以人類能力的極限，根本不可能猜中七個號。如果眞的有這樣的術數師，他已經接近『神』的境界了。」

擺在眼前的事實再明確不過——

紀九歌的術力已接近「神」！

43

尙一帆咬著筆桿，瞧著窗角的空位子。

這一個月來小蕎經常缺席。

自從上次生日派對之後，人人都說小蕎和他的表哥是兩相好。校內的女孩妒嫉小蕎，七嘴八舌，將這些事大肆宣揚，司馬昭之心，就是要降低小蕎的被追求價值。

尙一帆聽了，自是悶悶不樂。

最近小蕎經常打電話來，尙一帆畢竟暗戀著小蕎，一接聽就心如鹿撞。直到他知道她要找的人原來是樊系數，心情頓時涼了一大截。

這日放學回家，尙一帆心事重重，原因是數學科的測驗卷發回來了，他的成績差強人意。自他開始對樊系數的異能感到懷疑，曾偷入他的房間，搜了一會兒，除了一竅不通的怪書之外，只找到一些試卷和大學程度的數學書。

家裡人從來沒過問樊系數的成績，只覺得他能升級已是個奇蹟。尙一帆將眼前的試卷翻了一翻，愈看愈是膽顫心驚，居然張張都是滿分。即使學校有高低之分，問題的難度卻是差不多，撫心自問，他也沒有本事作出這種猶如數魔上身的輝煌成績。

再看那些大學教科書，裡面寫滿解題的步驟，縱然是難以相信，但作題的人除了樊系數，還會有其他人嗎？

由那一天開始，尙一帆就對數學提不起勁。

眼前是正在沉沒的落日，恰巧又正在走向下坡，心情眞是差到了極點。

尙一帆攢起眉頭，不服氣道：

「我有哪一點比不上他？他只是我們家拾回來的小狗。」

尙一帆回到家裡，看到玄關裡的鞋子，便知樊系數已在屋裡。他脫掉了制服上的領帶，往自己的房間走，中途經過樊系數的寢室。房門敞開了一大半，尙一帆往裡面看了一眼，見到樊系數翻箱倒櫃，一一收拾東西，恰似捲款潛逃的模樣。

尙一帆覺得奇怪，連招呼也懶得打，便拍了拍門道：

「你在幹甚麼？」

「我正在收拾東西。一帆，勞煩你代我傳個話，跟姑姑說我將會離家兩個月，教她不用擔心我。」

「離家？你要去甚麼地方？」

「這兩個月我會去一個朋友的家暫住。」

這句話的威力有如晴天霹靂。

尙一帆呆眼看著樊系數，吶吶道：「是小蕎嗎？」

樊系數無意隱瞞，垂著頭道：「她爹爹剛剛過身，我想盡力照顧她。不過，我不是跟她住在一起，而是住在對面的房間，這是她爹爹生前交託過我的事。」其實他決心搬過去同住，也是爲了爭取時間鑽研術數，但這樣的事難以說出口，故此刻意將這些細節省略。

尙一帆突然激憤填膺，冷言冷語：「你要走的話，以後就不要回來，這樣我就可以多出一個房間養狗。」

忽然之間，樊系數想到了一件重要的事，一臉認眞地望著尙一帆，正色道：「我剛剛經過地產公司，看到這間屋的價格高得太不合理了……連續三晚……有土地公向我託夢，說房價和股票將會大跌，你教姑丈姑且信一信我的預感，快把屋子和股票賣掉。」

樊系數邊說邊收拾東西起身。

尙一帆只是在鼻子裡「哼」了一聲。

樊系數又道：「祿命透支，其禍無窮，這句話你聽過沒有？這個世界，所有事情都是一條平衡的等式。有人賺錢的同時，原因也只是有其他人損失同樣金額。這不是單純的理論，而是萬物運行的必然規則。」

尙一帆漠然道：「你的『好意』我心領了。」他故意在「好意」兩個字上加重語氣，就是乘機揶揄對方，心裡卻深深不忿：「你去作臭乞丐好了！我家有錢你看不過眼嗎？現在經濟這麼好，連白癡也知道會繼續節節向上，誰會相信你的鬼話？」

樊系數提著行李袋，傍晚時離開了尙家。

關上大門之後，他微感不安地回頭看了幾眼。

「有甚麼好擔心呢？過兩個月我就會回來。」

一路想著，一路向著外面的土地公神主牌揮手道別。

樊系數終究是放心不下，到外面又打了個電話，透過傳呼台留了個口訊。可是，他最近一直忙於打點余老爹的後事，卻不知尙先生買了新手機之後，早就把傳呼機棄在一角。其實樊系數的想法過分天眞，就算口訊眞的傳到尙先生耳邊，一個大人又怎會輕信他的勸告，將手上的屋子和股票統統賣掉？

樊系數煩心余老爹的遺命，對這種俗事自然無暇多顧。

果然，在他走後不到三天，金融風暴全面爆發了……

恆生指數在一日之間下跌一千四百多點，創歷史之最。

尙家，首當其衝成爲受害者。

祿命透支，其禍無窮。

一切只因貪念而起……

44

人生之中有很多數字很重要。

但這個數字一定不會是銀行裡的存款額。

只要抱著這個心態作人，錢包空空也優游自在。

對樊系數來說，最重要的數字就是小蕎的生日日期。他的銀行卡密碼，就是用了她的出生年月日。

可是，自從得知小蕎的眞正生辰，樊系數心想，這個號碼得改一改了。眞生辰與假生辰相差不過幾天，但這時間上的微妙差距，已足以影響一個人的一生總運。

値得慶幸的是，他和她果然是命中註定的夫妻。

天意弄人的是，他和她只剩下不到一年的相處時光。

樊系數收拾好行囊出發，來到小蕎家的時候，天色已是向晚。

小蕎驚訝他的出現，說道：「是甚麼風把你吹來了？」

樊系數笑道：「我本來想去宿營，忽然又怕冷，便來這裡借宿一宵。」接著眞的走到對面的房間，打開了書房的門，就在裡面鋪起睡袋。這個房間本來用作余老爹的書房，但廁所、浴室齊備，同樣是住宿的好地方。因樊系數常常到這裡借書的緣故，所以也有開門的鑰匙。

雖然樊系數不作解釋，小蕎也明白他的用意，知道他是爲了二十四小時陪她而來，內心深處對他所做的傻事十分感激。

每天早上，她都會特地多煮一份早餐，到對面房間敲門叫樊系數起床。一看到他頭髮蓬亂的樣子，她就會傻傻一笑。這時，樊系數用得最多的對白就是：「我這個髮型叫『愛因斯坦型』，是聰明人必備的髮型。」

同行上學，放學又一起逛菜市場，兩人不是同居，但過的倒像同居的生活。小蕎奇怪他怎麼有了黑眼圈，問他是不是睡不好，卻不知他因研讀《易經》而夜夜苦思。

就這樣同處了幾日，有晚小蕎正要和衣就寢，樊系數卻忽然來敲她的門。

然後他挽著她的手臂，說要帶她到一個地方。

將近深夜，通街亂跑，這番舉動有如失常。

小蕎好奇問道：「要去甚麼地方？」樊系數只是一味催促：「暫時別說話，只管跟我走，要不然就趕不及上巴士了！」小蕎其實暗裡知道秒針只要搭上十二，便是她十五歲的生日，但她就是猜不透他會怎樣幫她慶祝。

樊系數記憶力特強，又對交通工具情有獨鍾，有陣子無聊透頂，竟將全港的公車路線圖和時間表背入腦中。有時小蕎迷了路，打個電話給他，查詢速度還快過巴士公司的熱線。

這一晚，他帶她轉乘了兩次車，她終於知道目的地是赤柱。

兩人坐在巴士上層，飽覽霓虹燈點綴而成的夜色。

下了車之後，兩人快步穿過赤柱市集，經過洋溢著小鎮風情的夜店，來到觸目皆是礁石的海堤。小蕎以爲要走完了，怎料樊系數帶她走上一條陰森森的小徑，嚇得她緊緊抓住他的手臂，連回一回頭也沒膽量。

他要帶她去的地方是沙灘。

夜闌人靜的沙灘是非禮的好場所，但樊系數絲毫沒有這種意圖。

小蕎癡癡地仰望海上的星空，低聲感嘆：「今晚的星光好美啊……」

樊系數接聲道：「更美的還在後頭呢！」

接著他叫她閉上眼睛，乘她閉眼的時候脫下背包。

「可以了嗎？」

「還不可以……不准偷看！」

「老娘等得不耐煩了！」

「可以張開眼睛了。」

睜開眼的同時，看到的是璀璨而浪漫的煙花——紅的花雨，綠的星點，流光溢彩，美不勝收。

這是他爲她安排的禮物，很難忘的生日禮物。

樊系數趁她盯著煙花的時候，在她耳邊哼唱著一首生日歌：「恭祝妳福壽滿天齊！恭祝妳生日撞穿頭！年年有今日，歲歲有今朝……」

小蕎驚喜交集，問道：「為甚麼會有煙花的？」

樊系數答道：「年初的時候，跟師父到福建觀星，就偷運了一些煙花回來。」

小蕎知他為自己的生日早作籌備，心中暗暗竊喜，抿嘴笑道：「你年初跟爹爹北上，我還以為你們上去做一些對不起我的事呢！」

接著，樊系數又拿出自製的果凍蛋糕，插上生日蠟燭，擋著海風點火。兩人吃完蛋糕，就在沙灘上玩煙花，嘆賞「仙女棒」的零星火光，愈違法愈是快樂，幸而一直沒有警察經過，否則這晚就會多添一項參觀警局的餘興節目。

「飯頭，我最近看過一本星座書，說天蠍座和雙魚座的男女很匹配呢。」

「我比那些星座書準確二十萬倍！妳要算命竟然不找我？」

「好，那我來問問你，誰是我的真命天子？」

樊系數不小心被她套了話，眼珠兒輕輕溜了一圈，便開玩笑道：「如果我說我是妳的真命天子，我是不是甚麼也不用做，妳就會對我以身相許？」

小蕎氣得滿臉通紅，喜怒參半，嗔道：「便宜了你！你去死！」

久違的笑容，久違的放聲大笑。

兩人在沙灘上你追我逐，弄得內外衣褲都是淅瀝瀝的海水，隨著潮汐的漲退喚醒未完的童年，忘卻了一切煩惱和哀怨，只盼新一天的日出快點揚帆，讓他們充滿希望地迎接美好的人生，大天活著、深深愛著……

但願——

年年有今日。

歲歲有今朝。

凌晨時分。

赤柱海灘。

天上煙火燦爛地盛放。

45

這一個多月，小蕎和樊系數相鄰而居，每天一起燒飯，閒時一起打電玩，互相督導學習，日子當眞是快活過神仙。

「飯頭，記得我們中一時的約定嗎？」

「甚麼約定？」

「你這混蛋！我們中一時打過勾勾，說好了十六歲就一起去遊戲機中心。」

樊系數一聽到「十六歲」一詞，心口就像被針刺了一下。假如他無法在這日之前找出改變命運的方法，小蕎就會死於不幸，但他一心爲她著想，便將測命之事保密。

兩人的感情基礎建立在眞愛之上，雖然不結婚、不洞房，他和她也一天比一天要好，達致「心有靈犀、融爲一體」之境，不時透過一些微妙的動作，已經可以清楚對方的想法。

但樊系數還沒有正式示愛，小蕎又羞於主動開口，兩人就保持著這種模稜兩可的關係，過著近乎超塵拔俗、似是而非、亦眞亦幻的鄰居生活。

時間已到了聖誕節的前夕，即是一九九七年的尾聲。

儘管日日夜夜埋首在萬千古書之中，樊系數對《易經》的解讀仍然毫無進展。他感到心力交瘁，喟然而歎：「師父花掉大半生時間在這本書上，尚且無法參透箇中的祕密，我又何嘗不是一籌莫展呢？這個燙手山芋交到我的手上，眞是頭痛死了。」

就在他心灰意懶時，身後的傳眞機源源滾出紙張。

又是一疊垃圾廣告傳單，看了就是心煩。

樊系數正想將傳單扔掉，偶然瞥見某公司的熱線電話，心中斗然一亮。

「咦！原來電話號碼有『3』字頭的嗎？」

樊系數記得在他很小的時候，電話號碼只有七個號，直到有陣子香港政府熱烈呼籲，然後轉變過程有如魔術表演，發生在一夜之間，所有固網電話的號碼便變成以「2」字作爲開頭，變爲八個數字。

隨著物事變遷，電話以「3」字爲首原是不足爲奇，但樊系數望著這個數字，心中似有一股暗湧在蠢動。尋思了一會兒，他腦裡突然閃過一個念頭，尖聲大叫了出來：「不會是這樣吧！」

然後他迅即找出兩個月前收過的明信片，翻到後面。

37111337

這是寫在明信片後面的八位數字。

樊系數抱著姑且一試的心態，把這組數字當成電話號碼，按鍵打了一通電話。聽筒裡傳來第一下響鈴聲，樊系數開始有點緊張，可是響了兩下卻變成長響。他細聽之下，一會兒就認出是傳眞機的接駁音。

樊系數呆了一會兒，隨後寫了張便條，內容大致是有急事求見，再用自己這邊的傳真機發送過去。做完之後又覺得好笑，只怕這張傳真可能石沉大海，所以他也不敢抱太大的期望。

然而，事情的發展令他非常意外。

隔天，他收到一張傳真，正是對方給他的回覆。

「這裡是胡桐校長的辦公室，你有事找他的話，可以在傳真上留言。」

胡桐校長？這個人看來和紀九歌沒有關係。

儘管樊系數大失所望，仍打算上門拜訪這個人，這是沒有辦法之中的唯一作法。於是又再發出傳真，向對方索取聯絡地址和電話，由於已過了辦公時間，對方沒有即時答覆。

第二天回校，樊系數上學時遇到數學老師，同行之際，一時找不到話匣子，便隨口問老師認不認識一個姓胡名桐的校長。

此話一出，老師立刻口沫橫飛道：

「胡桐先生？怎可能不認識他啊！他是本地著名大學的校長，又是蜚聲國際的學者。他有次奪得一個很厲害的國際獎項，幾乎每份報紙都有他的出現呢！」

樊系數自愧孤陋寡聞之餘，好奇心同時大增。

果然，一回到家裡，收到的回覆上寫的確實是某大學的地址。

樊系數愈想愈奇，又到圖書館查了一些資料，始知胡桐先生除了數學方面的成就驕人，本身亦是《易》學界的權威人物。當他看到胡桐先生的照片，幾乎驚叫出來，原來兩人早在四年前見過面，當時表弟尙一帆參加數學奧林匹克比賽，胡桐先生與他就在會場外面相遇。

第二日，樊系數曠課一天，乘車往大學出發。

走到大門口，樊系數摸不著門兒，正打算向人問路，卻聽到有人在背後叫出一聲：「咦！是你？你來這裡幹嘛？」回頭一看，當眞巧合，竟是尙一帆以前的家教老師阿俊。

阿俊以前在尙家作家教的時候，早與樊系數見過面。有一次尙一帆大遲到，阿俊拿出高考純數的作業來作，遇到有幾題不懂，那時還是中一生的樊系數恰巧在旁，竟幫他將難題一一解開。阿俊爲這少年的數學天賦而驚駭，但有約在先，他沒有對尙一帆透露過這件事。

兩人在大學不期而遇，樊系數便向他說明來意。

阿俊是這間大學精算系的學生，便爲他領路到校長室。

一路上，阿俊提點道：「胡桐先生這種大人物，你要見他也不是易事。我去年考獲大學的獎學金，就在頒獎酒會上見到校長，他便給了我一張名片。」

阿俊從名牌錢包裡取出一張卡片，卡片隨身攜帶，由此可見他對它的重視。

樊系數接過卡片看了看，卡片上印有一行怪字串：

□□□□-□□□□≠????

樊系數對這張卡片有點印象，卻不明白那些怪字串的意思。

兩人走入了電梯內，轉眼就來到校長室所屬的樓層。

眼前是兩面銀邊玻璃門，左門上的金牌刻著校長的英文名銜，另一邊門則是通往隸屬校長的秘書室。兩門之間隔著兩條平行的裝飾板，上方擺著小盆栽和小雕像。

阿俊指著牆上的密碼鎖，說道：「校長經常跟學生說，他不會輕易接見學生，但只要有人解得開校長室外的密碼鎖，他就會很樂意爲這個人開門。」

細看密碼鎖，發現上面用標籤帶貼了一行字：

PASSWORD =????

樊系數看了，便知道密碼等於卡片上的四個問號。阿俊在旁說道：「1111、2222呀……這些四位相同的數字都試過了，沒有一個是開門的密碼。」

問號可以是任何數目字，總共有九千九百九十個組合，要碰運氣也不是易事。

但樊系數會心而笑，這樣的問題顯然一點也難不倒他。

46

胡桐先生名氣極盛，爲了使求見的人知難而退，就想出了密碼鎖的謎題。只有那麼簡單的提示，卻要從中推斷出四位密碼，怎麼看都是絕無可能的事，幾多個學生抓破頭皮，到最後還是搖頭嘆息地離去。

「不妨跟你說，有晚我們跟兩個同學偷偷走來這裡，打算以大包圍的方式試密碼。當我們試到第三次，鐘聲就響了起來，差點就被保全抓住。事後我們才知道，原來輸錯了三次密碼，這道大門就會響起警鈴。大家怕了，也不敢再來開這道門。」

阿俊指向校長門外的密碼鎖，再三提醒道：「你要試的話，只有兩次機會。」

樊系數不以爲然，笑一笑道：「應該一次就夠了。」

阿俊驚道：「一次？你知道密碼嗎？」

樊系數道：「姑且試一試吧。」

說完這句話，樊系數就將左手按在密碼盤上，望清楚各個數字的位置，然後順序按下「6」、「1」、「7」、「4」四個號碼。

他的手法乾淨俐落，毫不拖泥帶水，明顯對這個答案充滿了自信。

「卡嚓」一聲，門鎖眞的解開了。

阿俊驚奇不已，搶著問道：「6174？爲甚麼是6174？」又看了手中的卡片幾眼，無論如何都無法將那些怪字符和「6174」扯上關係。

樊系數知道他不解釋的話，阿俊肯定是不死心的，當下指著正面的兩扇門，反問一句：「這兩扇門四邊銀色，像不像卡片中的方格圖案呢？」手指的方向一轉，指向兩門之間的裝飾板，又再問道：「這兩塊板平行置放，似不似一個等號呢？」

阿俊愕然看著這些事物，仍是不明所以。

樊系數道：「這就是說，方格等於方格，即是四位相同的數字。」阿俊插口道：「不，四位相同的數字我早就試過了……」樊系數道：「大哥，你誤會了，我並不是說答案是四位相同的數字，眞正的答案反而就是這些數字以外的某個數。」

阿俊不解道：「可是……還有九千九百九十個組合，你又怎知密碼是6174？」

樊系數想了一想，昂首說道：「單是解釋很難說得清楚，跟你做個實驗吧。你隨便講一個四位數出來，但四個數字不能全部相同。」

阿俊隨意道：「5678吧！」

樊系數道：「試試將5678四個數字打亂，重新組成最大和最小的數。按大至小排列，最人數是8765，對不對？最小數就是5678。前後兩者相減，答案是多少？」

阿俊心算之後，答道：「8765減5678等於3087。」

樊系數點頭道：「再來一次吧。現在將3087打散重組，最大數是8730，最小數是0378。」

「8730」減「0378」等於「8352」。

將這個答案重新排列成最大數和最小數，就是「8532」和「2358」。

兩者相減，結果……就是「6174」！

數字是自己隨意叫出的，竟變成了對方預料的結果。

「不論你用任何四位數，如此大至小、小至大排列遞減，最多重複七次，最終的答案必然是6174，不信你回頭自己再試試看。而唯一的例外就是1111、2222……這些四位相同的數字，正是這張卡片上的提示。」

阿俊愕然問道：「是你自己想出來的嗎？」

樊系數搖了搖頭，道：「這個奇妙的黑洞數，正式的名稱爲卡普耶卡恆數，由卡普耶卡博士發現。」他精通數理，又喜讀課外書，因此課外知識遠勝於一般學生，是以成功解開了胡桐先生的謎題。

一聲道別之後，樊系數將校長室的門推開。

入到裡面，樊系數四處張望，心想校長室不愧是校長室，寬敞典雅不在話下，會客廳與茶水間兼備，就似一間單身人士的公寓。

驟眼往裡面的書室望去，躺椅上沒有人。

目光回到會客廳之中，只見大牆上掛著一幅巨畫，畫中遍布用水墨描繪的林鳥，既有喜鵲穿花，又有流鶯爭樹。雀鳥爲數之多，只怕難以數得清，但眾鳥與良辰美景融爲一體，端的是一幅賞心悅目的傳世佳作。

樊系數站在巨畫前，不覺看得入神。

「這是大文豪蘇東坡的名畫『百鳥歸巢圖』。」

在樊系數不留意的時候，有個握著咖啡杯的老伯站在他的身旁。

樊系數一見是胡桐先生，又驚又慌，怔怔地道：「胡桐先生，抱歉！」

胡桐先生卻不以爲然，有心考一考他，便指著畫上的題辭，吟道：「天生一隻又一隻，三四五六七八隻。鳳凰何少鳥何多，啄盡人間千萬石……你猜得出這首詩有何特別之處嗎？」

樊系數看了一眼，立即道：「三乘四等於十二，五六得三十，七八五十六，總和是九十八，再加上第一句中的兩隻鳥，恰好就是一百隻，與『百鳥圖』的畫題非常貼切。」

胡桐先生大喜，睜眼看著樊系數，點頭道：「果然聰明！對了，你連外面的密碼也解得開，這樣的謎題自然難不倒你。說起來，已經有很多年沒學生解鎖成功了……」

樊系數道：「胡先生沒怪我亂闖進來，眞的很謝謝你。」胡桐先生這時才看清他的樣子，忽然心念一動，緩聲道：「我們是不是在哪裡見過面？」

樊系數沒想到胡桐先生會認得他，嘴角輕輕掀起了微笑。

47

在胡桐先生的辦公室裡，一老一少正面對面坐談。

樊系數自我作了介紹，當胡桐先生知道他是多年前遇到的孩子，心中的驚訝自是不可言喻。

胡桐先生欣然道：「你當時眞令我吃驚，竟有小學生解得開四次元方程式。這幾年一遇到數學精湛的小孩，我不期然就會想起你。」

樊系數不想打擾太久，先解釋冒昧來訪的因由，接著明言道：「我正在找一個人，他的名字叫紀九歌。雖然機會渺茫，我想問你認不認識這個人？」

當樊系數說到一半，胡桐先生的臉上已現驚色。等他將話說完，胡桐先生的目光倏地大亮，眉飛色舞道：「是了，你找的人一定就是紀先生！我跟他有過一面之緣。」

據胡桐先生憶述，約莫十五年前，他出席某著名大學舉辦的酒會。在酒會中，個個都是西服煌然的精英，因在場的亞洲人不多，所以格外惹人注目。就在一位老教授引見之下，胡桐先生與紀九歌握手交友，就有了初次見面的經過。

「紀先生是我見過最聰明的人之一……那老教授本身是正統德國人，但他居然誇讚紀九歌的德語了得，我聽了也實在佩服不已。」

「紀先生談吐得體、言論精闢，我很快就被他與眾不同的魅力吸引，跟他一見如故。由於家父是國學專家的緣故，我自小受到薰陶，也醉心於《易》學的研究之中。那時我不知怎的跟紀先生說起易理，他當即提出一些令我茅塞頓開的見解，眞是『與君一席話，勝讀十年書』。」

「我不捨得跟他就此道別，當晚就請他到我的書室一聚。那時我向他請教的事太多了，覺得不好意思，便主動問他有沒有需要我幫忙的地方。在我一片盛情之下，他便笑著跟我借了一樣東西……」

一樣東西？樊系數聽到這裡，心中嘖嘖稱奇。

「他向我借的東西，其實就是普林斯頓大學的借書證。他說，他要蒐集資料做博士論文，普林斯頓大學的圖書館舉世知名，便拜託我幫他這個忙。」

普林斯頓大學，這名字對樊系數來說並不陌生，因爲他敬佩的偉人愛因斯坦先生，到美國定居後就是在這所大學任教。

「自那一別後，我也沒有再見過紀先生了。借書證他是寄過來還我的。不只是你，連我也想再見他，我問過一些學術界的朋友，結果都是大失所望。」

樊系數沉默半晌，就像聽到甚麼詭異怪談一樣——如果胡桐先生所言屬實，紀九歌這十幾年就是到了外國，而且還在攻讀他的博士學位！

樊系數認爲胡桐先生是可信之人，便向他轉述與數獨門有關的事，當中包括術數學的奇妙力量、文革中的悲慘往事、紀九歌的滅世宣言……以至《連山》的下落等等，將自己所知的事一一說了。

胡桐先生聽到雙眼發直，卻對聽到的話深信不疑。

「想不到世上竟有這樣的事……《連山》果然是存在於世上的東西！」

「我知道胡先生是易學界的權威，所以想從你這裡打探一下……你對《歸藏》藏書之處有甚麼看法？」

「《歸藏》，又是《歸藏》……當時紀先生跟我說起這本書，也問過我一模一樣的問題，他還言之鑿鑿地說，《歸藏》必定還在世上。難怪如此！」

不待對方答話，胡桐先生又說下去：

「坦白說，經過這幾年來的研究，我著實是有了一點頭緒。由於這樣的事太過科幻，又沒有實質的證據支持，我也甚少公開自己的觀點。」

「胡桐先生，求求你跟我說。」

「別這麼說吧，純粹是個人猜測。我認爲《歸藏》和一件古物有關聯，它就是只在古文裡出現過的『和氏璧』。」

樊系數登時一怔，接聲問道：

「和氏璧？」

「對，就是和氏璧。你是中四生，讀過〈廉頗藺相如列傳〉這篇課文嗎？我說的和氏璧就是秦王願用十五個城池來換的和氏璧。」

樊系數趁著點頭之際回想，學校的中文老師按聯考課程教書，恰好教到〈廉頗藺相如列傳〉一課。這篇古文出自《史記》，說的是藺相如機智護國的事蹟。當中提及和氏璧這塊寶玉，秦王覬覦這件稀世之寶，便想從趙國手上強奪過來。

芸芸課程指定古文之中，樊系數覺得這篇最有趣味。讀到「澠池之會」一節，他心裡就暗暗好笑：「藺相如抱住和氏璧以死要脅秦王，又哪裡是機智了？不過這種招數眞的很無賴！」潑辣是最高明的外交手腕，正如男人永遠敵不過女人，又在歷史上得到驗證。

藺相如後來帶玉返回趙國，便是成語「完璧歸趙」的由來。

兩人討論了秦趙兩國相會一節後，胡桐先生補充道：「這塊玉璧被喻爲價値連城的『天下所共傳寶』，亦是各國諸侯爭奪的目標。最初是在楚國的手上，卻在公元前三三三年離奇失竊，和氏璧銷聲匿跡幾十年後，又突然在趙國出現，便是你讀過的『趙惠文王時，得楚和氏璧』這一句了。根據歷史記載，秦國強大，最終亦得到了這塊寶玉。」

樊系數問道：「照你的說法，和氏璧上有暗示《歸藏》所在的線索？」

胡桐先生道：「完全正確。《歸藏》、《連山》和《周易》上，一定藏有很重大的祕密，又或者擁有傾覆整個皇朝的力量，所以秦始皇對它們十分忌憚，甚至想據爲己有。秦始皇在位時焚書坑儒，一則摒除異見，二來就是爲了搜刮經書的下落。」

樊系數不解道：「我可又不明白了，秦國不是已經有了和氏璧嗎？爲甚麼不去尋寶，反而用那麼多的人力、物力去尋書？」

胡桐先生續道：「最大的關鍵就是在此。古代的賢人，也就是你提及過的術數師，預知了秦滅六國的事。他們不想經書落入秦始皇手上，又不想這些無價的知識盡毀，便想出一條妙策：第一步先將《易經》公然流傳於世，讓它成為一本單純的卜筮之書；《連山》則由可信之人保管，這也許就是你們數獨門的祖師爺；而《歸藏》就藏在一個不為人知的地方，但又將揭露《歸藏》所在的暗示藏在和氏璧之中。」

樊系數忍不住大叫出來：「兵行險著！妙計！」

胡桐先生朗聲大笑，說道：「對啊，秦始皇不但不會破壞經書，還會悉心竭力地保護它呢！最危險的地方就是最安全的地方，秦始皇一定萬萬沒想到，他最想得到的東西已在他的手上。和氏璧啊和氏璧，果然是『悲夫寶玉而題之以石』！」

和氏璧在剛被發現的時候，楚國的玉匠只視為一塊石頭，發現者和氏在楚山上對天慟哭，曾說出「悲夫寶玉而題之以石」這句話，意思就是責罵當局者有眼無珠，竟將寶玉鑑定為頑石。秦始皇雖能看到和氏璧之美，卻察覺不到背後更重要的祕密，正正應驗了這番話。

欲尋傳說中的祕籍，就要用到傳說中的寶物。

樊系數道：「那……和氏璧現在在哪裡？」

胡桐先生搖了搖頭，嘆息道：「自唐朝以來就神祕失蹤了，關於它的下落仍然是眾說紛紜、莫衷一是，成為中國歷史上的一大懸案。」

正以為找到突破口，現在唯一的線索又斷了。正當樊系數大感失望之際，只見胡桐先生默不作聲，從回收紙匣中抽出一張白紙，隨意攞在兩人之間。

胡桐先生道：「不過你今日在這裡出現，給了我很大的啓示。」

他握住鋼筆，就在白紙上畫了一些符號。

那些符號只由直線和斷線組成，樊系數一眼就看出是《易經》中的八卦。

胡桐先生道：「你懂得畫八卦符號嗎？」

樊系數點了點頭，答道：「乾三連，坤六斷，震仰盂，艮覆碗……」他所背的歌訣，名爲「八卦取象歌」，正是記住八卦符號的最好方法。

胡桐先生再問：「那你懂不懂二進制的計算方法？」

樊系數道：「懂。就是只用『1』和『○』兩個數字來表達數目？」

胡桐先生解釋道：「完全正確。其實《易經》是以二進制來編碼，代表直線的陽爻是『1』，斷線的陰爻就是『○』，你看看這樣對不對……」說著說著，又由一至八爲每個卦象寫上對應的數字。胡桐先生將樊系數給他看過的明信片放在紙旁，似是要爲兩者作個對照。

胡桐先生又拿起了鋼筆，分別將「3」和「7」寫成二進制。

在二進制裡，「3」等於「11」，「7」就是「111」。

「你要記著，質數是樣很奇妙的東西，更有專門研究質數的數學領域。」

但見胡桐先生在紙上揮筆，將明信片上的「37111337」拆成八個數字，再逐一轉成二進制，結果便是「11-111-111-11-11-11-111」。

一看之下，全都是「1」！

胡桐先生指著紙上的圖，解釋道：「在《易經》中，『艮』的卦形爲『☶』，按圖示變成二進制亦等於『一』。十五個『一』，是不是可以說成『十五艮』呢？」

樊系數心想：「這個名字……好像在那裡聽過呢……」

胡桐先生道：「『十五艮』就是全港勢力最大的黑社會組織！以我這麼多年以來的調查，再加上你帶來的明信片，我有理由相信，和氏璧就在『十五艮』的手上！」原來他能一眼看出「37111337」的含義，也是因爲曾熱心打探過關於這一方面的情報。

樊系數心裡一驚，驚的不僅是和氏璧的下落，而且是寫下這串數字的人。

歷史上最強的術數師，紀九歌。

過去、未來，一切盡在這個人的掌握之中！

48

「聽說你們有黑社會背景，是不是眞的？」

當樊系數向一群窩在廁所裡抽菸的流氓同學發問時，這些人看著他就似看著一個外太空來的遊客一樣。

眾人皆知樊系數是校內的優異生，他會主動過來聊天，怎麼看也値得起疑。

一人道：「你是不是學校派來調查我們的臥底？」

樊系數道：「我很有誠意加入黑社會。」

另一人道：「你想有人爲你撐腰？這個容易，包月套餐服務，一個月交一次保護費，保你出入平安之外，還可以幫你揍三個人。要揍老師的話，就要特別收費。」

樊系數搖了搖頭，向那些人道：

「老實說，我想加入校外的『社團』。」

「你嫌學校的社團太無聊，想加入外面的社團嗎？好，老子洗耳恭聽，你想加入哪個社團？」

「我想加入『十五艮』。」

樊系數拿出一份剪報資料夾，向他們展示，有關這個黑幫的新聞當然都是負面新聞，內容離不開是江湖仇殺、走私販毒、經營色情……最轟動的一宗新聞，乃是把臥底探員做成人肉壽司……

有一個人半身起了雞皮疙瘩，往樊系數身上打量一番，啐道：「媽的，你這小子活得不耐煩了，『十五艮』是甚麼，你到底弄清楚沒有？你是甚麼洋蔥蘿蔔，豈是你說想入就可入的？」

「你一不抽菸，二不染髮，哪裡像個叛逆少年呀？」

「獃子，你是不是看了太多勵志的黑幫電影？」

依他們所說，「十五艮」是香港最大的地下組織，香港、九龍、新界都有地盤，打個比喻的話，其江湖地位就等於賣漢堡的麥公司。很多混黑道的人都對「十五艮」懷有憧憬，要是能追隨一、兩個分區老大，以後就是有財有勢，到夜市吃碗雲吞麵也不用付錢。

像樊系數這種少年，想加入第一大黑幫，可能眞的是門都沒有！

樊系數受到一番奚落，然後黯然離開那充滿煙味的洗手間。

「唉……這是唯一的線索，我只有一條路可以走……要是和氏璧和《歸藏》有關係，那就是非得到它不可了……」

他不知《歸藏》是一本甚麼樣的書，但只要有了這本書，他就有可能拯救小蕎和整個世界。依照胡桐先生的看法，《歸藏》一定是本極難解讀的書，要不然古代的術數師早就用它來阻止秦始皇的暴行，而不是採取匿藏經書的消極作法。

若是讓紀九歌得到了《歸藏》，他已有《連山》在手，「三易之法」豈不是可以重現人間？到時會發生甚麼事就不得而知了。

「我會到胡桐先生那裡，也是因爲紀九歌的啓示。但他爲甚麼要這樣做？」

這是個值得深思的問題，但樊系數很快就有了答案——

「他是在測試我夠不夠資格作他的對手！」

儘管紀九歌對他的一舉一動瞭若指掌，他可以走的一步棋就只有奪取和氏璧，而且要比紀九歌捷足先登，否則後果真是嚴重得不堪設想。

有關潛入「十五艮」調查的想法，胡桐先生聽了也是愣住，婉轉勸他放棄這個決定。但樊系數一意孤行，斬釘截鐵道：「我不能眼睜睜地看著我愛的人死去。」胡桐先生明白他的心思，便答應助他一臂之力，用幾天時間幫他擬定潛入「十五艮」的良策。

爲了不想小蕎擔心，整件事自然要忍瞞到底。

在回家的路上，樊系數順道到超市購物。

推車採購期間，他不期然想起姑姑和姑丈。這陣子他在余老爹的書室寄宿，偶然打電話回去尚家，電話都是無人接聽。樊系數擔憂起來，便回去尚家，卻發覺人去樓空。向小蕎問起，小蕎說尚一帆有上學，但性情好像變了很多，孤僻一角，一改過往意氣風發的態度。問到爲甚麼改電話，尚一帆便託她傳話：「妳叫飯頭以後別回來了！我們搬了家、改了電話，以後不歡迎他。」

匆匆買完日用品，樊系數來到外面，瞥見馬路旁泊著一輛屬於超市的大貨車。初時不以爲意，到回頭一看，才卒然發覺抬貨的人竟是姑丈。平日見慣尚先生西裝革履的模樣，現在見他穿著一身髒兮兮的制服，汗流浹背地做這種苦力工，也不知要用「看不順眼」，還是該用「見者心酸」，來形容這一刻的感受。

亞洲金融風暴爆發之後，瘋狂炒賣者手上的資產大幅貶值，一旦周轉不靈，銀行機構就會查封這些人的物業。

尙先生想必就是受害者，在一夜之間變成了窮光蛋。

樊系數靜靜看了一會兒，趁著尙先生歇息時，一聲不響地走近，從塑膠袋裡取出飲料，就是一瓶冒著冰氣的礦泉水，慢慢地遞到尙先生的面前。

尙先生抬起頭來，見到了樊系數，臉色一半是愕然，一半是困窘。樊系數會心一笑，恭敬地叫了一聲「姑丈」。

尙先生渴得要命，扭開瓶蓋就喝。

「謝謝你。」

樊系數怔了一怔。

「有甚麼好謝的？一瓶水罷了。」

「不只是這瓶水，還要謝謝你的口訊。眞後悔沒有注意到你的口訊，假如不是太貪，早早把股票和屋子賣掉，我就不會淪落到這個田地……」

樊系數微微愣住，訝異姑丈領受他的好意。

有些事情做對了，別人總會明白的。

兩人又談到近況，尙先生原來已是個破產者，幸好他很久以前將一幢物業轉讓到妻子的名下，雖然只是一幢舊式唐樓，但總好過露宿街頭。他原是在貿易公司的會計部做主管的，財務破產等於信用破產，很難在這一行業再被錄用；再者在這時勢好工作難求，便先找份臨時工，做些牛計。

尚先生慨然道：「我現在是一無所有了！」

樊系數一笑道：「有時候東西太多了，你就不會明白它眞正的價值。」

尚先生聽了，似懂非懂地道：「說的也是。」有時候，他覺得這個孩子很特別，但有甚麼特別他又說不上來。

不一會兒，尚先生又要回去幹活，便匆匆道別。

當一個人由大富大貴變成負債一族，能有活下去的勇氣已很不錯了。

離去的時候，樊系數才走了幾步，又回頭望向尚先生的背影，心中低聲喚道：「姑丈，加油……人生不如意事十常八九，挺過去又是一條好漢。」

49

胡桐先生爲樊系數安排了約會。

要見的人就是「十五艮」的分區堂主，一個外號爲「橙」的男人。

這日樊系數來到胡桐先生的辦公室，在胡桐先生囑咐之下，將需要留心的事一一記住。胡桐先生人脈關係極廣，但他會認識「橙」，也是多虧他的堂弟，因爲「橙」是個迷信的人，恰恰這堂弟就是他信賴的風水師父。

在堂弟再婚的宴會上，胡桐先生與「橙」見過面，但胡桐先生顧全自己的名望，之後也沒再和這種人往來。

胡桐先生有理由相信，和氏璧和「十五艮」有關，緣於這個幫會代代相傳的一則傳說：「十五艮」的前身是個盜墓者集團，曾到西安的秦始皇陵挖過寶，其中一件就極爲可能是和氏璧了。這一夥人輾轉來到香江，賣了古董，有了資本，便成立一個幫派，以當時偷走的和氏璧造成幫主的信物，便是幫內上下皆知的鎮幫之寶「翡翠龍頭杖」了。

「『十五艮』的現任當家叫風爺，這個老大在黑白兩道很吃得開。我有個作大導演的朋友，他是知情人士，聽說今年會有三年一度的當家選舉……有本事與風爺爭龍頭的，就是那個叫『橙』的人。」

胡桐先生透過別人的口中，知道橙大哥正在招兵買馬，最缺的就是智將。

「老實說，龍頭杖是當家人的信物，你想接近這件寶物的話，就只有加入橙大哥那邊的智囊團……我堂弟和『橙』是老相識了，我們可拜託他作中介人。」

胡桐先生為樊系數擔憂不已，再問清楚他是否真的下定決心，隔了一會兒又不放心，問道：「你有沒有算過自己可以活到多少歲？」樊系數實話實說，好教胡桐先生安心，決意道：「不怕的，我不會死的。」但他自己心裡明白，即使保住了性命，半身殘廢也不是一件美事。

與「橙」見面的時間到了。

門後是另一個世界。

樊系數準時在約定的地下賭場出現，拜託在外面把風的紋身哥哥通傳一聲，再等了一會兒，便有人為他領路。

賭場裡烏煙瘴氣，地方有點陳舊，滿場都是獐頭鼠目的賭鬼，擠在幾張賭桌前面謾罵叫囂，左一聲、右一聲，氣氛波譎，熱鬧非常。

來到樓上，有一扇門正敞開著，門外的兩個小混混上下打量著他。

樊系數一進門，裡面一人馬上向他仰臉揮手。那人是個光頭胖子，坐在茶色的辦公桌前，正在剝橙皮；這人的鼻粱上架著一副墨鏡，縱使看不到他的眼睛，單是看到兩個大酒渦，便知他正在瞇著笑眼望著自己。

那胖子道：「哈哈，最近維他命Ｃ不夠，我一天要吃十二個橙。」

初次與這種黑道人物打交道，樊系數兀自處變不驚，依足禮數打了招呼之後，就將一個果籃雙手奉上，道：「看來我的禮物是買對了。」

那胖子笑聲頗大，起身相迎，與樊系數握手道：「我姓『登』的，但有相士說我命裡缺『木』，所以我愛兄弟叫我一聲『橙大哥』。」

兩人坐了下來。

橙大哥見樊系數一表人才，忍不住誇口道：「你別以為咱們這班在江湖混的草包學歷低微，就像全然不會動腦筋的樣子。我跟你說，『十五艮』是全港最有組織的黑社會，毒品庫存、夜總會員工、債務仇家檔案，全是電腦自動化管理，大有資格申請國際ISO認證……」

樊系數唯唯諾諾，實在也不知該怎樣答話。

橙大哥的目光亮了一亮，又道：「有人向我推薦你，說你是個聰明能幹的人。我會考一考你，一一過關的話，你就是我需要的人才啦。」

到了這一刻，樊系數知道面試已經開始，當下不敢怠慢，凝神聆聽。

只聽橙大哥緩聲說道：「第一題，處境應對：假設我們組織裡有內奸，他將開會的文件洩露給敵人。我希望你可以幫我想個法子，讓我可以辨識洩露出去的文件是誰的，然後將這個混蛋揪出來。」

樊系數一聽之下，就知道這不是一般的假設題，而是橙大哥眼下實實在在遇到的難題。

其實，在數獨門的師承絕學之中，有一招名為「二二五捉奸心法」，只要集齊會議裡所有人的生辰八字，就可以輕易抓出內奸就地正法。但樊系數在可以避免的情況下，也不想透露自己在術數方面的奇能，更何況這樣做根本沒有實質的證據，對方要抵賴也是無可奈何。

爲了弄清楚一些事，樊系數問道：「每次大概有多少個人開會？」橙大哥答道：「一般來說，不會超過三十個。」

橙大哥爲人心急，趁著樊系數沉思之際，又補充道：「我有想過在每份文件上編碼，但這樣做只會打草驚蛇，那個內奸就不會自投羅網。用隱形墨水這法子也行不通，對方一定早料到有此一著，因此會先將文件影印才發送出去。」

樊系數一臉從容，似乎已想出好的解決方案。他向橙大哥借了紙筆，便在紙上寫了兩行字：

「今天 天氣很好」、「今天天氣很好」。

然後他向橙大哥道：「你留意到這兩行字有甚麼不同嗎？」

橙大哥專心看了一會兒，發覺兩行字一模一樣，還以爲是個筆誤，便道：「小兄弟，這兩行字有甚麼區別？我真的看不出來。」

樊系數道：「你再看清楚一點，第一句的兩個『天』字之間的空隙比較大。」

橙大哥再仔細看了一遍，果然如其所說，那兩字之間的間隔較大，但這種事平常人根本不會注意，本來覺得這是個無聊的玩笑，但經樊系數一番解說之後，方始醒悟到當中的用意——

在樊系數的構思之中，字距可以當成文件上的暗碼。

樊系數續道：「開會的文件是打印出來的吧？就大多數文件而言，只在其中一行做手腳，根本就不會惹人猜疑，就算有人看到字距不均，也可以抵賴說是印表機的故障。」

橙大哥想到有個漏洞，問道：「只在一行上做手腳不夠吧？開會的人可是多達三十個啊！」

樊系數不慌不忙，道：「同一行裡，可以在兩個單字之間做手腳，也可以在幾個單字之間做手腳，這樣就可以產生不同的組合變化。二的五次方已經大過三十，即是說只要在六個中文字之間做手腳，再按一定的順序發給來開會的人，就可以追查出洩密者的眞正身分。」

古老的太極八卦與二進制有著神祕的聯繫，理所當然就是樊系數最精通的範疇之一，所以才能在剎那間想到這法子。

橙大哥又想了一會兒，只覺樊系數的法子不但可在文件上留下暗碼，還可以作爲證據來指証洩密者是誰。橙大哥對眼前的少年又是讚嘆、又是佩服，想不到他用了不到幾分鐘的時間，竟然就解決了這個困擾他已久的大難題。

在一般學生的眼中，數學是一門折騰人的學科，爲了日常生活的話，學懂了加減乘除還不夠嗎？只有樊系數這種人才知道，數理的應用極廣，把世間萬物的規律化爲公式，往往有意想不到的妙用。

比方說那個本福特定律，常被財務專家用來檢查帳目是否有造假，但樊系數學以致用，經常在科學實驗中記錄假數據，至今也沒有被老師逮個正著。

樊系數乘機推銷自己：「即使是在政治選舉的舞台上，數學棒的人也會發揮出意想不到的作用……」在此話中，「選舉」一詞特別動聽，正正說到橙大哥的心坎裡去。

橙大哥十分欣賞樊系數，正自沉吟之際，突然問道：

「好，最後一個問題——你爲甚麼想幫我這種人做事？」

樊系數早料到有此一問，眼不眨、氣不喘，就從口袋裡取出一張摺成方巾狀的紙。不久前，他到圖書館蒐集資料，也找到了當年父母被黑道仇殺的舊新聞，於是複印一份，好讓別人感覺他出身自黑道世家，大大提升印象分。

橙大哥一邊閱讀剪報，一邊發出「哦、哦……」的聲音。

「我要幫爸媽報仇，就只有依靠你們這個世界的手段。」

樊系數心中並無復仇的火焰，卻相當清楚，不這樣說的話，對方根本不會相信他這種人會加入黑社會。

只見橙大哥微微動容，面試結果就在他的臉上呈現。

是一個笑容。

「小兄弟，你過關了，你現在就是我智囊團裡的人了！我保證你前途一片光明，無限金錢、無限女人！哈哈！」

樊系數對橙大哥沒有多大好感，也盡量誠懇地鞠躬答謝。

離去時，他的目光炯炯，盯住了牆上的一個相框：框中是一張在酒樓裡拍攝的大合照，橙大哥也在其中，透過副題，得知是幫派首腦風爺去年擺大壽的日子。

而那相片的右下角，就是一個日期。

50

明明是星期六，布魯托的電玩店卻冷清得很，保麗龍杯碗旁邊有十幾隻螞蟻，但店裡的人卻只有兩個。

小蕎悶得呵欠連連，望向另一個角落，布魯托正在玩一款叫「心跳回憶」的模擬戀愛遊戲，正朝著「獨享十三侶．艷福齊天」的終極破關目標奮鬥。

小蕎見他玩得猛掉口水，忍不住揶揄道：「你玩了這麼久，明白戀愛是怎麼一回事了嗎？」

布魯托眨了眨眼，道：「當你玩甚麼卡帶都淡而無味，而且肯為一個女人放棄手上的遙控桿，這就代表著你真的戀愛了！」

小蕎聽了這番怪論，又是好氣、又是好笑。

這時有個男人推門進來，小蕎一看之下，認得是熟人，便叫出一聲：「尚伯伯！」原來那人就是尚先生。尚先生不認得小蕎，樣子顯得愕然和尷尬。小蕎打破沉默道：「我是尚一帆的同學，兩個月前到過你的家參加生日會，記得我嗎？」

尚先生「哦」了一聲，寒暄幾句，隨即道明來意：「尚一帆說他的遊戲機借給同學了，那同學沒有歸還的意思，可我這個兒子臉皮薄，不肯向對方討回遊戲機。所以我想買台新的遊戲機，給他作新年禮物。」

小蕎道：「你太寵他了……」

尙先生嗟嘆道：「唉，這兩個月來他都不肯跟我說話。是我這個做爸爸的對不住他，想給他一點補償。」

小蕎從樊系數口中得知尙先生的遭遇，心想尙一帆惱恨他的爸爸，肯定就是因爲覺得這一切全是他爸爸害的；至於爲甚麼不向同學索回遊戲機，眞正原因也許是不想同學知道他家道中落的醜事。

布魯托從櫥窗取出一台新的「索尼PS」。

尙先生就在桌上點算著紙幣，都是他這半個月辛苦掙回來的錢，扣除了大部分生活費，所剩的僅僅足以付清機價。天下父母皆疼愛子女，小蕎在旁看了，心中隱隱作痛。

布魯托道：「對了，你要不要改機？」

尙先生道：「甚麼是改機？」轉而又覺得自己不會懂這種事情，便向布魯托借了電話，打了個電話回家。小蕎留意他的神色，知道電話裡一定有不少難聽話，以致尙先生的臉色愈來愈難看。打完電話之後，尙先生不當作一回事地說：「我兒子嫌我多管閒事。」

布魯托又趁機推銷：「只有遊戲機不夠的，要不要遊戲帶？」尙先生道：「那要多少錢？」布魯托報了一個價錢，尙先生再點算錢包裡的錢，一邊苦笑，一邊搖頭。

小蕎道：「布魯托大哥，你就看在我的份上，給伯伯打個折扣吧！」布魯托見她有求於他，乘機開出條件，道：「如果妳答應讓我用妳的照片來作宣傳海報，我立即就打個八折！」小蕎伸舌頭扮鬼臉，罵了一聲：「守財奴！小器鬼！」

布魯托做生意斤斤計較，結果一分錢也不肯減。

尙先生買了遊戲機，由小蕎送出門。

布魯托又執起遊戲機的遙控桿，忽而感慨道：「我在遊戲裡是個情聖，回到現實卻只屬於光棍一族，這樣的事最是難受……」小蕎道：「你不能接受現實，自討苦吃是活該的。」布魯圖又道：「尙一帆作慣了少爺，最近都不見他來我這裡，沒準兒就是這個緣故。」

此話發人深省，小蕎心念一動，立即拿起一盒遊戲帶追出外面，拋下一句：「死人布魯托，你在我工資裡扣錢吧！」

追上尙先生之後，小蕎胡扯一個藉口，然後雙手將遊戲帶送入尙先生的懷裡。小蕎微笑道：「不夠堅強的人是尙一帆，不是你，你絕對不應該責怪自己的！」尙先生慰然一笑，很想摸一摸小蕎的頭，到後來只是搔了搔自己的後腦。

待目送尙先生遠去之後，小蕎氣沖沖地回到櫃台，拿起尙先生用過的聽筒，按下重撥鍵，打了一通電話到尙一帆的家裡。

在電話的另一端，尙一帆一聽是小蕎的聲音，感到十分詫異。小蕎起初只是想數落他幾句，哪知尙一帆不受教，總是敷衍應對。如此一來，小蕎動了眞火，語氣之中不免有訓斥之意，罵得尙一帆無地自容，臉上一陣紅、一陣白。

尙一帆掛上電話之後，尙先生恰好就回來了。

只見家裡黑漆漆的一片，都是傍晚了，怎麼還不開燈？尚先生一時想不通，按下電源開關，卻發覺毫無變化。

「家裡怎麼停電了？其他住客好像沒投訴啊……」

一言未畢，尚先生自己就想到了答案。

這是黑社會討債的惡劣手段。

尚一帆自懂事以來，一直住慣了大屋，如今蝸居在一個小公寓裡，心裡極不好受之餘，還要天天爲黑社會的滋擾而擔驚受怕。他受了一肚子的怨氣，一見爸爸回來，馬上惡言相向：「明知故問！還不是你害的！」

尚先生面有難色，隨即又強顏歡笑，喜孜孜道：「一帆，你看，這是你想要的遊戲機吧？」

尚一帆冷眼看著他伸過來的塑膠袋，心中一股無名火起，甩手撥開，罵道：「現在連電也沒有啦！玩甚麼遊戲機？就是你這不中用的爸爸，害死我……我的臉都給你丟光啦！」

尚先生只是強顏歡笑，苦聲道：「倘若我無法滿足你的一切需求，我就不是你的好爸爸嗎？要是無法讓你過回以前的日子，你就連正眼也不願看我一眼嗎？」

尚一帆氣得胸中怒火團團翻滾，眼角充滿惡意地盯著尚先生，卻佯裝愧疚道：

「唉……我錯了。」

尚先生詫然道：

「你知道錯了？」

尙一帆轉而冷笑一聲，說道：

「對，我剛剛說你是我的爸爸，這當然是錯的……我心裡的想法嘛，根本就不把你看作爸爸！反正破產的只是你，我會勸媽媽快點找個好男人，不要白白蹧蹋一生……」

尙先生的表情在一瞬間變得僵硬。

要令一個人萌生死意，方法其實很簡單。

就只需一句話。

一句由至親的人口裡說出來的話……

51

人的一生會被很多數字約束。

活多少歲有限額。

財富有限額。

幸福有限額。

甚至連談幾次戀愛也有限額。

多用了，就要將多用的部分連本帶利償還。

尙先生在天台上，抽了一根又一根的菸。

天台地面的某個位置堆滿了菸頭，把那一小片地薰染得像幅炭筆畫。

爲甚麼會變成這樣？

僅僅是兩個半月的時間，他就分別置身於天堂與地獄，體驗了人生的最高潮和最低潮。

貪婪蒙蔽了他的雙眼，使他瘋狂購入物業，一間疊一間，抵押買證券，向銀行借了近千萬。爲了還清銀行的債務，他抱著最後一絲希望，瞞著家人向地下錢莊借了高利貸，就此孤注一擲，巴望股市和房地產死灰復燃。怎料低處未見低，他不但變得一無所有，而且負債累累。

聰明反被聰明誤。

這半個月來，早出晚歸，每當他拖著沉重的步伐回家，看著街上的流浪漢，他竟然有種自慚形穢的失落感，覺得自己比那些人更可憐。

至少，那些人的人生不是負數。

他太天眞了，以爲破產等於不再拖欠，哪知文明社會有一套文明社會的法律，黑社會講的又是另一套黑社會的鐵則。黑社會的人神通廣大，查出他太太還有物業，爲了逼迫他太太代他賣樓還債，騷擾的方式層出不窮，催債的惡行變本加厲。

欠他們的，一定要還。

不能用錢還的，就要血償。

現代社會到底是怎麼建構的？一個人來到世上本是兩手空空，但他離世時竟然可以欠下不少的債，以負數的方式結束自己的生命。

錢債、情債、血債……

他辭了職，將半個月辛辛苦苦掙來的錢，塞入太太的皮包裡，保險索償書就貼在組合櫃玻璃的背面；又寫了一封信，請求兒子尙一帆的原諒。

然後他帶著一包香菸出門，回到兒時長大的地方，只覺面目全非，從前只有六層高的無電梯矮樓，清拆之後已變成三十八層高的新式公寓。

「眞懷念……我以前就在這裡和初戀情人廝混呢……」

以前，就是一切尙未改變之前。

他來到大廈的天台上，思緒起伏，吸了整整一包菸。

——只要一死，就可以還清所有的債吧？

在除夕夜的前夕，尚先生死意已決。

從三十八層高的大廈天台跳了下來。

尚先生直墜地面。

生前未能大鵬展翅的他，死亡的姿態卻是大鵬展翅。

臨死之前，他看到初出涉足社會的自己，那時候的自己笨頭笨腦地埋首幹活，笨頭笨腦地不識人情世故，笨頭笨腦地向現在的太太送上結婚戒指……

「我會腳……腳踏實地養……養妳的！請妳和我組織一個幸福的家庭！」

那時候，他向初戀情人求婚，兩個成年人滿腦子仍只有單純的甜蜜。

到後來隨波逐流，由圓滑變成狡猾，再變成貪婪無厭的勢利小人，他才發覺生命裡有些寶貴的東西已經蕩然無存。

在那一剎那間，他回顧了一生。

如果可以讓他重新選擇，他寧可作一個蠢人。

一個笨頭笨腦、腳踏實地的蠢人……

52

當看到紙錢滿天飛的時候，又是一個生命的終結。

年末，往學校的路上，不時看見高樓大廈之間的空地，被黃膠帶圈出了小禁區，那範圍內有個用白粉筆畫成的人形框，再望向高處，天台上彷彿有些流浪漢似的亡靈徘徊。

小孩子連投資是啥也不知道，所以很難明白那些大人絕望的心情。

甫一踏入一九九八年，燈飾仍在晚上的海旁閃爍，噩耗就在普天同慶的喧譁聲中傳來。

在秋天，樊系數出席了一次喪禮，這個冬天又要再穿一次黑衣。

出於一種無助的愧疚，樊系數和小蕎幫尚太太打點一切，包括斷腸的路祭和累人的喪禮。尚太太第一次摟住樊系數，在他的耳邊哭泣，眞眞正正將這姪兒視爲血濃於水的親人。

經過這件事，尚太太的性情變了很多，換作以前的她，看到那份鉅額的保險索償書應該開懷大笑，但那一刻的她竟然沉痛得昏死過去。

喪禮過後，四處也不見尚一帆。

這段日子他沉默寡言，只說了一句：「爸爸是我害死的。」

尚一帆坐在鞦韆上。

苦惱，一會兒盪過去。

悲哀，一會兒盪回來。

他的思緒像波浪一般起伏不定，垂著頭看著眼前的低跟鞋。

尚一帆面無表情，對那雙低跟鞋的主人說：「是飯頭叫妳來的嗎？只有他知道我不高興時會來這裡。」

小蕎不說甚麼，就在另一邊的鞦韆上坐了下來。彼此相鄰而伴，卻不說話，也不看對方一眼，只是偶爾望向陰沉沉的雲。她撥弄著牛奶瓶上的吸管，盪一下，喝一口，轉眼就將整瓶牛奶喝個光底。

「送樣東西給你吧！」

「就是這個空瓶子？」

「不，看清楚一點，裡面有很寶貴的東西。」

尚一帆好奇地看著那個牛奶瓶，就是看不出有甚麼特別。

小蕎這時站了起來，向他揭曉謎底，說道：「空氣。這是地球上最寶貴的東西。」尚一帆受不住她的無聊，被逗得笑了出來，說道：「現在是教育電台的節目嗎？妳的禮物我心領了。」

小蕎道：「你可以呼吸空氣，證明你還可以哭、還可以笑，活著本身就是件很美好的事。好，話說完了，你自己好好振作。」回頭又甩出一句話：「不只是我，飯頭也很關心你……他是一直把你當作親兄弟的。」

尚一帆感激地看著她，然後又低頭沉默了下來。

小蕎體諒他的心情，於是離開了鞦韆，讓尙一帆自己一個人冷靜一下。

轉出公園外面，樊系數就在花圃的後面等她。樊系數剛剛偷看了幾眼，見她喝光了鮮奶，暗暗好笑，道：「那瓶熱鮮奶是我買給他的……」

小蕎老實不客氣，說道：「酬勞。」

在寒風颼颼的街上走了一會兒，樊系數忽道：「謝謝妳替我去安慰一帆。」小蕎道：「傻瓜，有甚麼好謝的，他也是我的同學……看他這個樣子，他對他的爸爸已經沒有恨了，恨的倒是自己哩……」

說到此處，百感俱來，兩人不由得傷心起來。

「以前我以爲大人很堅強，但原來大人們的堅強都是佯裝出來的。人長大了，也不過是個長大的孩子，會對黑暗和未來感到恐懼，軟弱的時候就會掉入更深淵之中……」

樊系數手裡揑住一星期前的報紙，報紙上所寫的就是尙先生跳樓自殺的報導。

爲了此事，樊系數深深自責：「師父說我有救世主之命，可是我連一個身邊的人都救不了，術數方面的道行再高都是枉然！看得到數字的規律，卻讀不到人心的變化……」

其實這也怪不得他，術數亦非萬事皆知，但他愧疚的原因是覺得自己一顆心全繫在小蕎身上，卻忽略了收留過自己多年的尙家。

兩人一整天都沒吃甚麼東西，於是進了便利商店，就在裡面吃了頓豐盛的大餐。

回到破爛窩上的家，深夜二時，已是萬家熄燈、好夢正酣之時。

小蕎聽到一下雷聲，就說：「眞幸運。到了家才下大雨。」

電話的鈴聲突然響起，不給人片刻的安寧。

尚太太就在聽筒的另一端，語帶惶恐，劈頭便問：「飯頭，你有沒有見過一帆？」樊系數大感驚奇，問道：「我在附近的公園見過他。他還沒有回家嗎？」尚太太說，她等了好久，又試過聯絡一帆的同學，結果還是不知所終。

這種突然降雨的晚上，尚一帆有甚麼地方可去？

尚太太說著說著，泣不成聲道：「一定是被黑社會的人抓走了……」這時樊系數聽她解釋，方始明白尚先生自殺的原因，乃是想讓家人和高利貸公司劃清界線。

樊系數答應幫忙尋人，便跟姑姑相約到最後見過尚一帆的公園會合，以這地方爲中心點出發尋人。

小蕎知道了這件事，同樣挺身而出，撐著雨傘，陪尚太太到處走。

樊系數算出尚一帆是長壽之人，最怕就是他自尋短見；又暗自用術數尋找他的下落，得出的結果就是「十五」。這種尋人方法侷限極大，十五既可以是街號，又可以是樓層，除非有額外的情報，否則只有一個數字實在不知如何入手。

轟隆——

在雷聲與雨聲之中，樊系數再次感到無助。

如此分頭找了一夜，尚一帆有可能遊蕩的地方都找過了，大家還是一無所獲。樊系數安慰尚太太，教她不要杞人憂天，無奈沒有頭緒，只好說：「我絕對肯定一帆沒有生命危險，到了四十八小時就報警吧！」

樊系數望了那鞦韆一眼。

那鞦韆上空空如也。

53

這是一幢舊式的工廠大廈。

九〇年代，製造業死的死，未消失的早已北移到大陸，留下許多空置的廠房，幾千平方呎的地方租賃出去，多數會被改作工業以外的用途。

裡面，某一層的黑暗地帶，有一個全然與世隔絕的地方。

隔音板的厚度是一般錄音室的兩倍，無論這裡的人怎麼呼喊，外面的人都不會聽得見；間隔分明，獨立廁所，每個人佔一個單位，四方八面都是鋼板，別說是陽光，連老鼠都無法竄進裡面。

這樣的地方最適合當囚禁所。

「十五艮」旗下有不少高利貸公司，遇到一些「冥頑不靈」的欠債人，「特殊財務部隊」就會立刻出動。

「十五艮」自設監牢，往往用這方法將欠債人或其親人軟禁，受害人首先就會報警，當發覺警方幫不上忙就會到分店求情。但分店裡的黑幫大哥對著眼淚只會無動於衷，要他們開眼的辦法就只有奉上一疊疊的鈔票。

只要一日未還清債，被囚禁的人就等同於人間蒸發。

樊系數今日作了橙大哥的跟班，所以有幸參觀這個地方。橙大哥臉上架著的仍是那副墨鏡，不怒不笑的時候，一副表情眞的是神祕莫測。而他眼前的一群人皆是西裝打扮，據稱是由美國矽谷請來的。

原來組織想在這地方新增一套晶片卡控制的保全系統，橙大哥對電腦一竅不通，便叫樊系數過來一齊旁聽。其實，樊系數的電腦應用程度只是一般，但勝在分析力強，能在測試方面提出意見，因此竟讓他僥倖矇混過去。

當樊系數知道這裡是囚禁所時，頓覺四周變得陰森恐怖。

那些一格格像貨櫃屋的密室，原來都是一間間牢房。

眾人圍在一堆先進的儀器前，聽著工程人員講解操作的步驟。

那些監察用的閉路電視上，顯示了被囚禁者的狀況。

目光一瞥之間，在其中一格螢幕上，樊系數看到一個意想不到的人，那個人竟是失蹤了兩日的尙一帆！這一驚非同小可，樊系數定了定神，才想到姑姑曾提及欠債的事，這麼說來尙家欠債的高利貸就是「十五艮」經營的。

樊系數縱然知道了這件事，還是不敢輕舉妄動，一直尾隨其他人往東往西。

橙大哥見他心事重重，便在他耳邊問：「怎麼了？剛剛是不是見到認識的人？」樊系數的心事被人料中，當下不再隱瞞，趁著兩人獨處時向橙大哥求情放人。

橙大哥感到有點爲難，說道：「哎呀，債務是風爺那邊管的，我只負責招呼囚禁在這裡的朋友……放人這種事我是作不了主的……不過，我可以幫你疏通一下，你就去看看他吧！」

相處以來，橙大哥器重樊系數，對他是不薄的。

聽了這番話，樊系數已想出救人的智計，只不過太冒險，所以仍躊躇未決。這當兒擔心尙一帆的安危，他便不再遲疑，向橙大哥答謝一聲之後，動身前往牢房。

只見尙一帆瑟縮在牢房裡的一角，形色憔悴，似是受過甚麼虐待。

耳邊是一陣陣緩慢的腳步聲，尙一帆呆呆地抬頭，直到與樊系數的目光相接，他才露出難以置信的表情，彷彿眼前出現的是個比白衣護士更性感的天使。

兩人對看了一會兒，尙一帆別過了臉，原來是強忍眼淚，不想被人看見自己落魄的樣子。

高利貸公司的人查出尙先生有買身亡保險，才把尙一帆抓來這裡吧？

樊系數知道他一定吃了不少苦頭，惻然道：「我會救你的。」

尙一帆內心激動，不能自已，呆呆望了樊系數片刻，才道：「我一直都對你那麼差……從沒好好當你是表哥，你為甚麼要救我？」

樊系數若有所思，坐在尙一帆的身旁，準備跟他好好談一談。

「我只是想幫你……因為這是我欠你的。」

「欠我？」

樊系數曾見證過數次死亡，亦曾經徘徊在死亡之間。以往的他不瞭解死亡的眞諦，像大多數人一樣，只覺得人死掉就可以忘卻一切痛苦，自從感悟了術數學中的平均等式之後，始知原來人死後並不能將痛苦消除，而只是將痛苦轉嫁到愛惜自己的人身上。

在尚一帆面前，樊系數開心見誠，說道：「在我父母自殺的時候，我根本不明白上天爲甚麼不讓我死……當時我來到你家，你看見我的紅白機，就跟我玩了很多很多遊戲。你記得嗎？之後的一個月，我倆一放學就按個沒完沒了，『魂斗羅』總共過關五十次，手指也瘦死了。」

樊系數微微一笑，續道：「那時候，要不是你的話，我也不知道該怎麼辦。我就想，我還要活下去，因爲任天堂還會繼續出遊戲，我要和你繼續一起闖關。」

尚一帆一下子愣住了，仍是口不對心，嘟噥道：「這種小事……怎麼可能記到現在……」他一開口說話，感到語氣哽咽，始知自己已經掉下眼淚。他作了十幾年人，還是頭一次哭得好沒來由，雖說是感到異常尷尬，心裡卻有一股難以理解的熱流。

任何人都會有軟弱的時候。

只是一點人間溫暖，也足以讓人重獲活下去的勇氣。

若是吝嗇的話，你就錯失了一次作英雄的機會……

「那怎麼辦，你想出甚麼救我的方法嗎？」

「將自己賣掉。」

「賣掉自己？」

「如果我有甚麼不測，拜託你幫我照顧小蕎。」

樊系數言語之間心意已決，眼裡閃著異樣的光芒。

54

「十五艮」的龍頭叫風爺。

風爺既然能駕馭整個組織，他就一定是個殺人不眨眼的老大。

這是其他人告訴樊系數的事情。

在樊系數和胡桐先生的計畫當中，他不會惹上這樣的人物。胡桐先生也再三叮嚀，千萬別讓自己陷入危險，拿自己的性命來開玩笑。

如今，為了救尚一帆脫險，樊系數只有放手一搏。

這一次的賭注，就是他自己的命。

傍晚時分。「十五艮」總部大樓。

一個少年，直闖大門。

本來只知道風爺擺壽的日子，還不能確定風爺的八字，但風爺既為一幫之主，可以肯定斷非平凡之命，要算出他的八字也未嘗不可能。

有了這幢大廈的羅盤方位，再加上風爺的八字，就有可能造出一個和風爺碰面的機會。

樊系數在大廈的停車場裡遊走，一顆心七上八下。

他要找的，就是風爺的座駕，這樣的人物不可能會坐公車出門，車牌號碼是用四位數字組成的，留心搜尋，不一會兒就找到風爺的座駕。

樊系數摸著車窗裡的倒影，心想：「時間不多了……一帆等著我去救他，小蕎也等著我去救她……能快一秒是一秒，沒有比與風爺直接見面更快的辦法了。要走捷徑，就只有賭一賭運氣了！」

「小子，你在幹嘛？」

突然來了個保全人員，樊系數怔了一怔，沒法找個理由留下，便只好匆匆離開停車場。

樊系數垂頭看著電梯的按鈕，腦際間自然而然地浮現一堆數字，看了看手錶，想到現在只要按下某一層的鍵，就可以與風爺正面相遇。

一個瘋狂的念頭如電似地湧入腦海：「直上虎穴！」

還未來得及細想，已伸手按下了心裡的數字，而腳下的地板正以飛快的速度上升。

電梯門一打開，樊系數就見到了風爺。

只不過——

樊系數料到會碰到風爺，卻沒料到會被這麼多凶神惡煞的大漢圍住。

到了這個關頭，樊系數只有硬著頭皮出去，儘管他看來是個沒有殺傷力的少年，所有人也開始凝神戒備，有好幾條大漢伸手摸入皮夾克裡，就像電影中拿槍出來的戒備狀態。

樊系數保持鎮定，舉起了雙手，向眾人大喊道：「我是『十五艮』的人，是橙大哥的手下……我是毫無惡意的。」這時他仔細地瞄了風爺一眼，發覺風爺是個四十來歲的男人，他的樣子本來深具威嚴，但在旁邊這些惡漢烘襯之下，這張臉算得上是和藹可親的了。

風爺眼也不眨地望著樊系數，厲聲問道：

「你是來幹甚麼的？」

「我來把自己的命賣給你，求你一件事。」

「求我？你要求我甚麼？」

樊系數不敢有半刻拖延，立時將尙先生欠債、尙一帆被抓的事大概說了；又爲自己的唐突出現而道歉，求風爺放過尙一帆和饒他一命。

風爺聽了，只是皺起眉頭，板著臉道：「有些人很無知，以爲死了就可以一了百了。我就要他們在黃泉下知道，人死債不清，要還的總是要還，錢債還不了的話，就要用血來償。」

樊系數就在此時打岔道：「我沒有說不還。我把命賣給你，用我的命來代他償還。」

風爺大聲笑了出來，其實暗裡欣賞樊系數的見義勇爲，嘴裡卻道：「哈哈！你的命？值這麼多錢嗎？」

樊系數凜然道：「我有辦法證明——我的命遠比你想像中値錢。我有預知未來的能力，無論是股票、彩券，抑或賭場，我保證讓你賺大錢。」

樊系數自知每個人的財富都有個總額，濫用術數的力量來賺錢就會遭到天譴，他這樣做好比一個人在一天之內花掉半輩子的飯票，到了下輩子就要忍受糟糠不飽的苦日子。這也不打緊了，他不會成爲富有的人，但他會是個問心無愧、快快活活的人。

風爺見他說得十分認眞，原先是有幾分相信，但礙於這樣的事太過荒誕不經，只是付之一笑，便正色直言道：「小子，這樣的江湖騙術我見得多了，我根本就不想聽你說下去。我現在饒你一命，你快給我滾吧！」

樊系數不甘心就此放棄，未經解釋就踏前半步。

風爺以爲他有不軌企圖，嚴詞恫嚇道：

「你再走前一步的話，你就會死！」

眼前是殺人不眨眼的風爺。

樊系數竟然視死如歸，又再向前踏了一步。

一名手下舉起槍來，直指他的太陽穴。

樊系數豁了出去，伸手摸入褲袋，道：「我現在就給你看看證明。」

風爺心中不悅，臉朝向身邊的人，佛然道：「我不想見到這個人，你們快趕他走！」

樊系數早在錢包裡藏了一張彩券，買了連環複式，十拿九穩可以中五個號以上。

正當樊系數想把錢包拿出來時，一條剽悍大漢以爲他突然發難，便眼明手快地奪臂而出，將他手上的東西拍下，再將這小子的雙手扳到背後，教他整個身子動彈不得。要不是風爺大聲喝止，那名持槍的大漢差點就要扣下扳機。

這時眾人看清楚了，掉在地上的東西是個錢包。

「傻子。你是不是不要命了？」

風爺拾起地上的錢包，一面打開來看，一面淡淡然道：「你有這樣的骨氣很難得，你是可造之材，何必急於逞強呢？不過為了我的面子，還是要在你的腳掌上轟一槍，請你作好心理準備吧！小兄弟，挨了這一槍之後，我會好好記住你的。」

欲速則不達。

計畫失敗。

樊系數作了冤大頭，不但救不了尙一帆，還令自己陷入困局之中，正是賠了夫人又折兵。

風爺有心知道他叫甚麼名字，便抽出錢包裡的學生證來看看。

樊系數。

這麼怪的名字，世上不會再有第二個。

這時風爺唸到樊系數的名字，極其詫異道：「你叫樊系數？」霎時勃然變臉，大失方寸地朝著眾人叫道：「快放開他！」

眼前的事峰迴路轉，眾人不知所措，風爺已親自上前，將樊系數摟入懷裡。

樊系數嚇得雙眼發直的時候，只聽見風爺在他耳邊喃喃地道：「太好了……老天啊……孩子，我找你好久了……」

55

眾手下對眼前的狀況駭異萬分，他們只知老大有嚴重的暴力傾向，卻從未聽說過老大有戀童或者同性戀的癖好。有人還以爲老大被傻子彈擊中了頭腦，以致神經失常。

但最驚訝的人莫過於樊系數自己了。

風爺滿臉堆笑，帶歉意道：「世姪，沒有嚇壞你吧？」然後連聲「滾開」驅散眾人，把臂擱在樊系數的肩頭上，往這一層的董事長室走。

「十五艮」貴爲大幫派，風爺招待上賓的地方果然氣派不凡，單是魚缸的壯麗程度已經可以媲美水族館，金器石雕一一俱全。樊系數差點以爲自己來到復刻版的虎豹別墅。

風爺先坐在虎皮沙發上，擺了擺手，說道：「世姪，不必客氣，請坐。」

樊系數大感受寵若驚，誠惶誠恐地坐了下來。

起初他還有過一個奇怪的想法：「這不會是個圈套吧？」但無論怎麼看，風爺的態度都不像是裝出來的。未待他開口問話，風爺已率先打開話匣子，溫言道：「你小時候我抱過你的，不過你那時候太小了，可能不記得了。」

此話一出，樊系數更加思緒紊亂，但他想來想去，就是不知自己何以和風爺有所牽連。

風爺見他一臉困惑，忙不迭解釋道：「樊平是你爹吧？」

樊系數驚道：「你認識我爹？」

風爺笑道：「何止認識？『十五艮』裡的每個人，甚至是全港的黑道中人，全都識得樊大哥的大名。樊大哥呀，更是跟我出生入死的拜把兄弟。」他本來是笑著的，忽又憫然噫嗚，悵然道：「我欠你樊家好大的恩情啊……」

樊系數在父親遇害時年紀尚幼，渾然不知父親是「十五艮」裡數一數二的人物，如今聽風爺將往事娓娓道來，心中的激動眞是難以形容。

「世途本就險惡、爾虞我詐，黑吃黑在我們這一行當中更是常見。我在江湖混了幾十年，見盡無數喪盡天良的事。談不攏的交易，就要以暴易暴，而我當年爭當家的位置，就掀起了一片腥風血雨，其過程之曲折離奇，絕對適合用作黑社會電影的題材……

「一山不能容二虎，當年『十五艮』選當家，候選人就是我和東方艷紅。你爹爹和我一起打天下，他智勇雙全，就是我方的軍師。以和爲貴本是老規矩，到後來爭拗漸趨激烈，同室操戈，演變到『不是你死、就是我亡』的地步。東方艷紅使盡卑鄙手段，我受他暗算之後，在樊大哥安排之下，便連夜逃亡到台灣。

「東方艷紅心狠手辣，栽贓嫁禍，誣詆樊大哥虧空公款，說穿了就是逼他說出我的所在。樊大哥是條硬漢，跟我拜了天地，寧死也不肯招出我的下落。結果……結果他就遭遇不測，只有他的獨子生還。」

樊系數聽到這裡，忽然想起小時候在浴室替父親擦背，問過他背上的字怎麼唸……「男人爲義而無懼死亡，爲義而問心無愧，況浩然者，乃天地之正氣也！」後兩句話出自烈士文天祥的手筆，也就是風爺身後那幅字畫的內容。

風爺又繼續說下去：

「我到台灣投靠叔父，招兵買馬，又弄到了很厲害的軍火。再回到香港時，就是猛龍過江，領悟了《孫子兵法》，策畫得天衣無縫，將東方艷紅一夥殺得兵敗如山倒。」

「我坐穩了當家的位置之後，思念樊大哥的恩情，就四處尋查他兒子的下落。可惜收養你的尙家受盡滋擾之後，搬了好幾次家，就此失去你的音信。我想到樊大哥在天之靈，這幾年來一直爲這件事鬱鬱寡歡，並引以爲憾。」

「樊大哥是我的恩人，我曾對天發誓，只要讓我找到他的獨子，我一定會傾我所有，將欠樊家的恩情還清……今日你在我面前出現，實在太突然了，還好一直牢牢記住你的名字，及時認出你就是樊大哥的孩兒……」

風爺想到自己差點鑄成大錯，仍覺心有餘悸。

「虎父無犬子，樊大哥有你這個重情重義的兒子，我也爲他高興。你向我求情的事，我一定應允。唉，區區小數，根本不足以抵償我欠的債。」

他立刻打了個電話，叫手下將尙一帆放了。

樊系數聽著風爺打電話，心想世上確有因果循環，善惡到頭終有報，當年若不是爸爸殉義忘生，今日又如何救得了尙一帆？假若自己不顧尙一帆生死，他又如何在機緣巧合之下與風爺碰面？

有些無形的、看不到的東西，在規範著萬物的運行。

樊系數想得出神，半晌不發一語。

「樊大哥義薄雲天的事蹟傳遍千里，黑道中人無一不直豎拇指，都說他是條鐵錚錚的好漢。不論是哪個幫派的人，只要你跟人說你是樊平的兒子，對方也一定給你幾分面子。」

這時樊系數情不自禁，在風爺面前流下一行淚。

風爺遞上幾張面紙，慰言道：

「傻孩子，男兒有淚不輕彈，你哭甚麼？」

「我一直恨我的爸爸，恨他沒給我留下甚麼……看著別的爸爸買很多東西給兒子，我也很想有這種爸爸……但原來我的爸爸給我留下的，就是世上最值得引以爲傲的東西，我終於可以跟人說，我爲我的爸爸而驕傲。」

風爺本來想勸他別哭，沒想到自己也是熱淚縱橫。

「好，別哭了……他媽的，馬尿難忍過屁，眞是丟人現眼。待會兒我們抹乾眼淚，才一起走出去好不好？」

堂堂第一惡勢力組織的當家，竟在一個十五歲少年面前淚眼難收，當眞令人啼笑皆非。

但這又如何？

管他是黑幫大哥，管他是冷血匪徒，人就是人，有血有肉的人，既然心不是鐵打的，就一定會有眞情流露的時候！

56

「我想向你借一樣東西。」

樊系數用這句話打開了話匣子，將自己十一歲時拜師的事，加上數獨門中的恩怨糾葛，和世界將會發生浩劫的事簡略說了。話到後頭，費了不少唇舌解釋《歸藏》與和氏璧之間的關聯。

樊系數唯恐風爺不信，主動開口：「你這裡有沒有骰子或者撲克牌？我可以證明給你看，只要是和數字相關的事，我都能夠預知結果。」

風爺卻道：「不必了，風叔叔一看你的眼睛，就知道你說的是真話。」

樊系數一怔道：「你相信我說的話嗎？」

風爺一笑道：「傻孩子，叔叔當然相信你。」

風爺又道：「你要向我借的是龍頭杖吧？我現在拿給你。」

原來風爺一聽到「和氏璧」，便猜得出樊系數要向他借龍頭杖。樊系數知道龍頭杖的重要性，一直怯於開口，萬萬料想不到風爺竟會一口答應，這樣的大仁大義世間難覓，他感動得說不出半句話，便向著風爺俯身而拜。

風爺立刻扶起了樊系數，之後轉身走向那幅寫著「沉浩然者」的字畫，緩緩把字畫擱置下來。出乎樊系數意料之外，字畫後竟然有個保險箱。風爺就從那裡取出一物，那物用油布包裹，在桌上愼重地打了開來，一看之下，就是百聞不如一見的翡翠龍頭杖！

只見那杖只有七寸許，僅僅可以用一隻手握住。除了杖身之外，龍頭全以玉石所製，渾圓有致、光滑透亮，其實與一般玉石差別不大。樊系數凝視片刻，暗道：「這就是和氏璧？」但無論怎麼看，也很難想像這塊寶玉裡藏著驚世大祕密。

風爺連眉頭也不皺一下，慷慨義氣道：「我幫相傳整個龍頭由和氏璧雕琢而成，至於它的來歷，就連我也不太清楚。你就借去用吧！我欠你樊家太多了，這件東西嘛，就算不還我也無所謂啦。現在這年頭也不講信物了，有財有勢才是王道，拿著這支龍頭杖不過是一種權力的象徵，還是給你拿去救人要緊。」

樊系數不想讓人爲難，本來想說：「我一定會還的。」但一想到和氏璧可能有其他用途，便不敢貿然許下做不到的承諾。他接過龍頭杖之後，便放入單肩書包裡妥善保管。

縱使風爺是黑道中人，也力勸樊系數不要走上這條路，臨別時又叮囑了幾句，語帶關切，令樊系數深受感動。

樊系數許諾道：「風叔叔，我一有空就會來探望你。」

風爺也許諾道：「如果有人敢來欺負你的話，只消跟風叔叔說一聲，我一定會爲你出頭，立時就要他碎屍萬段。」

樊系數聽到這番話，想起了余老爹，不期然感激一笑。風爺摸了摸他的頭髮，目送他走出大廈，回頭就要趕赴一個已遲到的約會。

機緣巧合之下，得到了夢寐以求的和氏璧。

事情進展得太順利了，實在太幸運了。

樊系數出了大廈看一看手錶，時間已是半夜。他沿街走向巴士站，猶自忖度：「和氏璧在我手上了，就算不能參透當中的祕密，有了它就一定可以見到紀九歌，這樣一來，小蕎就有救了……」

嗶！突然傳來一聲響。

一輛黑色轎車駛近路旁，司機座位旁的人就是橙大哥。

「你要去哪裡？我載你一程吧！」

樊系數心想又有好事發生，便搭了橙大哥的順風車。

人逢喜事精神爽，樊系數恬然坐在後座，抱著單肩書包傻笑。

橙大哥在倒後鏡瞧見了，忍不住擰頭問：

「你幹嘛笑得這麼開心？」

「我見到風爺了。」

「哦，你去見風爺的事我剛剛聽人說了。想不到你倆這麼快就見面，我也有點突然。」

樊系數瞧向橙大哥，發覺橙大哥同樣喜笑顏開。

「你看來也有高興的事吧？」

「對哦，我今晚眞走運，有條小魚掉入了我的魚網。」

轎車霍地停了下來，兩個在前面埋伏的魁梧大漢，各自從後面的車門鑽了進來，一左一右將樊系數夾在中間。樊系數還未理解到發生甚麼事，其中一個大漢已將安全帶拉下，貼著樊系數的左肩扣緊。另一個大漢則將他的雙手扯到背後，使他上半身完全動彈不得。

「安全帶上有鎖。你逃不了的。」

橙大哥的話中帶著幾分歹意。

樊系數只剩一張嘴巴說話：「你爲甚麼……」

橙大哥道：「他們都是我的忠心部下。小鬼，你還看不出來嗎？這是個圈套，一個精心部署的圈套。今日在停車場見到你，我就知道會有事發生……胡桐那老傢伙明明瞧不起我這種人，卻老是藉堂弟向我套話，沒多久你就出現，我腦筋再差，也知道你倆有鬼主意，只不過沒想到是打龍頭杖的主意！果眞大膽，不愧是樊平的兒子，我怎能對你不防呢？」

樊系數心想：「**樊平？他也認識我的爸爸？**」

橙大哥獰笑道：「風爺呀風爺，你也太天眞了，竟然被個『義』字沖昏了頭腦，將祖宗傳下來的龍頭杖交到一個小鬼的手上。老一輩的人很重視這支龍頭杖，不見的話，就看你在下次當家的選舉中如何交代！」

樊系數鎮定下來，出聲試探：「橙大哥，你不怕風爺嗎？」言下之意就是說風爺會爲自己撐腰，而他也一定會揭穿這個陰謀。

橙大哥啐聲道：「風爺？他人強馬壯，我現在當然怕他。本來我留你在身邊，只是把你當作要脅風爺的棋子，這下倒省時了，我搶走龍頭杖之後，你就全無利用價値了！你是聰明人，留你性命就是養虎爲患，難得有機會斬草除根，我是機會主義者，當然會好好珍惜機會——毀屍滅跡。」

世上竟有如此大奸大惡之人！

樊系數一怔之下，心口也涼了一截。

但他的臉上沒有半點示弱的神色。

「小鬼，你眞的太缺乏社會經驗了，世上哪有人姓『登』的？我的眞名叫『鄧其倫』，你臨死前要好好記住。」

鄧其倫摘下墨鏡，露出一雙邪惡的眼睛。

這雙眼睛似曾相識。

「我就是在你小時候，將你劃成花臉貓的哥哥，不過我這幾年長胖了，又戴了墨鏡，所以你才認不出我。」

說罷，車廂裡溢滿肆虐的大笑聲。

「我會帶你去一個地方，一個很適合殺人的地方。」

樊系數低下頭，苦思脫險的方法，思前想後都是無計可施。就算身上有通訊的工具，在這麼多人嚴密監視之下，他要求救也是絕不可能的事。

在對方處心積慮之下，根本就沒有逃脫的可能性！

轎車在馬路上飛馳，接下來死神將會在路的盡頭等候他們。

57

夜色極濃的深夜，正是殺人的好時機。

鬧市的冷巷，冷巷裡的圍牆式垃圾站。

在無路可逃的垃圾站裡，站著三個人，一輛轎車攔在入口把風。

抬眼望去，就是弦月。

在月光之下行刑。

樊系數正被一名大漢挾持，上身關節受制，毫無掙脫的辦法。

鄧其倫一手握住龍頭杖，一手握住殺人的槍。

「砰、砰！」

鄧其倫用嘴巴發出槍聲，佯裝扣下扳機，以為可以將小鬼頭嚇得屁滾尿流，殊不知樊系數眼神之中不但毫無懼意，而且目光如炬地瞪著自己，感覺怪怪地極不舒服。

「媽的，這小子真有膽量。」

接著，鄧其倫從腰包裡取出一個針筒。

鄧其倫面目猙獰，在樊系數耳邊道：「小鬼，開槍會令我有嫌疑，所以我不會開槍殺你。」揚了揚手裡的針筒，又道：「這個好東西叫嗎啡針，一針刺入你的血管，你就會在極度興奮之中死去，以一個吸毒者的身分死去……我讓你死得這麼舒服，你是不是要謝謝我呢？」

說完這句話，鄧其倫將針筒交到那個大漢的手裡。兩人都戴著手套，行事乾淨俐落，果然是做慣這種事的壞人。有意無意之間，鄧其倫又瞧了樊系數一眼。

樊系數既沒有反抗，也沒有反駁，彷彿只是平靜地等待死亡的降臨。

他眼裡有種令人肅然起敬的力量，稱之爲「浩氣」！

鄧其倫不禁奇道：「你怎麼一點也不害怕？」

樊系數昂然道：「因爲我會算命，知道自己還不會死。」

鄧其倫彷彿聽到了世上最荒謬的話，用槍口頂著樊系數的額頭，肆無忌憚地笑著說：「哈，你有神經病！嘿嘿，老子眞服了你。好，我就陪你玩一玩。」

鄧其倫有意耍弄樊系數，把自己的身分證拿出來，倏然直舉到他的眼珠前。鄧其倫嘲諷道：「我是在凌晨六時六分出世的。你且說說看，我在哪一天會死？給你一個日子，好讓你在地府慢慢等我吧。」

既有生時，便有死時。

樊系數自知大禍臨頭，心想拖延得一時是一時。待他看了鄧其倫的出生日期一眼，一個個的數字便像打字機的字模般烙在自己的腦裡，再加上天干地支這些因子，閉目進行運算之後，一組透露玄機的數字便在思緒的深處浮現。

鄧其倫催促道：「別磨蹭了，有結果了嗎？老子我甚麼時候會死啊？」

樊系數的目光陡地變得怪異起來，看了對方腕上的金錶一眼，吶吶道：「現……在……」心裡卻道：「太怪了！怎會有這樣的事？」

數獨門計算人壽之準，出錯的機率幾乎是零。

鄧其倫樂極忘形，仰天大笑：「哈哈！這小子眞好笑！死到臨頭還會說笑話，怎樣啊，我就在這裡，你來殺我吧！快來吧！」連樊系數身旁的大漢也咧嘴陪笑，只剩樊系數自己愣眼巴睜地說不出話來。

「小子，來世再見吧！」

鄧其倫說完這句話，立即做了個「抹脖子」的動作，就是指示部下動手將樊系數處死。

這樣的關頭、這樣的處境，只有一種結果——

必死無疑。

樊系數閤上了眼睛。

尖銳的針頭刺入他的皮肉裡，但他不吭一聲。

握著針筒的人遲遲未壓下注射器。

當樊系數再張開眼的時候，頸上出現一種溫熱的感覺，自然而然伸手一摸，一看之下，竟是幾滴鮮血。等他回過神來，他才醒悟這不是自己的血，而是身旁那個大漢的血。

那個大漢頭崩額裂、鮮血湧出，地面響起「砰」的一聲，竟是一塊大石先擊中他的頭顱，然後再順勢斜滑下地。奇怪的是，這塊石上纏著一個繩網，由此肯定不是一般的意外。

這一切發生在瞬息之間，樊系數轉臉望向鄧其倫，只見他的臉色異常蒼白，似乎同樣對眼前發生的事大惑不解。

石頭是從天上垂直墜下，但周遭只有四堵高牆，如何有人可以埋伏？難道天空會落石不成？

就在鄧其倫再次仰臉之際，空中一物猛然俯衝下來，直取他的雙目。鄧其倫只顧開槍亂射，一時來不及掩臉，但目光一掠之間，一隻鷹的殘影深印在他的腦海裡。

鄧其倫慘叫一聲之後，已失去一隻眼睛。

在這個間不容髮的時刻，側面那個大漢已然倒地不起，樊系數趕緊拾起地上的石頭，使盡全力擲向鄧其倫握槍的手臂。其實他要是夠狠心的話，一擊擲向鄧其倫的腦袋，這個人就是一命嗚呼了。

鄧其倫感到痛入心脾，「喔唷」一聲大叫出來，另一隻手則拋開龍頭杖，繼而掩住臉上的血洞，但湧出來的鮮血就像關不住的水龍頭一樣沒完沒了。

然後，他轉身就跑，朝著轎車的方向大喊：「救命！」其他部下匆匆從車上走下來，他們狠狠地瞪樊系數，似乎沒有放過他的意思。唯一的出口正被轎車堵住，樊系數一時間還找不到脫險的路徑。

只見鄧其倫剛剛撲到車門，轎車就在此時發生爆炸，忽聞「轟隆」一聲，烈焰一般的火花四濺，而鄧其倫和他的同黨就在爆炸之中全身浴火而死。

樊系數看得呆了。

預料成眞，死得準時。

——是甚麼人在車上設置炸彈？

——又是誰救了他？

樊系數舉頭望天，那鷹在半空中盤旋，然後再飛下來。他驀地驚醒：「糟糕！那鷹想搶龍頭杖！」當下急步往前衝出，就可惜差了幾步。但見那鷹一落一起之間，雙爪已擒住龍頭杖，又再離地兩丈，樊系數眼睜睜看著牠飛走，恨不得自己背上長出一對翅膀。

樊系數心想：「甚麼人想要龍頭杖……不，是想要和氏璧才對！」

紀九歌。

腦際間驀然冒起這個人的名字。

樊系數很難不聯想到這個人。

只有他才可以預知一切，預知龍頭杖的所在地，預知鄧其倫座駕的車牌號碼，甚至對這晚所發生的事瞭若指掌。

樊系數抱著最後一線希望追著鷹跑，經過轎車的殘骸時，曾經呆滯了片刻，看著那些人的死狀，心想是救不活了，不禁有種想吐的感覺。

走出了冷巷，來到外面，那鷹愈飛愈高，眼看是追不上了。

樊系數正自懊惱之際，忽見那鷹竟在半空拐了個彎，突然回頭飛來。他尚未弄清楚是怎麼一回事的時候，那鷹已經放開雙爪，任由龍頭杖急墜地上。

一眨眼間，那龍頭杖應聲而落，上面的寶玉瞬即變爲碎片，碧光流轉，散滿一地。

樊系數極度費解。

只見那鷹在樓宇之間斜落，飛近一幅懸掛在大廈外牆的巨幅廣告，「嗤、嗤」一連兩聲，逕自在廣告板上連抓兩下，然後再往上縱飛，停在巨幅廣告的支架上面。

那隻鷹在高處凝望著樊系數，目光之中透著靈性，彷彿在向他暗示甚麼事似的。

樊系數百思不得其解，不自覺間往下一看：

「請認明是XXX商標出品，慎防假貨。」

這是那巨幅廣告上的大字標語。

而那隻鷹剛才在「假貨」兩字上面抓了兩個破洞。

假？眞眞假假的假？有甚麼是假的嗎？

樊系數腦際間念頭百轉，忍不住朝天大叫：「和氏璧是假的！」

那隻鷹彷彿聽明白他的意思，頷首以示默許，然後展翅高飛。樊系數察覺到那鷹的靈性非比尋常，出自一種突如其來的直覺，忖度道：「紀九歌就在附近？」

現在尋找《歸藏》變得渺茫無望，倘若想知道改變命運的方法，就只剩下一條路可走——去找紀九歌。

只要找到他，就可以挽救愛人的性命。

樊系數自知不是紀九歌的對手，但只要見到這位師叔，他會盡力遊說，使對方明白這世上有很多惡人，也有很多善良的人，因此滅世只會令無辜的人陷於不幸。

少年，追著鷹跑。

但，牠漸漸飛遠。

「紀九歌——」

在這個小城裡，在這個冰涼的街口，傳出一聲漸漸衰退的呼聲，樊系數置身於孤寂的燈光之中，像個瘋子般聲嘶力竭地大叫。四周籠罩著載浮載沉的夜景，從窗口投下來的奇異目光紛至沓來，不知從何而來的醉漢笑聲像一首飄散的歌。

消失在街巷阡陌裡的，是那雙一去不返的翅膀……

然後整個城市變得蒼白，週而復始的月光將大地融化，一次又一次地融化……

58

逝者如斯夫，不舍晝夜。

時間就在無意間一點一滴流逝。

自與風爺見面之後，已經過了大半年，時下恰好踏入十月。

關於龍頭杖被毀一事，樊系數誠心道歉，但風爺對此事看得很輕，知道寶物被搶怪不得他，還答謝樊系數爲他除去了眼中釘。反正鄧其倫都死了，風爺就將全部罪狀推卸到他的身上，況且這個壞人眞的罪有應得。

「龍頭杖的傳說是假的……但這也沒推翻我的研究，我始終認爲，和氏璧和《歸藏》一定有著莫大的關聯！」

其後胡桐先生約樊系數見面，兩人商量了一會兒，結論是胡桐先生的推斷錯誤，眞正的和氏璧仍然下落不明，尋找《歸藏》一事便沒了下文。

茫無頭緒之際，又再掉入死胡同裡。

樊系數初上中五，無緣無故地輟學，被視爲理科之寶的他，就因這件事在校內掀起了軒然大波。風聲傳入小蕎耳裡，小蕎當然難以理解，但無論她如何勸告、如何責罵，甚至對他大發脾氣，樊系數的答覆永遠只有一句話：「上學太苦悶了。我討厭讀書。」

其實他這樣做，目的只是爲了爭取時間。

儘管時間依然無情地流逝。

樊系數在車上看書，小蕎在車上溫書，這樣的生活始終沒變。

他和她坐在一輛又一輛的巴士上，展開一天又一天的旅程，去了一個又一個的地方。

「今年我跟妳環遊香港，明年我就跟妳環遊世界。」

「現在有個地方我很想去。」

「哪兒？」

「就是遊戲機中心嘛。好想趕快到十六歲啊！」

樊系數心裡抽搐了一下，卻佯裝若無其事。他一時任性，跟小蕎拉拉扯扯，帶她走入遊戲機中心裡。小蕎連聲叫道：「不行啊！我未滿十六歲，這是違法的啊！」但當樊系數將場中剛成潮流的「跳舞機」、「鋼琴機」……一一指給她看時，她又受不住誘惑，和樊系數兌換銀幣，一起玩在照片中找不一樣地方的「大家來找碴」。

結果才玩了半局，兩人就被人趕了出來。

「算了，等我十六歲的時候再來，好好玩一整天。」

她很重視這個約定，樊系數又怎會不是呢？樊系數自己最是清楚，小蕎的性命就在他的手上，所以日以繼夜、夜以繼日地研讀《易經》，就是希望可以從中找到改變命運的啓示。

在別無他法之下，這是唯一的希望了。

挑燈夜讀，坐臥難安，翻遍萬千古籍，又看了無數論文，他還是無法參透《易經》的祕密，日積月累的挫折簡直不是一般人可想像的。

他感到自己變成一個哲學家了。

一個極度沉痛的沉思者。

用腦就是一件痛苦的事，要不然所有學生都會愛上讀書。

擺在他眼前的，就是一份全然不懂的試卷，偏偏這個考試對他來說很重要，放棄是不可能的了，他就在百般惆悵之中，看著時間一分一秒地過去。

一晃眼，到了交卷的日子。

十日後，就是她的眞生辰，就是噩夢的一天。

近日小蕎不知內情，見了樊系數亡魂喪魄的模樣，忍不住連聲追問：「到底發生了甚麼事？你可以好好跟我說嗎？」

樊系數一不小心，脫口而出：「愈想救一人，愈是無能為力，這種感覺妳能明白嗎？」

聽了這樣的話，小蕎不由自主就說：「世事難料，不如撒一泡尿！」

樊系數怔了一怔，看著她道：「話怎麼說得這麼俗？」

小蕎嬌嗔地道：「甚麼嘛！這是我爹爹常掛在嘴邊的話嘛。就算命運再坎坷、再絕望，也不表示只能默默承受。哪怕我只剩下一天的壽命，愁眉苦臉是一種人生，開開心心又是一種截然不同的人生。」

小蕎的直覺比他所想的更加敏銳，他不禁懷疑她已猜到自己的厄運。

每天每天，他都陪她一起上學、一起散步、一起買菜、一起用膳……已習慣了這種形影不離的日子，他實在無法想像失去她之後，剩下的日子會多麼難受。

兩人這晚到外面吃飯，走上一層樓回家。

「我回去這邊，你就回去那邊。」

他和她每晚就在同一層樓、兩門之間告別。

「小蕎。」

這晚比較特別，樊系數忽然叫住她。

小蕎回過身，目光楚楚動人，彷彿在問：「怎麼了？」

樊系數欲言又止，卻不知如何開口。

他終於鼓起勇氣，卻不著邊際地說：

「知道嗎？愛因斯坦用過一個簡單的例子來解釋相對論：把你的手放在熨斗上一分鐘，感覺起來像一小時；但坐在一個漂亮姑娘的身邊一小時，感覺起來只有一分鐘。」

樊系數深情凝望著小蕎，一字一頓地說下去：

「和妳在一起的日子，感覺只是一眨眼的事。我知道當我失去了妳之後，每過一日都會好像過幾百年般難受……」

「傻瓜，有句成語叫『度日如年』啦！好端端的，你又怎會失去我呢？我……我會一直留在你的身邊。」

樊系數再也自制不住，緊緊抱著小蕎。

「妳要一直留在我身邊。一定要。」

年年有今日。

歲歲如今朝。

一刻，就是永恆。

愛情來的時候，誰也無法阻擋。

樊系數在迷濛的燈光之中吻下她的熱唇。

感覺消失在逐漸濃化的黑暗之中……

一九九八年

那年頭，還沒有任天狗。

那年頭，我們有任天堂。

畫面粗糙，遙控簡單，卻爲我們帶來無窮無盡的歡樂。

遊戲都很健康，就算要殺人，

殺的也只會是壞人。

在我們的童年——

勇敢的瑪俐歐跳過重重障礙，

聖鬥士星矢爲雅典娜闖十二宮，

魂斗羅一槍打天下是那麼的威風。

就算只剩一條命，也要用這條命過關，

永不放棄，直至破關。

未到最後一刻，千萬不可以放棄……

59

「醫生。」

那個叫醫生的人沒有回應，只是皺著眉。

「她身上到底出了甚麼事？」

「還不知道。要做更詳細的檢查。」

醫生搖了搖頭，一副惘然困惑的表情。

躺在病床上的小蕎正被推入診療室，表情仍是那麼的安詳，就像只是沉沉睡了一覺，卻對周遭一切的雜聲無動於衷。

呆在當場的人是樊系數。

——這是噩夢嗎？

樊系數整整兩日不睡，在大廳的沙發上看書，又到學校接小蕎放學，用了不少藉口，說到底就是想暗暗守護她。

到了踏入小蕎眞正生辰的晚上，他竟昏昏地睡著了，夢中的他還坐在沙發上同樣的位置，研讀著同一本《易經》上的句子。

到他猛然轉醒之際，才發現有人爲他蓋了被子，只見小蕎正在廚房裡煮早餐，心中的焦慮不安頓時煙消雲散。

樊系數與小蕎相視而笑。

現在兩人是情侶了。

這一天本來過得很平靜。

她就倚在他的肩上，靜靜地玩他送她的掌上遊戲機，玩到一半，就不知不覺地睡著了。那期間，樊系數經常望向大鐘，心想：「小蕎身上毫無異狀，曾不會是師父弄錯了她的八字？」他是多麼盼望當天就這樣平平靜靜地過去。他到廚房泡了兩杯綠茶，又在她身邊坐下，輕輕按著她的手，才驚覺她的身體熱得發燙，額角冒起了一點點晶瑩的汗珠。

原因不明的高燒昏迷入院。

噩夢的一刻終於來了。

樊系數激動得整個胸口要炸開來。

「未到最後一刻，也千萬不可放棄！」

一個聲音在樊系數的心裡斗然亮起。

改變命運，唯有《易經》！

反正留在這裡也幫不上忙，樊系數便由私人醫院出來，返回家中的書房，盡最後的努力翻著一本又一本縐巴巴的書。如此折騰了數個小時，只可惜徒勞無功，《易經》裡的象形文字就像飛起來的昆蟲，統統變成一堆他看不懂的符號，使他陷入神經錯亂的狀態之中。

整整一年也做不到的事，一時三刻又怎會做得了？

「莫非就是劫數？怎會這麼荒謬！」

在樊系數的計算之中，四時就是死時，小蕎能否安然度過劫數，凌晨四時就是關鍵時刻。

時間滴答滴答地過，所剩的時間不多。

樊系數在書房裡，狀若癲狂地將書架推倒，彷彿推倒的是一棵大樹；而那些不出聲的書怕了他緘默的憤怒，像落葉一般瑟縮在地上的每個角落。

命裡註定的厄運，要躲也躲不了！

時間滴答滴答地過，死神的腳步聲愈來愈近。

樊系數的雙手在額上抓出十條指痕。

他已經毫無辦法了。

時間滴答滴答地過，殘酷的鐘聲敲響，能砸爛大笨鐘，卻無法令時間停止。腦中一片混亂之際，他想起了浮士德將靈魂賣給魔鬼的故事。當浮士德被魔鬼接走之前，不就是充滿了悔恨和懊惱，哀求上帝為他將時間停頓嗎？

「神啊！只要讓小蕎得救的話，我願意留在地府裡受苦千年、甚至萬年，也絕不會有半句怨言！神啊，求求您啊……」

在這個全然絕望的關頭，樊系數徹底崩潰地跪在地上祈禱。

篤。

他好像聽到古怪的一聲，卻又不以爲意。

篤篤。

那種奇怪的聲音又來了，他往四周東張西望，書房裡沒有任何風吹草動的跡象。忽又猛然想起那聲音像敲在玻璃上似的，便往窗口那邊一望。

只見窗外的晒衣架上，離地十公尺的高度，出現了不尋常的東西。

白鴿，一隻雪白色的鴿子。

樊系數正自大奇不已，忙上前開窗，那鴿子竟從窗口的空隙飛進來，雙翅急斂，慢慢地停落在書桌上。這時他終於瞧得清楚，鴿子的腳上繫了一個小銀筒。

飛鴿傳書？未待細想，樊系數已匆匆上前，輕輕抱住鴿子，卸下那個小銀筒。

如他所料，小筒裡果然捲藏著一紙。

紙上是一行筆法靈秀的字跡：

「想知道《易經》的祕密嗎？天壇大佛見。」

不留署名，也不留時間的約會。

對一個料事如神的人來說，沒有多說一句話的必要吧？

就只有紀九歌！

猶如一個溺水者抓住一根浮木，樊系數趕即動身起行，連蹦帶跳，衝下樓梯，腳步如飛似地直奔向最近的地鐵站。在這命懸一線的時刻，不管是多麼危險的難關，他也要硬著頭皮闖下去。

行經五金店時，他有想過要不要買武器防身，但很快又打消了這個念頭。要是紀九歌要跟他一決勝負的話，必定就是智力的對決，而非用武力來置對方於死地。

由於半天未吃過東西，樊系數腹中飢餓難忍，便走入便利商店裡，不假思索就買了冰淇淋和提神飲料，再帶著食物走入地鐵車站裡。

樊系數會買冰淇淋，乃是過分想念小蕎之故。這款「D」牌的冰淇淋是她的至愛，他只盼救得了她的性命，回到從前的美好時光，兩人共吃一杯冰淇淋，穿過晚風輕拂的街道漫步回家……想到此處，他不禁又心裡一酸。

天壇大佛位於大嶼山之上，是世上最巨型的室外青銅座佛。

最快到達那裡的方法就是地鐵，再轉乘大巴。

乘搭最後一班列車，往東涌站。

列車架空行駛，一出黑暗的隧道，車窗上映出飛架於海面上的吊橋，夜空中有如一條氣象崢嶸的金龍，閃著奇幻絢爛的鱗光，而這就是不久前開通的青馬大橋。

當年，大嶼山還沒有迪士尼樂園，而新的國際機場才剛剛啓用。

樊系數看著天空，天空正被不規則的烏雲掩蓋，宛如天幕裡一個個漆黑渾沌的漩渦。

「見到紀九歌，到底會發生怎樣的事？」

「我是去跟他戰鬥？還是求他教我救小蕎的方法？老天啊，只要可以救小蕎，我這條命是豁出去的了……」

「這麼晚了，往天壇大佛的大巴早停駛了，難不成要走路過去？」

因爲長期坐車遨遊的關係，樊系數對全港的公車路線熟悉無比，以他異於常人的數字記憶力，自然可以將站牌上的行車時間倒背如流。

樊系數想了一大堆問題，這些問題都沒有答案。

他不得不承認，他緊張得手心冒汗。

列車，只有一人的車廂，進入了終點站。

60

一出地鐵站，樊系數便往巴士站的方向直跑。

爲了把握時間，他對車廂裡的罰款廣告置之不理，就在乘車途中一口一口地吃掉冰淇淋，又一口氣喝下整罐提神飲料。

由於中途沒有垃圾箱，他就將飲料罐握在手中，到了外面見到垃圾桶，便揮手將東西扔過去；但眼界不準，飲料罐掉到了地上。時間倉促之下，他再也顧不了這麼多，逕直來到露天的巴士站。

其中一輛單層大巴亮著燈，正是前往寶蓮寺天壇大佛的路線。

樊系數雖然心存疑惑，也急步走到車上，與大巴司機打個照面。

那戴墨鏡的大巴司機見他上車，馬上就說：

「嗨，是你，是不是要去天壇大佛？」

「我？你怎麼知道我會出現？」

「不會吧？你不知道的話，這麼晚來車站幹嘛？我只知道有人給了我一筆錢，叫我在這裡等一個十五歲的少年，然後載他去天壇大佛。」

樊系數心裡雪亮，知道這是對方爲他安排的專車。

那輛大巴轟隆隆地啓動了。

樊系數隨便找個位子坐下，眼望窗外的風景，心裡卻是愁緒如麻。

那司機沉默寡言，很難從他口中套話，不過看來他只是受人所託做事，對事情的始末也是一概不知。

大巴在狹窄的一線道上行駛，繞入大山之中，迂迴曲折得像走迷宮一樣。由於時值深夜，碰到會車的次數不多。

感覺像往荒島的最深處進發。

一路風光秀麗，駛出密林，天空又瞬即沉沒在寬闊的海裡。大地縱然失去顏色，卻被灑上一層淡霜，是繁星燦燦地發光所致，也是如銀的波濤反照。在遠離喧囂的夜色之中，樊系數心中有說不出的安寧——得又何歡，死又何愁，只如南柯一夢。

經過半小時多的車程，來到終點站。

寶蓮寺外，木魚峰下。

樊系數下了車，大巴很快在他的視線中消失。

濃霧之中，四周的樹影模糊，寞天寂地，詭異的氣氛令人感覺蒼茫。卻見陡峻的石階之上，高入雲端的天壇大佛恍如一團幻象，在星雲簇擁之中閃著一種神聖的光芒。

綿延的階梯，二百六十八級，末端就像個深不見底的黑洞。

樊系數緩步走上，就像被蛇口吞噬了一樣。

才走了幾步，他就看到欄柵上的小東西。

一隻麻雀。

牠的眼睛在漆黑中閃爍，猶如引路的明星一樣。

樊系數每走上一層階級，麻雀就會往上飛高一點，往往返返地停在欄柵上。

這隻小鳥，一路陪伴他走這段路。

石階很長，兩側的密林儼如刺向他的利刃。

聽到自己沉重的腳步聲。

感覺就似決鬥的先兆。

對手是紀九歌。

繼賴布衣和劉伯溫之後，地球上最強的術數師。

對紀九歌這個人，在樊系數的腦子裡，只有從別人的口述堆砌而成的模糊印象。

唯一可以肯定的是，這個人的術力一定比他強得多，彼此的差距已不是數字上的差距，而是到了勝敗立判的地步。

連百分之零點一的勝機也沒有。

可是，爲了生命裡最重要的人，樊系數不得不走上這些階梯，甚至賠上自己的性命，他也一定要和對手周旋到底！

只要走完這條石階，就會見到紀九歌。

到時會發生甚麼事，就只有天曉得了！

61

那隻麻雀繼續陪著自己上路。

樊系數開始把牠當成朋友。

說也奇怪，那麻雀頗具靈性，有時見他走得慢，就會停在欄杆上等待，不但對人毫無畏懼，一雙小目裡反而帶著幾分殷切。

樊系數暗暗想道：「如果這場戰鬥有正邪之分，這小鳥一定是站在正義這一邊。」有了這個想法之後，立時又覺得好笑。

任何人在意志薄弱時，都會找些對自己有利的吉兆，從而加強自己的信心。

那二百六十八級石階並不好走，樊系數未到一半已開始喘氣。

遠處傳來若有若無的鐘聲，置身這種耳根清靜的聖地，不期然泛起萬事皆空之感。

天上行雲如靜水，皓月異常爍亮。

快到頂部的時候，眼前的麻雀霍地一躍高飛，接著傳來震天價響的鳥鳴。樊系數在駭然之中回頭，只見一大堆飛鳥從叢林中飛出，盤旋於峰巒與天宇之間，大的、小的羽影交馳，厲風似地翻江倒海而至，然後像點兵入列一樣，並排在佛座的銅製巨蓮上面。

千山鳥飛來。

群聚於頂，勢如山倒。

目睹如此奇觀，樊系數也不禁看得傻眼了。

小麻雀回去牠的同伴身邊，變成蓮座上的一個小點。

原來，麻雀不是他的朋友，而是對方派來迎接他的使者！

樊系數猛然想到這一點，不禁爲之洩氣。

但他已經沒有退路了。

他邊行邊想：「紀九歌到底是甚麼人？這些鳥都是爲他而來？」

跨過最後一級石階，終於來到基層的祭壇上。

空空蕩蕩的一片地，一股涼颼颼的冷氣直竄進褲管裡。

不見半個人影。

正感到無所適從之際，樊系數仰起了臉，目光不定之間，只見莊嚴慈和的大佛上出現一團飛影，以雷霆萬鈞之勢直撲下來，就像高空擲下的殺人花盆。樊系數來不及避開，這一驚之下，只得舉臂擋禦。

彷佛是一串霍閃的金波在他的頭上斜斜掠過。

還未曾看清是甚麼東西，那東西已貼伏平地，曲裡急轉，朝著穹蒼一衝而起。

幾根羽毛在半空中掉了下來。

剛剛襲擊樊系數的，竟是一頭鷹。

正是他在大半年前見過的鷹。

這是一種很特別的打招呼方式。

夜空稀星數點。

鷹。帝王。

紀九歌。最強的術數師。

人在迴廊，月在迴廊。

雄鷹飛了下來，停在一個人的臂上。

那個人正由環狀的廊道走出，好整以暇地伸出一臂，長袖飄逸，氣度不凡。而他前額未束的長髮在晚風中垂蕩，一大串碧澄光亮的念珠，就從那件寬大長袍的領口盤繞下來。

他正站在第二層的祭壇上，須仰視才見。

這人的瞳孔深不見底，眼神幽邃得教人難過，就像有一股勾魂奪魄的魔力一樣。

超凡入聖的神祕力量。

雄鷹就在這個人的臂上，一雙銳目射出凜凜的寒光。

而這頭鷹的主人，竟是個二十來歲的年輕人。

樊系數整個人呆在當地，驚恐得不能言狀。

——這人是誰？紀九歌已有一把年紀，不可能是他吧？

那人也在這時候說話了：

「我是紀九歌。」

這五個字鑽入樊系數的耳裡，爲他帶來超乎現實的震撼！

62

樊系數定睛不動地看著眼前的年輕人。

一個出生在一九五二年，現在卻自稱爲紀九歌的年輕人。

三十幾歲的女人抹濃妝裝成如花少女，已是勉強得很；四十幾歲的男人要扮成二十出頭的年輕人，而又不被瞧出破綻，其令人信服的難度，不下於在街上大喊寶玉賣石頭。

除非是易容，又或者對方只是冒充其人！

不論樊系數的疑懼有多深，透過一剎那的眼神交流，已切切實實感到對方身爲大宗師的氣魄，而這股異於常人的壓逼感，幾乎使自己透不過氣來。

沒有錯，他就是紀九歌。

紀九歌在上方的高台看著樊系數，從容不迫道：「余大哥的徒兒，我早就想見一見你。」由於四周謐靜幽寂，縱是一般的聲量，亦可清晰傳出十公尺之遙。

樊系數正想開口，但吐出「你究竟」三個字就停住，因爲他發覺自己的聲音在發抖，顯是對眼前發生的一切迷惘不已——也就是說，他的氣勢已被對方徹底壓了下去。

紀九歌似是洞悉了一切，目光中盡是智者的光芒。

他自顧自撫著臂彎上的鷹，冷不防地道：「啊，你今晚只吃了冰淇淋？早知如此，我應該跟你約在酒樓見面……不過，你亂扔垃圾的行爲眞要不得，還在地鐵車廂內飲食，學校沒教你公民責任嗎？」

樊系數聽了這些話，身子虛晃了一下，很艱難才吞下憋在胸口的氣。

他何時何地在幹甚麼，全部被料中！

只是寥寥數語，來得簡單直接，紀九歌顯然在向他展露本事，而這種近乎無所不知的超自然力量，早已超出術數的範疇，簡直可說是接近神的領域！

樊系數神思恍惚起來，迷糊裡只聽到自己問了一句：「你怎麼知道的？」未待對方回答，又結結巴巴問了一句：「你……你眞的是紀九歌？紀……紀九歌不會這麼年……年輕吧？」

紀九歌一笑以對，說道：「這事我稍後會慢慢向你解釋。」接著輕吹哨音，那頭鷹聽得懂命令似的，往空中輕輕拍翼，遂又停歇在上層的石欄上。

紀九歌逕自沿階踱步下來，一步步往樊系數逼近，邊行邊說：「以前我師父對愛因斯坦推崇備至，常引用他作例子講解術理。要算奇命，愛因斯坦眞是個好例子，他小時候笨頭笨腦，但長大後成爲世人公認的天才，你知道爲甚麼嗎？」

紀九歌的師父即是余老爹的師父，樊系數想起入門時，余老爹也問過一模一樣的問題，旨在說明一些表面可以忽略的因果關係，其實卻有可能是解釋眞相的關鍵所在。譬如說，以生辰八字來批人歲數看似無稽，但千古以來術數師就一直在做這樣的事，透過解讀數字的神祕特性來預知未來。

樊系數沒料到有此一問，躊躇不決道：「不會是因爲被人摑了一巴掌吧……」

紀九歌聽了，笑了兩聲，又道：「哈哈，這個解釋一定是余大哥跟你說的。其實被摑一巴掌的是愛迪生，但我師父卻將這兩個名人混爲一談，說起來眞是個笑話。不過，愛因斯坦小時被視爲笨蛋卻是眞有其事，所以師父經常開玩笑，說他是因爲被摑一巴掌才變成天才。」

如紀九歌所說，這件事亦吸引了無數科學家的注意，後人亦試圖作出不同的見解，甚至解剖出天才的大腦圖譜，結果顯示愛因斯坦大腦的頂下葉區非常發達，比常人大了百分之十五，藉以解釋這位天才的思維何以表現過人。

紀九歌又一氣呵成說下去：「師父的笑話只是說說算了，但我當時聽了，就在尋思一個問題：究竟有沒有人被摑了一巴掌，之後就眞的開啓了自己的潛能？」

樊系數納罕不已，他只聽說過有人被摑之後變成白痴，卻從來沒聽說過有人被摑之後變成高智商的神童。

就算是偶然撞破頭，正常人也會疑懼自己死了不少腦細胞，又哪裡會以爲自己撞頭之後，打通了頭殼的經脈？

有的，就是傻子。

樊系數有了這番見解，便道：「天才就是天才，哪有可能說變就變？若是有人懂得這個竅門的話，那人早就開辦腦力潛能開發班來大賺特賺。不，這個人應該去申請諾貝爾獎。」

話一出口，他頓時後悔自己少了一份尋根究柢的精神，轉念又想到：「小牛頓也是因爲蘋果而發現地心引力……紀九歌會這麼說……莫非……」

不一會兒，紀九歌已來到下面，與樊系數相距約莫五步，但他似乎未有開口的意思，直教樊系數心急如焚。

樊系數忍不住問：「那你又得出甚麼結論？」

紀九歌一笑道：「結論當然是不可能。」

廢話！

樊系數在心裡罵出一聲。

但紀九歌隨即提出一番見解：「甚麼是天才？甚麼是蠢才？以現代科學來說，決定一個人智力的部分就是大腦。但所有人的大腦構造幾乎一樣，爲甚麼又有天才與蠢才之別？只可以說，天才用腦的百分比較高，而蠢人未能夠發揮大腦的潛能。那麼，人的潛能是如何被開啓的？」

聽了這些話，樊系數想來想去，還是不著邊際。

然後，紀九歌一語道破：「開啓人類大腦潛能的鑰匙，就藏在《易經》之中。」話題從這裡突然一轉，終於邁入事實的核心。

樊系數一怔道：「《易經》？」

紀九歌連珠炮般問下去：「你以爲《易經》是一本怎樣的書？爲甚麼具有預知未來的神祕力量？因何斷命？爲何準確？」

以樊系數所知，《易經》一書哲理無窮，記載了宇宙天地間的自然法則，從太極中衍生出陰陽兩儀，兩儀又生四象，繼而又演化爲八卦，再藉著八卦生出六十四種卦象。

術數學在中國開枝散葉，衍生的測命法千奇百怪，但萬變不離其宗，全由一部《易經》作爲中心學說而成，依據陰陽變化作爲原理，再以五行相剋的法則來進行演算。

由樊系數學術數的第一天起，只知道命運是一股引力，憑藉卦理就可以測準定數，就像用電腦模型計算出星體的運行一樣。至於這種引力的奧妙爲何會蘊藏在一本《易經》之中，他可眞的說不出來，因此也沒有去深究過這個問題。

世事往往出人意表，通常最大的祕密就是藏在毫不起眼的問題當中。

只聽紀九歌風馳電掣地道：

「陰陽八卦，乾、兌、離、震、巽、坎、艮、坤，衍生出總數八八六十四卦。這六十四卦看似簡單，其實隱藏著一套控制天地萬物的密碼……」

六十四。

關鍵所在竟是在六十四這個數字上。

而紀九歌接下來揭露的眞相，更是樊系數這輩子聽過最荒唐的話——

「而這套密碼就是人類的遺傳密碼，去氧核醣核酸！」

一樣是中國最古老的神祕經書。

一樣是西方最嶄新的人類發現。

一條無形的虛線，將這兩樣不相關的事物連在一起了！

63

樊系數驚愕之際，不能置信地看著紀九歌。

——就像看著一個性格分裂的狂人一樣。

雖然他蹺了不少生物科的課，但再孤陋寡聞，也聽說過甚麼是去氧核醣核酸。這是一個生物學上的詞彙，英文簡稱便是「DNA」，亦常被稱為「基因」。基因工程由九〇年代起，已是一門炙手可熱的學問，由於涉及改造生命的道德問題，亦有人稱其為「惡魔的學科」。

——但樊系數還看不到兩者的聯繫。

紀九歌續道：「組成基因的物質只有四個單元，分別是A、T、C和G，每三個聯成一體，稱為『密碼子』，英文就是『CODON』。單憑不停重複的排列模式，就可以變成一條螺旋型的長鏈，用這條長鏈就可以造出整個人，當然也包括所有生命。」

如他所說，基因就是一切生命的基本藍圖。

同樣道理，密碼子就是生命創造時的執行指令。

紀九歌忽向樊系數問道：「你且算算看，四個單元以三聯體的形式結合，最多可以作成多少個組合？」

四個單元，三個成一體，「AAA」是一種組合，「TCG」又是另一種組合。稍懂數理的人，就會得出總數是四的三次方，即是六十四種組合方式。

「六十四！」

樊系數叫出答案的時候，心中的驚訝已經到達了極點。

沒錯，正正是《易經》的卦數。

太陽、少陰、少陽及太陰，合稱爲四象。

四象對應四個基因原碼。

六十四卦對應密碼子的六十四種組合。

所有數字的出現並非偶然，而這種一致性也實在太巧合了。

紀九歌很快說出他的結論：

「《易經》就是一本解碼之書，解釋這些密碼子的意義。」

萬物有引力，數字影響我們的命運，而這股神祕的力量竟來自基因！術數之所以能夠揭示命運，乃在於計算生命與生命之間的引力作用。

那就是說，只要破譯了生命的基因，就可以解讀命運。

這樣的事實在匪夷所思至極。

但事實擺在眼前。

樊系數腦筋動得快，很快就想到一個問題，立刻叫道：「不！有一點你說不通……就算你能解譯一個人的基因，那又如何？你還是沒有辦法改變這個人的基因！」

問題又回到原點，亦是命理學的癥結所在——縱使能藉著解讀密碼子來看透個人命運，還是無法隨便將一個人與生俱來的命運改變。

紀九歌似乎早就料到有此一問。

他輕輕閉著眼，伸開雙手，似在感應一種看不見的東西。

「天地之間存在一種很奇妙的小東西，可能是神故意留給人類的線索，成了很好用的編程器。」

「編程器？」

「對的，就是編程器，功用和電腦上的編程器一樣。」

樊系數在學校上過電腦課，大概也知道編程器是甚麼東西。

簡單來說，就是編寫程序碼的工具，而程序碼就是人類與電腦溝通的語言。輸入一行又一行的指令，然後電腦就會自動執行，做出各式各樣的軟體。PASCAL、C++和JAVA都是常見的編程器名稱。

若留意卦象的圖示，陽是一柱，陰是斷線，因此，八卦符號其實是以二進制編成，這一點亦和電腦的運算模式不謀而合。

如果要修改軟體的內容，就一定要讀得懂程序碼，而且一定要有適當的編程器。

那麼，可以改寫命運的編程器是甚麼東西？

樊系數就是抓破頭顱也想不出來。

紀九歌揭開謎底，一字字道：「病毒。」

樊系數一驚道：「病毒？」

紀九歌道：「對的，就是病毒。病毒會使人致命，在於擾亂細胞的運作。病毒不是生物，卻含有基因，被侵佔的細胞便會變成它的複製基地。電腦的程序碼一出錯，就會當機；同樣道理，人的基因倘若出現突變，人就會死亡。」

他略略停頓，又說下去：

「病毒會害命，這是反面的結果。從正面來說，若是明瞭了基因組的編碼系統，就可以借用病毒來修改一個人的基因。病毒在體內不斷運轉的同時，就等於更換了全身的細胞，原理就和換血一樣。」

照他這般說法，改變基因的連鎖反應就是將命運改變。

樊系數思潮起伏不定，乘機問道：

「這……這就是《易經》的眞正用途？」

「不，只有《易經》還是不夠，我們還需要《連山》。」

「連……連山？」

「《連山》才是生命之書，而《易經》只是解碼之書。就像一個人拿著一把鑰匙，他不知道這把鑰匙能開啓甚麼門，便是得物而無所用。」

一切又回到了三部經書上面。

樊系數的腦海如有電光一閃，心裡亮起了余老爹的聲音——

「古有『三易之法』，分別是《歸藏》、《連山》和《周易》……」

甚麼「三易之法」！根本就是古代文明對生命體的研究記錄！

紀九歌就在此時舊話重提：

「人腦是個很神奇的器官，隨著每代人類自以為是的進化當中，有不少在遠古時曾存在的特殊天賦已經消失……這些隱藏在大腦的神祕力量，只會在極偶然的情況下被人開啓一小部分，而那些人便成了世人所稱頌的『天才』。」

人類編程，造出軟體。

上帝編程，造出人類。

人的大腦有很多神祕的區域，不知甚麼緣故，神按照自己的形象造人，在造人的時候，卻封鎖了大腦的部分機能。人的大腦容量無限，但記憶力卻會衰退，正是其中一例。

開啓大腦大鎖的關鍵就在基因上。

紀九歌憑著這種操縱生命的力量，成功將人腦的大鎖逐個解開。

窺天地的奧妙，奪萬物之造化。

所以，他的智力達致巔峰。

所以，他永遠不會變老。

甚至，萬物聽令於他。

群經之首，《易經》。

誰人能眞正解讀這本書，就能得天下。

道理正是在此！

紀九歌續道：「我亦已找到一個方法，將自身的基因破譯成可以理解的信息，再利用病毒注入身體之中……這樣做就等於重新塑造出一個人，但保留了我的記憶。」

那麼說的話，他已經得到一些超乎常人的力量。

接近「神」的力量。

這時樊系數看到石欄上的鷹，突然有個念頭在腦中一閃。接著，他「呀」的一聲叫了出來，轉臉向著紀九歌，顫聲道：「你……你懂得和鳥說話？」

紀九歌笑著點了點頭。

「除了鳥語之外，我還精通三十多種動物的語言。」

這是甚麼科幻小說的對白？

現代科學加上古代術數的力量嗎？

樊系數在模模糊糊之間又猜到了一些事。

——之前紀九歌能說出他何時何地幹甚麼，並不是憑著術數洞悉天機，而是靠飛鳥作爲僕人來監視他的一舉一動。

——既然紀九歌有了這樣的本領，要實現他的滅世大計也不是難事。

——只要可以找到一個大量散播病毒的方法，全人類的生命就會岌岌可危。

樊系數沉吟道：「慢著……」他又彷彿聯想到甚麼東西，看看頭上那幾千隻鳥，又細想紀九歌說過的話，露出極度驚恐的表情。

鳥和病毒。

這兩條線索連在一起，組成一個新的名詞。

樊系數臉色一變，心裡一沉：「這不就是最近鬧得滿城風雨的禽流感嗎？」

眼看時候不早，紀九歌不再說下去，卻道：「不擔心你女朋友嗎？快回去看她吧！」

此話一出，樊系數的表情霎時僵硬，轉而變爲激怒，一雙拳頭捏得陷入皮肉裡，大聲喝道：「你對她做過甚麼？」接著將滿腔怒火化爲力量，不顧一切地往紀九歌直衝，就像一頭喪失理智而發瘋的野牛一樣。

拚了！這是心裡唯一的聲音。

才衝出幾步，一大群飛鳥急掩而至，橫飛之間擋住了前面的路，展翅的風聲既厲且急，逼得樊系數幾乎往後跌倒。

千鳥齊飛，變成了紀九歌的屏障，將樊系數隔在外面。

忽聽到一種機器操作的聲音，抬頭一看，那聲音竟來自直升機的螺旋槳。

只見一條繩梯由直升機上吊下來。

紀九歌抓住了繩梯，踏步縱上。

在半空中晃動的方格的另一邊，樊系數看到了紀九歌意味深長的微笑。

這一次讓他走了，要相見也不知是何年何月。

但樊系數無能為力。

空中傳來紀九歌的聲音，嘹亮而飄渺，在空谷中迴響——

「在古老的瑪雅預言中，由現在起至二〇一二年是地球的淨化期。這句話是甚麼意思，你自己好好想想吧！」

樊系數呆在當地，眼睜睜地看著直升機飛走。

直到一切消失在萬籟無聲的黑暗之中。

64

現在天還沒亮，天空掛著幾顆星星，視線裡一個人也沒有。路茫茫，四野僻涼。

樊系數在漫無邊際的山路上奔跑。

這一次眞的栽了個大跟頭，去的時候有專車接送，回程時卻要徒步荒野。感覺上像個被逼參加馬拉松的可憐蟲，這般跑一會歇一會地趕路，雙腿抖得幾乎走不動了。

用了大半夜時間，樊系數終於看見市區的燈火。

他以連滾帶爬的姿勢竄入了計程車裡。

向司機解釋了一會兒，那司機見義勇爲，當即刻不容緩，一腳踹在油門上，盡速開往目的地。

車速驟然加快，十萬火急般地沿著青馬大橋直衝醫院。

樊系數一瘸一拐地走入裡頭，詢問處的小姐還以爲他來求診。

很快就到了七樓。

病房的門就在前面。

進去需要好大的勇氣。

這一刻樊系數的心情激盪無比，卻未有迎接不幸的準備，於是閤上了眼睛，用小蕎教過他的方法去逃避現實卻迎接命運。

數到二十下就張開眼睛。

他就這樣在心裡數著數目，打開了病房的門。

正常來說，門「咯」的一聲打開，裡頭的人留意到門外有人，無論如何都會叫出一聲。樊系數就是冀求如果小蕎尚在人世的話，她會比他先一步開口打招呼。

可是……

沒有熟睡的人聲，也沒有熟悉的話聲。

由於焦躁難耐，未數到二十下，他已睜開了眼。

床上的枕頭套和被單鋪得整整齊齊，雪白得像是新的模樣。

病床上沒有人。

窗簾在微風中零落地晃蕩。

最可怕的事可能已經發生了。

他知道，淚已從自己的臉上滑落。

忽然感到眼前一黑，一雙溫暖的小手掩住他的眼，背後傳來淘氣的聲音：「猜猜我是誰？」

樊系數驚得跳了起來，倏地回過身來，見到穿著病袍的小蕎好端端地站在眼前，當下不由分說，立刻使盡蠻力將她擁入懷裡，熱淚撲簌簌地滾到她的衣衫上。

小蕎喘了口氣，推開他道：「傻瓜，好痛喲！你發甚麼神經？」

樊系數大喜若狂，胡言亂語：「我……我還以爲妳已經死了！」

這番話氣得小蕎半死，她正想將他海扁一頓，才輕輕揆出第一拳，樊系數已雙腳無力，半身癱軟在地上，但臉上依然沒頭沒腦地傻笑著。

太好了，一切眞的是太好了……

原來小蕎整晚尋他不著，便不時到外面打電話給他，沒想到他居然是爲了她，到天壇大佛與紀九歌見面。

奶油般的晨光射入病房，融化了一個冰冷的夜。兩人同吃一份早餐，深情相對，心裡暖烘烘的，歡悅現於顏色。樊系數向著小蕎，將余老爹臨終前吐露的憾事和囑託，還有與紀九歌會面的細節，從頭到尾一一交代清楚。

話說了很久，但樊系數樂極忘形，倒是一點也不覺疲倦。

小蕎聽了這麼一堆故事，不時露出驚詫的表情。每當他有說得不清不楚的地方，她立時又要打岔，一問一答之間便明瞭了所有事的經過。

待樊系數說完，原來多話的小蕎忽又沉思不語。

「妳怎麼了？」

良久，她才吐出一句話：

「我覺得紀九歌是個很善良的人。」

「爲甚麼？」

「照你算命的結果，我其實已經死了，但我卻可以活到現在，你不覺得很奇怪嗎？」

「那麼說的話……妳覺得是紀九歌改變了妳的命運？」

小蕎用力地點了點頭。

正確的說法，應是紀九歌將導致她死於不幸的「基因」刪掉。

樊系數早就隱約想到這個可能性，但他一時又無法舉證支持，於是隨即否定這個想法，經小蕎提醒之下，才確信自己原來的推測沒錯。

窗外傳來幾串清脆的鳥聲，腦中漸漸浮現出余老爹去世時的情景。一陣感傷之後，樊系數突然想到了甚麼似的，大叫一聲：

「噢！原來是這樣子……眞是難以置信！」

「又怎麼了？」

「紀九歌……他早就對我暗示過《易經》的祕密，只不過我沒有發現罷了……」

小蕎一臉愕然，直待樊系數說下去。

「當時我們會到醫院找師父，也是因爲收到了紀九歌寄來的明信片。三、七、十一、十三和三十七，把這幾個質數相乘之後，會得出甚麼結果，妳還記得嗎？」

「37111337」是那上面的字。

相乘之後，就是「111111」。

樊系數搔著腦袋一側的亂髮，想笑又笑不出來的樣子，說道：

「二進制的六個一，等於十進制的六十三。可是，六支陰爻……即是六個零，也是其中一種排列方式，卦示就是六十四卦中的坤坤（䷁）。前前後後，六十三再加一，『111111』正正代表了《易經》中的總卦數……答案原來一直就在我的眼前。」

六十四。

所有數字的出現並非偶然。

也許，只有透過數字，人類才會明白上天的啓示……

但樊系數實在無法想通，紀九歌到底是怎樣的一個人？到了二〇一二年，又會發生甚麼驚天動地的大事？

「我可想不明白。他爲甚麼要這麼做？」

「因爲他覺得你很像他。」

這番見解令樊系數恍然大悟。

同是苦命的孤雛，賦有學數的天分，各得青梅竹馬之緣，莫可奈何地看著愛人的生命在自己手心中慢慢消逝……他和他一前一後走上巨輪，發生在不同的時代卻重疊著的命運。

小蕎望著窗外的白雲，又道：「他經歷了人世間最悲慘的事，因此，不想看到相同的悲劇在別人的身上發生。」

有時候，女人的直覺比福爾摩斯的推理還要準確。

樊系數不得不服，輕嘆道：「也許，紀九歌一方面想毀滅世界，一方面又盼有人阻止他的陰謀。這個想法是很矛盾，但我確信如此……正如人有善的一面，同時也有惡的一面，兩者並存，不能分割……」這正是陰陽相剋之道，令他不自覺又想起《易經》上的哲理。

入土爲安，的確是每個人類的心願。

長生不老，只因爲揹負著重大的使命。

如果沒有一個人出手砍斷不幸的絞鏈，悲劇就只會循環往復地重演。

只有寬容，才能拯救生命。

爲人類帶來最窩心的幸福……

「知道嗎？愛因斯坦用過一個簡單的例子來解釋相對論：把你的手放在熨斗上一分鐘，感覺起來像一小時。但握著一個漂亮姑娘的手……」

「這個你早就跟我說過啦！」

「我現在握住妳的手，就是一輩子了。」

病房裡是一對打情罵俏的年輕男女。

在看不到的高空上，曾經有一雙燕子在飛……

《術數師》完

後記

被逼賣掉內褲也要追尋的夢想

我對台灣最初的印象，主要來自一個刊於報章上的投票榜，那是一份向世界男士分發的問卷，題目就是：「你最想娶哪個亞洲地區的姑娘？」而台灣姑娘就排在第二位（順帶一提，第一位是日本姑娘，原因嘛……自己去問問影片租賃店的專家吧。）

那陣子又有同學剛去完台灣回來，發生了一段異地戀，當時的我全身如同焚著嫉妒之火，自此就對台灣充滿了美好的憧憬。

根據原產地的標籤，我是產自香港的作家，但要不是台灣人給我力量，我是不可能突破界限而進入「超級撒瑪利亞寫作人」的第一形態……

時光倒流，話說當年。

千禧年過後的寂寞情人節，臭蟲的尾巴拽不起來的二十一世紀，我的處男作品《戀上白羊的弓箭》在某網站上揭載。要知道香港乃「MONEY至上」的金融之都，對文字的冷淡已到了病態的地步，小說的迴響不大，弄得我開始懷疑自己寫的東西是不是太爛。我在網上歇斯底里地尋找，便在一個台灣文學創作的網站發帖，看看有沒有好心人給我一點回應。

網絡的出現是奇妙的，莫名其妙的有一個叫「灰狼」的大哥留了言，又有一個叫「小虫」的妹妹開始追看我的小說。

我有了兩個台灣的忠實讀者，也有了堅持下去的傻勁，也就完成了人生中第一部投稿成功的作品。

雖然這樣說頗奇怪，但沒有台灣朋友的支持，確實就沒有今日的我。

（那時還不知小虫是個「正妹」呢……嗚……）

這個術數師系列的台灣版有幸付梓出版，不得不感謝蓋亞老大們的知遇之恩，雖然遭我經常光顧的咖啡店總是難逃倒閉一劫，但與我簽約的出版社，通常都會盈利暴增到一個富貴竹猛開花的境界！

我從來不覺自己寫得很好，只要我的小說能感動一夥人，那對我的人生來說已是莫大的成就了。

偶爾，我也會回想起自己最初在網上發帖的時光。

由於我在香港總是被歸類爲「史上最傻的勵志型作家」，故此我的讀者再壞也壞不到骨子裡去。我有個私人網站，無論大家是單身、雙身或者已婚，也可上來聯誼，認識一些內心善良的香港朋友，說不定日後到香港旅遊，會收到很多免費餐飲劵呢！（包括一對一旅行導遊服務。）

作者與讀友之間的距離，就是心靈之間的距離，讓大家闖入我的創作世界的同時，也是讓我走入大家的生命之中。

物理上，我們的距離也比想像中更近。

同一片天空下，我會用「KKBOX」聽歌，用「yam」部落格，也會在「博客來」上購書，一邊看台灣的綜藝節目一邊噴飯……

案頭擱著《地球是平的》一書，而我亦確信，地球眞的是平的。

順便刊登一則尋人啓事：

灰狼兄，你正在哪兒啊？還記得我嗎？見字請聯絡。

天航

二〇〇八年秋

下集預告

術數師 2

古老的瑪雅預言中，
2012年12月21日是太陽紀的終結。
這世界將會發生史上最可怕的災難……

蕭刀門是個古老門派，已有兩千多年歷史。
代代相傳，替天行道，劫富濟貧，
守護著中國的子民。
兩千年前祖師爺留下的遺命，
竟是諭令繼承人去解開一個祕密，
而這個祕密竟藏在一件千年樂器之中……

術數師第二集
敬請期待

蓋亞文化圖書目錄

書 名	系 列	作 者	ISBN	頁 數	定 價
恐懼炸彈（新版）	都市恐怖病	九把刀	9789867450340	320	260
大哥大	都市恐怖病	九把刀	9789866815690	256	250
冰箱	都市恐怖病	九把刀	9789867929761	240	180
異夢	都市恐怖病	九把刀	9789867929983	304	240
功夫	都市恐怖病	九把刀	9789867450036	392	280
狼嚎	都市恐怖病	九把刀	9789867450142	344	270
依然九把刀（紀念版）	非小說・九把刀	九把刀	4710891430485		345
綠色的馬	九把刀・小說	九把刀	9789866815300	272	280
後青春期的詩	九把刀・小說	九把刀	9789866815799	272	250
樓下的房客	住在黑暗	九把刀	9789867450159	304	240
獵命師傳奇 卷一～卷十二	悅讀館	九把刀			各180
獵命師傳奇 卷十三、十四	悅讀館	九把刀			各199
臥底	悅讀館	九把刀	9789867450432	424	280
哈棒傳奇	悅讀館	九把刀	9789867929884	296	250
魔力棒球（修訂版）	悅讀館	九把刀	9789867450517	224	180
都市妖1-2, 4-5, 7-14	悅讀館	可蕊	9789867450197	240	各199
都市妖3、6　是誰在唱歌	悅讀館	可蕊	9789867450272	208	180
青丘之國（都市妖外傳）	悅讀館	可蕊	9789867450470	320	220
都市妖奇談 卷一～卷三（完）	悅讀館	可蕊	9789866815058		各250
捉鬼實習生 1-7（完）	悅讀館	可蕊			1406
捉鬼番外篇：重逢	悅讀館	可蕊	9789866815652	320	250
百兵　卷一～卷八（完）	悅讀館	星子	9789867450456	192	1535
太歲　卷一～卷四	悅讀館	星子			各280
七個邪惡預兆	悅讀館	星子	9789867450913	272	200
不幫忙就搗蛋	悅讀館	星子	9789867450258	308	220
陰間	悅讀館	星子	9789866815027	288	220
黑廟　陰間2	悅讀館	星子	9789866815577	256	220
無名指　日落後1	悅讀館	星子	9789866815362	336	250
囚魂傘　日落後2	悅讀館	星子	9789866815446	288	240
蟲人　日落後3	悅讀館	星子	9789866815713	280	240
太古的盟約　卷一～卷四	悅讀館	冬天	9789867450661	304	各240
太古的盟約　卷五～卷八	悅讀館	冬天	9789867450869	240	各199
吸血鬼獵人日誌 I～IV、特別篇	悅讀館	喬靖夫			976
殺禪　全八卷	悅讀館	喬靖夫			各180
誤宮大廈	悅讀館	喬靖夫	9789866815423	256	220
東濱街道故事集（惡都001）	悅讀館	喬靖夫	9789866815829	208	180
天使密碼 01 河岸魔夢	悅讀館	游素蘭	9789866815386	272	220
天使密碼 02 靈夜感應	悅讀館	游素蘭	9789866815614	256	220
異世遊1～4	悅讀館	莫仁			各240
希臘神諭	悅讀館	戚建邦	9789866815706	320	250
公元6000年異世界（新版）	悅讀館	Div	9789866815621	304	240
仇鬼豪戰錄 套書（上下不分售）	悅讀館	九鬼	9789866815379		499
永夜之城　　夜城1	夜城	賽門・葛林	9789867450760	288	250
天使戰爭　　夜城2	夜城	賽門・葛林	9789867450845	304	250
夜鶯的嘆息　夜城3	夜城	賽門・葛林	9789867450968	304	250
魔女回歸　　夜城4	夜城	賽門・葛林	9789866815041	336	280
錯過的旅途　夜城5	夜城	賽門・葛林	9789866815232	352	299
毒蛇的利齒　夜城6	夜城	賽門・葛林	9789866815393	360	299
影子瀑布	Fever	賽門・葛林	9789866815607	464	380
善惡方程式（上下不分售）	Fever	珍・簡森	9789866815454	824	599
德莫尼克（卷一～卷七）	符文之子2	全民熙			各280
符文之子（全七卷；可分售）	符文之子1	全民熙			2114

＊實際定價以各書版權頁為準

國家圖書館出版品預行編目資料

術數師 / 天航著.——初版.——台北市：
蓋亞文化，2009.01-
面；公分.（悅讀館；RE161）

ISBN 978-986-6815-91-1（平裝）

850.3857　　97023636

悅讀館 RE161

術数師　愛因斯坦被摑了一巴掌

作者 / 天航（KIM）
插畫 / 有頂天99
封面設計 / 克里斯
出 版 社 / 蓋亞文化有限公司
地址◎台北市103承德路二段75巷35號1樓
電話◎02-2558-5438　傳眞◎02-2558-5439
電子信箱◎gaea@gaeabooks.com.tw
投稿信箱◎editor@gaeabooks.com.tw
郵撥帳號◎19769541　戶名：蓋亞文化有限公司
法律顧問 / 宇達經貿法律事務所
總 經 銷 / 聯合發行股份有限公司
地址◎新北市新店區寶橋路二三五巷六弄六號二樓
電話◎02-2917-8022　傳眞◎02-2915-6275
初版七刷 / 2023年3月
定價 / 新台幣 240 元
Printed in Taiwan

ISBN 978-986-6815-91-1

GAEA

Gaea